三島由紀夫 物語る力とジェンダー

『豊饒の海』の世界

有元伸子

翰林書房

三島由紀夫　物語る力とジェンダー――『豊饒の海』の世界◎**目次**

Ⅳ　典拠からみる物語のジェンダー性

Ⅴ　生成過程―創作ノート・直筆原稿から見えるもの

はしがき

『豊饒の海』。

夢日記を媒介に、四巻にわたって繰り広げられる生まれ変わりの物語。

その末尾には、「「豊饒の海」完。／昭和四十五年十一月二十五日」と、作者・三島由紀夫自身の自衛隊市ヶ谷駐屯地における劇的な自死の日付が記入され、最終回の原稿は、自決する日の朝に編集者に渡るように手配されていた。こうした作者自身による伝説化の意図のかたわら、最終場面は同年夏には完成していたとされ、作者の死への覚悟の時期を探る道標とも見なされてもきた。没後四十年を迎えてもなお、ミシマの死はさほど風化することなく、あるときは左右両翼からシンパシーをもって、あるときはポストモダンの先駆者として召喚され、五年ごと、十年ごとの没後・生誕の記念年《メモリアル・イヤー》には、関連書の刊行や演劇上演が活況を呈している。『豊饒の海』は、このように発表直後から常に作者の死と関連づけられ、物語と死の日付との空隙が読まれ、いまなお三島の死を解く秘鑰と見なされている。

むろん、作者との関連ばかりではなく、テクスト自体に対して、種々のアプローチもなされている。「日本の幻想文学の第一位に遇されるもの」と評価したのは橋本治だったが[*1]、リアルな近代小説の枠組みを超える輪廻転生というモチーフや、それまでの読書体験を朧化させるような不可思議な門跡の言葉によって静謐な世界に連れ出される結末部分は、評者たちによってさまざまな解釈が試みられてきた。また、田中美代子が、松枝清顕ら転生する人物は「一人の観照者である本多が人生の道すがらに抱いた願望の具現として、彼の意識の内部で演じられたドラマの登場人物にほかならない」と述べて以来、転生者たちを主人公とする読みから、副主人公と見なされていた本多を中心にすえた認識の物語へと読み替えられてもきた。[*2] その他、登場人物の真贋を探るなどの四巻各巻の緻密な分析の試みや、三島が依拠した唯識理論書を博捜して唯識と輪廻転生との関わりを論じるもの、語りや読書行為を論じるもの、物語の論理の解体を説く読み、原典としての『浜松中納言物語』や『源氏物語』との関連を見る読み、作中時間あるいは執筆時の同時代言説との関係を見る読みなど、種々の読みが提示され、研究状況は格段に深まってきている。

こうした先行研究の恵みを享受しつつ、本書では、三島由紀夫の『豊饒の海』を、ジェンダーがいかに物語られているかという視点に沿って検討していく。

文学研究において、〈語り〉の概念を導入することによって、物語内容と物語言説との関係、物語がいかに語られるかという物語行為そのものの問題など、ひろく文学が立ち上がっていくあり方そのものを扱うことが可能になった。一方、〈ジェンダー〉とは文化的・社会的性差を意味する概念であり、いまや社会や表象を読み解く際の必須の鍵である。クリスティーヌ・デルフィが「ジェンダーとは二つの項ではなく一つの差異である」と述べ、[*3] ジョーン・W・スコットは「肉体的差異に意味を付与する知」だと定義したように、[*4] ジェンダー概念を導入することによって、単に作中の男性像・女性像を分析するのとは異なった、差異そのものや、差異に意味を付与し、差異化を促すイデオロギー装置を考察することが可能となる。また、〈ジェンダー〉という文化概念によって、肉体的な概念だと考えられていた〈セクシュアリティ〉をも扱いうる。

三島由紀夫は、きれいなお話を無意識に書き始めたと語る幼少期を経て、意識的に書き始めたのは、『仮面の告白』以後だと自身の作家生活を回想した。『仮面の告白』こそは、戦後の文壇に再登場するために、私小説的な語りを取り入れながら、同性愛や血や死への希求といったセクシュアリティと、女性への精神的・性的恋愛感情や男らしさや男性役割への憧憬と疎外といったジェンダーをテーマとして選んで作り上げた小説であり、クィアな作家・三島由紀夫の誕生を告げる小説であった。その後、『禁色』を境に、表層からは同性愛モチーフは薄れるが、その後も三島文学には、一貫して、ジェンダー／セクシュアリティが重要なモチーフとして伏流しつづける。と同時に、それをいかに語るかということも錬磨され続けていった。

作者自身が「世界解釈の小説」だと呼ぶ『豊饒の海』は、〈語り〉の面でも、〈ジェンダー〉の面でも、三島由紀夫の特質を最もよく提示していよう。生まれ変わりという一見破天荒なモチーフを導入した四巻の小説には、四人の行為者と強烈な認識者が存在すると読み取られてきていた。だが、この作には、中心となるべき存在であるにもかかわらず「沈黙」させられざるをえなかった女性と、きわめて特徴的な語り手とが存在している。本書では、三島由紀夫の最後の小説となった『豊饒の海』を、このような〈語り〉と〈ジェンダー〉の二つの鍵概念によって検討していく。ジェンダーを物語内容のみで考えるのではなく、作品構造や物語言説そのものも男女の性差をめぐる諸種の前提事項によって染織されているという視点から捉えていきたい。作家三島が戦略的に配置した問題と、テクストとして表象された問題系とを縒り合わせて、ジェンダー・ポリティクスの表象のあり方、〈ジェンダー〉と〈語り〉のあわいを考察していくことが、本書の目的である。

＊　＊　＊

以上のような問題意識のもと、本書は以下の構成で論述していく。

「**Ⅰ　物語構造とジェンダー**」では、テクストの基本構造を縷述し、人物関係や時系列を整理している。聖俗の基層構造の上に『豊饒の海』は物語られる。また、同じく三人称小説である『鏡子の家』と比べて、『豊饒の海』の語りは、より巧妙に、巧緻に物語世界を構築していき、物語る力（権力）を見えない形で行使していくのである。

「**Ⅱ　男性―認識と行為の物語**」では、作中の男性ジェンダーを、本多の認識の様相に添って分析する。『金閣寺』でいえば行為者である主人公に相当するのが転生者たちであり、本多は、物語ることで内面世界の王者になることをめざした語り手に相当する。本多は、自己に拘泥し、認識によって世界を創造する。「転生」というテクストの主要モチーフすらも、本多が男一人で産み落とした〈妄想の子どもたち〉だと呼べるのかもしれない。

「**Ⅲ　女性―〈副次的人物《サバルタン》〉は何を語るか**」では、作中の女性ジェンダーの様相を、聡子や槙子を沈黙を強いられた〈副次的人物《サバルタン》〉だと見なし、その声を聞き取り、空白を回復する試みによって示す。

従来の『豊饒の海』全体や各巻ごとの研究が、清顕ら転生する者と転生を見続ける本多との二重構造だけを見ており、すなわち男性登場人物に偏っていること、そのように誘導する語りの戦略を指摘した。ジェンダーのコードによれば、大きな謎を秘めている『天人五衰』の結末部も、周縁においやられていた聡子による主体回復の物語としても解読可能である。

「**Ⅳ　典拠からみる物語のジェンダー性**」では、古典文学研究者によって提唱されてきた『竹取物語』典拠説によって、『豊饒の海』のジェンダー構造を再検討していく。『竹取物語』には、この世と異界の二つの世界の存在が示され、二世界は排除と憧憬の関係にある。月・富士・女性というモチーフを検討することによって、『豊饒の海』がプレテクストである『竹取物語』の世界観を導入し、ジェンダーを組み込みながら物語世界を構築していることが明らかになるだろう。

「**Ⅴ　生成過程──創作ノート・直筆原稿から見えるもの**」では、三島由紀夫文学館（山梨県山中湖村）所蔵の直筆原稿の調査結果と、新全集の刊行によってかなりの部分が翻刻された創作ノートとを用いながら、第四巻『天人五衰』の生成過程の検討を行う。直筆原稿を精査することにより、透の内面や透と絹江に関する読解の手がかりを得るとともに、大きな謎を孕んでいるとされる『豊饒の海』大尾を読み解くための、聡子の再登場へ向けてのテクスト生成の実態を明らかにしていきたい。

注

＊1　『「三島由紀夫」とはなにものだったのか』「第一章　『豊饒の海』論」新潮社、二〇〇二年→新潮文庫

＊2　「『豊饒の海』三島由紀夫―小説の二重構造」『国文学解釈と鑑賞』一九八四年四月
＊3　「セックスとジェンダー」『性役割を変える』国立婦人教育会館、一九八九年
＊4　『ジェンダーと歴史学』平凡社、一九九二年

※『豊饒の海』は下記の四巻からなる。
　第一巻『春の雪』……『新潮』昭40・9〜42・1→昭44・1　新潮社刊
　第二巻『奔馬』……『新潮』昭42・2〜43・8→昭44・2　新潮社刊
　第三巻『暁の寺』……『新潮』昭43・9〜45・4→昭45・7　新潮社刊
　第四巻『天人五衰』……『新潮』昭45・7〜46・1→昭46・2　新潮社刊

※原則として、三島由紀夫作品の引用は、『決定版三島由紀夫全集』（新潮社）を用いた。ただし、Ⅴの『天人五衰』の考察は、三島由紀夫文学館（山梨県山中湖村）所蔵の直筆原稿による。

I　物語構造とジェンダー

1　物語る力とジェンダー

一

『豊饒の海』は、これまでしばしば『鏡子の家』と類比されてきた。三島が理想とする四タイプの登場人物が、『仮面の告白』や『金閣寺』のような一人称ではなく、三人称で語られているといった点で、相似形だとみなされてきたのである。二作は、物語世界外に位置する語り手が語っており、その語り手は全知である。だが、『鏡子の家』の語り手の方が、物語のできごとを語るばかりではなく論評を加える度合いが高い。[*1] ジェンダー化された語り手の存在を読者が意識させられ、登場人物たちにもときに辛辣な形容が加えられるのは『鏡子の家』である。

それに対して、(あくまでも度合いの問題なのだが)、『豊饒の海』の方が、テクストの表面から姿を消している度合いが強く、基本的に、作中人物の視界が再現され、視点人物の心中が叙述される形で物語が進展する。[*2] もちろん『豊饒の海』においても、例えば、清顕は「この己惚れに親しみすぎた少年」(『春の雪』一五)などと語り手によって概括されるし、語り手が判断し、読者への呼びかけを行いつつ、ストーリーを展開させていくような箇所はあるものの(『豊饒の海』全体を通じて、『春の雪』

の中盤ぐらいまでが最も多い)、基本的には視点人物が設定されて物語が構成されていく。こうした差異は、テクスト内に強烈な認識者をもつかどうかによって生じたものと考えられる。『鏡子の家』の鏡子は、あくまで四人の人物たちの物語の聞き手として機能していたにすぎないが、『豊饒の海』は、四巻にわたる転生を見つづける認識者・本多繁邦を擁するのである。

それでは、(『鏡子の家』よりは)実体化される度合いの少ない語り手によって、視点人物が設定され、物語世界が進展していく『豊饒の海』の語りについて、私たちは何を問えばよいのだろうか。ここでヒントとなるのは、「長期的に見て、フランス・フェミニズムによる訓練がわれわれに与え得るもっとも有用なものは、脱構築的な読みの逆転―置換の技術に常にしたがうわけではない「徴候的な読み」の、政治化された、批判的な例である」とするスピヴァックの発言である。[*3] スピヴァックが評価する「徴候的な読み」とは、もともとアルチュセールがマルクスを再読する際に使用したタームだが、有満麻美子は、それを「テクストの沈黙に語らせ、不可視(の／にされてきた)ものを可視にすること」だとし、そうした徴候的読解によって「立ち現れてくる、抑圧されたもの達の再テクスト化、理論レヴェルでの闘争」の必要を語っている。[*4] つまり、「徴候的な読み」とは、あまりに当然のように思われて不可視にされてきたテクストの沈黙(あるいは亀裂、矛盾)をこそ取り上げ、テクストの背後にあるイデオロギー(スピヴァックは、「男根中心主義」を標的にする)を読み解いていこうとする態度なのである。

だとすると、『豊饒の海』において、これまで不可視だとされてきたのは、語り手による視点人物の設定自体―だれを視点人物にして描写され、物語世界が構築されるか―なのではないだろうか。田崎英明は、「『豊饒の海』を通して、基本的には、語り手は二人の人物に同一化している。（略）『春の雪』では清顕と本多、『奔馬』では勲と本多、『天人五衰』では透と本多である」と指摘している。*5 以下、少しく、『春の雪』を検討してみよう。

二

『春の雪』も、後半に入ると、聡子や蓼科・綾倉伯爵などに焦点化する箇所が目立ってくるが、前半は、田崎の指摘するように、清顕と本多―とくに清顕―が視点人物となって物語世界が構成されていく。

その清顕にとって、のちに勅許を犯すエロスを与え合うことになる聡子は、はじめひどく「不安」をかき立てる存在として立ち現れている。読者の前に初めて姿を現した聡子は、「私がもし急にゐなくなつてしまつたとしたら、清様、どうなさる？」と尋ね、清顕に「性《しやう》の知れない不安」を与える（『春の雪』三・四）。この疑問は、十日ほどのち、聡子が縁談を断ったことを話題にした両親の会話によってようやく解け、「あの日の聡子の心境は、その縁談を肯ふ方へ向つてゐて、そのことをほのめかして、清顕の気を引いてみたかつたのであらう」と、聡子の行為を解釈する（『春の雪』五）。

清顕がニセの手紙を出し、つづいてその手紙を読まないように聡子に要請して、シャムの王子たちと帝劇で会ったときにも、『たしかにあの手紙を読んでゐないのだらうか』と清顕は「不安」にかきたてられ、聡子を観察する（『春の雪』八）。また、雪の日の狂おしい接吻のあと、二人は蓼科と飯沼の手引きで何度かの逢瀬を繰り返すが、その後、花見の宴のさなか、聡子は、「子供よ！ 子供よ！ 清様は。何一つおわかりにならない。何一つわからうとなさらない。私がもつと遠慮なしに、何もかも教へてあげればよかつたのだわ。（略）でも、もう遅いわ。……」という言葉を投げつけ、清顕の心を傷つける（『春の雪』一九）。「清顕はその毒の只ならぬ精練度にまづ気づくべきであり、どうしてこんなに悪意の純粋な結晶が得られたかをまづ考へるべきだつた」（傍線引用者）との記述がつづき、語り手は、聡子があのような言葉を投げつけたのには無理からぬ理由があること、そしてそれを語り手は知っていることを読者に示す。

その晩、飯沼から聡子がニセ手紙を読んでいたこと、父・侯爵を詰問したことが告げられると、清顕は激怒し、その後、何度も繰り返される聡子からのコンタクトを一切絶つ。なぜ聡子があのような言葉を清顕に投げつけざるをえなかったかの理由が清顕（と読者）に開示されるのは、聡子と洞院宮との婚約の勅許がおりたあとまで遅延される。清顕が花見以降初めて接触した蓼科の口から、聡子が、清顕の父・侯爵の計らいで宮家の縁談が持ち込まれたことに苦悩し、「ただ若様の御決断をお心あてに遊ばして、そればかりにすべてを賭けておいでに」なっていたことが、ようやく語られるのである（『春の雪』二六）。「子供よ！」というあの言葉は、自分との関係をもっと進めてほしい、宮家との話を断るように父・侯爵に告げてほしい、という心情から発した、聡子なりの精一杯の清顕への願望の表れだったのであり、それが挑発的に表現されたために「裏目」に出てしまったのであった。

このあと、『春の雪』は、勅許の禁を犯す二人の密会・聡子の妊娠・両家への露顕・堕胎・出家・清顕の死へと流れていくことになるが、これまで見てきたように物語の前半部で、聡子が不安をかき立てる謎めいた存在として反復して表象されてきたことによって、聡子は、清顕を惹きつけ死へと誘ういわば〈宿命の女《ファム・ファタール》〉として、読者に把捉されることになる。例えば、澁澤龍彥は、聡子を「その表面の純情とは裏腹に、徐々に悪をかもし出す不吉な存在としか見えない」、「その無意識の特性によって、男たちを無倫理の泥沼に引っぱりこむのは、つねに女であるかのごとくである」と述べている。[*6]

だが、これは公平な見方ではあるまい。勅許のおりた日、清顕に呼び出された蓼科は、「何だつて御返事の一言ぐらゐ……かうなる前に、何だつて……」と呟くが、それは聡子の気持ちをも代弁していよう。清顕が聡子を謎だと感じ不安をかきたてられたように、聡子の側も、清顕の沈黙に対して疑問と不安、焦燥と無力感を感じていたことが明示されているのだ。[*7]清顕がさまざまな感情の中で生活しているのと同じ時間を、聡子もさまざまな感情にとらわれながら生きていたはずなのである。[*8]ところが、『春の雪』の前半は、清顕を視点人物にして物語世界が構成されているために、読者は、清顕が聡子に感じる不安や謎は共有する反面、聡子が清顕に対していだく不安や謎を共有することはない。聡子には知ることのできなかった清顕の意識内容は、読者にはすでに開示されているからである。

物語は、後半部に入り、本多との会話によって、聡子の覚悟が読者に知らされ、また、聡子と蓼科を視点人物に選択して聡子の妊娠が示される。[*9] だが、聡子の意識が開示されるのはここまでであり、『春の雪』の結末部では、語り手は、ふたたび清顕と本多を視点人物として選び、出奔して聡子に再会するために病に冒されながらも月修寺に日参する清顕の姿と挫折の様相を反復して示していく。聡子は、月修寺の奥深くに隠され（繰り返すことになるが、清顕・本多の目の前に現れないだけであって、聡子は月修寺の中で生きている）、男たちによって、めざされるべきだが到達できない「輝かしい潔白」（『春の雪』四八）と表象されるのである。

そして、清顕の没後は、本多がひきつぐ形で、聡子の純白性は保たれていく。本書Ⅲ—3で述べるように、本多は、聡子を聖なる存在としてまつりあげるために徹底して空白におく。しかし、もちろん、聡子を六十年の沈黙においやるのは本多ばかりではない。何を、どのように表象するのかを決定するのは語り手なのであり、語り手が、三巻にわたって聡子を読者の前に見せることなく、本多を視点人物にすえて物語世界を構築していくのだ。バーバラ・ジョンソンは、「ジェンダーをもたないふりをして、巧妙にジェンダーを隠す偽りの男性言語のなかでは、女性の消去はごく自然なこととしておこなわれる」と言う。[*10]『豊饒の海』の語り手は、『鏡子の家』の語り手のように、自らのジェンダー観をあらわにせず、一見して実体化されていないように感じられるが、それこそが巧妙な仕掛けなのだ。一定の物語内容を誰を視点人物にすえて語るか、という語り手の選択が、読者の読みをある方向へ誘導していくことになるのであり、そうした表象のもつ暴力的ともよべる権力こそを問うべきなのではないだろうか。

三

　さて、先に引用した田崎英明は、『暁の寺』では「ジン・ジャンに語り手は同一化しない」と述べ、オリエンタリズムに引きつけながら論述していく。また、柳瀬善治も、「「ジン・ジャン」という南国の女の表象（エロス　肉体　知性否定）が、そっくりそのまま西欧における「オリエント」の表象の定義と重なり合う」と指摘し、ジン・ジャンは「本多にとって自分の欲望を写し出す「鏡」であると同時に、作家の「南国」への視線が西欧のアジアをみる目と重なってしまっていることを示す「鏡」」であり、「三島はこの作品の造形に関する限り完全に一種のオリエンタリストになってしまっている」と批判する。[*11] たしかに、ジン・ジャンに関しては、本多を視点人物として「アジャンタ洞窟寺院の壁画の女神たちの肉体」（『暁の寺』三〇）といった異国趣味的な表象が反復されており、ここに本多のオリエンタリズムが露呈していると言うことができよう。

　ジン・ジャンも、『春の雪』の聡子と同様に、視点人物化されず、その想念や状況が彼女の側から語られることはない。やはり、本多の視線によって捉えられ、その肉体が、転生の証拠である黒子の有無が、そしてなぜ男と関係をもたないのか、といったことが「謎」として提示される。そうした本多の視線の権力性がもっとも凝縮して表れるのが、覗き穴をとおしての「覗き」である。『暁の寺』の結末部で、本多はジン・ジャンの寝室を覗き、ジン・ジャンと久松慶子の愛撫の場面を見、また、幼時にはなかった黒子を確認して、衝撃を受ける。[*12] 二人が親密な関係になったのがこれより早い時期であったことは、佐藤秀明が指摘しているが、[*13] レズビアンであることが読者に開示されるのがここまで遅延されたのも、視点人物が本多に設定されていたためである。語り手には、慶子やジン・ジャンに焦点化して二人の女同士の関係を描いていく選択肢もあったのだから。だが、語り手は、レズビアン・ラブの開示を結末部まで遅延しつづけ、最後に劇的に出すことで、それをあざといイメージで表象してしまうのである。

ところで、ジン・ジャンが「Lesbien Love」を行うことはかなり早い時期から決まっており、その相手が、当初は「聡子とそつくりの女」と構想されていたことが、三島の残した創作ノートによって知られている。[*14] それが、現『暁の寺』で久松慶子に改変されたのは、一つには聡子を物語の表舞台に登場させず月修寺の奥深くに幽閉するためであるのと同時に、聡子の聖女としてのイメージをこわさないためでもあっただろう。だが、それより何よりも、慶子がジン・ジャンにとって、ふさわしい相手であったということだ。

久松慶子は、「吉田茂にもマッカーサー元帥にもぞんざいな口をきける、まことに例外的な日本人」であり、アメリカ軍の若い将校を愛人にし、日本人は入ることのできない占領下のPXにも「木戸御免」で入り、「戦前から馴染の銘柄の英国製のビスケット」が「彼女の少女時代のお茶の時間と現在とをまつすぐにつなぐ」（『暁の寺』二二三）といった「幼いころからの洋風の生活」（『暁の寺』四二三）が身体にしみこんでいる女性である。のちに、歌舞伎や謡・密教美術などの「日本文化の研究」に精を出すようになるのを、本多は「彼女の新しい異国趣味」だと見るし、また、「或る大使館の日本人の給仕たちが悉く紋付袴を着せられてゐる」のに、本多が「いかにも日本人を現地人扱ひにしてゐる証拠だ」と憤慨するのに対して、慶子は「日本の男は紋付袴のはうが威厳があるもの」と反対する（『天人五衰』七）。

自分がジン・ジャンに向けた視線の権力性には気づくことなく、（おそらくは西洋人の）日本へのオリエンタルな視線に潜む差別性に反応して、本多は憤慨した。では、慶子はどうなのか。日本人に向けられた差別にも気づかない鈍感さなのか、それとも日本人でありながら西洋の眼差しを体現してしまっているのか。しかし、彼女は西洋に呪縛されているわけではない。ただ、ごく自然に西洋を体現している日本人だということなのだ。

また、ジン・ジャンとの性愛の場面。「誰も夢みたこともなければ望んだこともないその無情の境へ達するために、二人の女は必死に力を協せてゐるやうに見えた」、「それほどジン・ジャンのはじめて見る真摯は美しかつた」と、本多の視線は捉える（『天人五衰』四四）。レズビアニズムは、女が欲望される客体であると同時に、欲望する主体にもなる。ジン・ジャンが、「自分の欲望を写し出す「鏡」（柳瀬）にするだけの本多ではなく、慶子を選ぶのは当然であろう。性的にも、両性に向かう性指向をもつことで異性愛／同性愛、男／女の二項対立をこえ、さらに日本／西洋といった対立をものみこんだ異種混交性が、慶子からは感じられはしまいか。

覗き穴から覗かれた場面は本多の認識がつくり出した像にすぎない（かもしれない）ことや、男性作家三島がレズビアン行為を描くという権力性、語り手によって劇的に仕立てあげられたあざとさなどを考慮に入れつつも、なお、女性の主体が描かれたこの場面を私は評価したいと思う。本多の視線によって「謎」の客体としてのみ描かれてきたジン・ジャンの、欲望する主体の「真摯」さが表出された、男性的な権力に覆われていたテクストの裂け目―徴候―として見たいのである。

ジン・ジャンの欲望を引き出した慶子は、『天人五衰』にも登場するが、透に転生の真相を告げる「天使殺し」(『天人五衰』二七)の役目を果たしたあと、自分が代役を務めた聡子と入れ代わるようにして、退場する。強大な表象の力によって閉じ込められていた聡子が、六十年ぶりに視線と主体とを回復し、静謐な世界に本多を連れ出すのは、その後のことである。

注

＊1 拙稿「三島由紀夫『鏡子の家』におけるジェンダー化した語り」(『鈴峯女子短期大学人文社会科学研究集報』四八、二〇〇一年一二月)、「友永鏡子のために―三島由紀夫『鏡子の家』における〈聴き手〉と〈時代〉」(『昭和文学研究』四四、二〇〇二年三月)

＊2 高橋重美「沈黙が語るもの―『豊饒の海』読解の危険性」(『立教大学日本文学』一九九〇年七月)、根本美作子「『豊饒の海』―あるいは型に嵌められた現実」(小林・松浦編『表象のディスクール2 テクスト』東京大学出版会、二〇〇〇年三月)などは、従来、三島の「文体」の問題として処理されてきた「語り」そのものを分析している論である。

＊3 「国際的な枠組みにおけるフランス・フェミニズム」(『文化としての他者』紀伊國屋書店、一九九〇年)

＊4　イーグルトン『ワルター・ベンヤミン』「訳者解説」（勁草書房、一九八八年）
＊5　「オリエンタリズム」（『国文学』一九九三年五月）
＊6　「輪廻と転生のロマン」（『三島由紀夫おぼえがき』立風書房、一九八三年）
＊7　レイ・チョウは、「サバルタンが語れないのは、抑圧された者たちの生活や文化、主体性の証しとなるような彼ら固有の活動が存在しないからではない。そうではなくて、（略）「語ること」自体がすでに確固たる支配と抑圧の歴史に構造的に取り込まれてしまっているからなのである」と述べる。（『ディアスポラの知識人』「あのネイティブたちは皆どこへ行ったのか？」青土社、一九九八年）
＊8　『春の雪』の聡子については、本書Ⅲ―1で検討する。
＊9　妊娠の事実は、父・侯爵に呼びつけられるまで、清顕には知らされない。また、聡子が出家するにいたる経過も、聡子や伯爵夫妻（聡子の父母）を視点人物として述べられていく。前半とは逆に、読者は、清顕の知らない情報を知らされ、月修寺の内側に入った聡子の決意をなぞることになる。
＊10　『差異の世界』「ジェンダー理論とイェール学派」（紀伊國屋書店、一九九〇年）
＊11　「『暁の寺』論」（『三重大学日本語学文学』一〇、一九九九年六月）。ジン・ジャンについては、武内佳代「三島由紀夫『暁の寺』にみるサロメ表象―月光姫《ジン・ジャン》再考の機縁として」（『国文』一〇四、二〇〇五年一二月）でも考察されている。
＊12　レズビアニズムという、当時周縁に位置づけられた性愛は、当事者の一人を褐色の肌をもちオリエンタルな視線を誘発させるジン・ジャンに設定することで、ますます周縁化されることになる。また、三島文学のレズビアニズムについては、大森郁之助が考察を行っている（「「春子」と「暁の寺」の間の虚空」『札幌大学女子短期大学部紀要』二一、一九九三年三月）。

＊13 「「贋物」の主人公」（『昭和文学研究』一七、一九八八年七月）→『三島由紀夫の文学』試論社、二〇〇九年

＊14 「『豊饒の海』ノート」（『新潮』一九七一年一月臨時増刊）→『決定版三島由紀夫全集』一四、二〇〇二年

2　浄と不浄のおりなす世界

『豊饒の海』は、輪廻転生が重要なモチーフであり、転生と唯識に憑かれた男によって展開する物語であることは確かだが、輪廻転生や本多の認識という表層の底に、物語の原動力や登場人物たちの認識・感覚・行動を無意識のうちに縛る規範が潜在するように思える。本節では、『豊饒の海』が輪廻転生と認識の物語であることはもちろん大前提にしながら、その底にある構造をさぐっていきたい。先回りしていうと、作品の基底には、聖と俗、浄と不浄といった対立様式が存在し、物語の表層である輪廻転生や認識とからみあっている。物語は、そうした基層構造に統括されるかたちで語られ、ジェンダーの問題もその上にある。本書全体で『豊饒の海』の語りとジェンダーを検討していく前提として、物語全体の基層・深層の構造を検討してみよう。

一

はじめに、『豊饒の海』全体の構図をみておきたい。

『豊饒の海』は、松枝清顕―飯沼勲―月光姫《ジン・ジャン》―安永透という輪廻転生者の系譜と、それを見守る認識者・本多繁邦、作品の最後で本多の認識を否定する月修寺門跡・綾倉聡子の三つの系譜が存在する。*1 転生者たちは、二十歳で死に、生まれ変わりを繰り返すのだが、『豊饒の海』四巻の各巻ごとに一人の転生者の姿が描かれることになる。具体的な時間構造は本書I—3にまとめたが、概略としては次のようになる。


『春の雪』……………大正元～三年。清顕十八～二十歳、本多十八～二十歳。

『奔馬』……………昭和七～八年。勲十九～二十歳、本多三十八～三十九歳。

『暁の寺』第一部……昭和一六年～二〇年。月光姫七歳。本多四十七～五十一歳。

〃　第二部……昭和二七年（四二年）。月光姫十八歳（その死は二十歳）。本多五十八歳。

『天人五衰』……………昭和四五年～五〇年。透十六～二十一歳。本多七十六～八十一歳。


つまり、『豊饒の海』は、全体では、大正元年から昭和五〇年までのおよそ六十年間の時間が流れているが、それを物語の中で均一に扱うのではなく、『暁の寺』の例外はあるものの、各巻はほぼ転生者が二十歳で死ぬまでの数年間を扱い、その後十数年の間があいて次の巻が始まる構造になっている。こうした構造は、もちろん三島自身が述べているように、「輪廻の思想」を導入したことによって生じたものであろう。*2 二十歳で死ぬ転生者の繰り返しがあり、各巻で、その死の直前の数年間を扱うことで、従来の「年代記的」な時間のあり方を超越することができるのである。

だが、それと同時に、各巻が数年間のできごとだけを扱うことで、時間も凝縮できるのではないか。退屈につづく日常生活のすべてを延々と描きつづけるのではなく、行為者たちの最も美しい数年間だけを描く。限られた数年間を華やかに描ききり、書かれざる十数年を経て、再び行為者の花と咲いた時間を描く。そこで描かれているのは、淡々と続く日常の生活時間とは異なった、限定された非日常的な時間である。*3 それを、三島の小説の特性としての「劇的な時間」の導入と呼ぶこともできるが、俗と対立する「聖なる時間」と見なすこともできるだろう。

社会学や宗教学・人類学などでは、聖と俗の対立する時空間を見出している。人間社会は、時間の流れを均一で等質のものとは見なさず、日常的な時間の中に「祭り」のような非日常的な儀礼をさしはさむことによって、非均質なものとしてきた。日常の単調な時間の流れの中に、祭りなどの儀礼が入ることによって、リズムが生まれ、生活が活性化されるのである。つまり、平常の秩序から、祭りによって一時的に異常な時空間に転位し、再び平常な秩序にもどっていく。それを、上野千鶴子は次のように述べている。*4

祭りは日常性の対極にある非日常的な時空間であり、俗に対する聖、ケに対するハレである。ところで聖なるものとは何か。ただの岩に〆縄を巡らせれば御神体になるし、鳥居があればそこから奥は神域となる。（略）つまり、聖なるものとは、経験界のなかに即自的に存在するのではなく、ただ象徴としてしか存在しないのである。

さて、祭りは俗なる生活の中に周期的に現れる聖なる時間である。俗なる日常生活を送っている人間がそのままでいったいどうしたら聖なる時空間のなかに入っていくことができるのだろうか。聖なる時空間はあらかじめ存在しているわけではないから、俗なる時空間を聖化することによって作り出されるほかはない。祭りは最初から記号として現れる。祭りという記号を成り立たせているのは、日常と非日常、俗と聖の対立という原理である。

上野が言うように、「祭り」は、「俗なる生活の中に周期的に現れる聖なる時間」であり、それは「即自的」に存在するわけではない。「俗なる時空間を聖化することによって作り出されるほかはない」ものなのであり、そのために、人は日常でタブーだとされるものを侵犯し、役割を逆転して、聖なる祭りの時空間を作り上げていく。

だとすれば、『豊饒の海』という物語自体が、非日常的な祭りの時間なのではないか。先述したように、『豊饒の海』四巻の中に描かれるのは六十余年の全体の中のほんの数年であり、しかもそれはほぼ二十年ごとに「時間がジャンプ」して現れる。これは、上野の言う「祭り」=「周期的に現れる聖なる時間」=「ハレ」に相当する。つまり、『豊饒の海』四巻に描かれている世界は、認識者本多が見ている時空間であるが、それは決して俗なる時間ではなく、非日常的な空間・「聖」なる時空間なのであり、『奔馬』冒頭の三枝祭の神事のように、まさに神と人との交歓の場なのだ。[*5]

それでは、「聖なる時」（ハレ）に対立する「俗なる生活」（ケ）とは、『豊饒の海』のどこにあるのか。それは、作品としては書かれていない、巻と巻の間の十数年間なのではないか。

語り手は、本多のもとに二十年ごとに訪ねてくる転生者と本多との関わりを、転生者の死ぬ直前の数年間に限って語った。だが、もちろん、残りの十数年間も本多は生きている。一巻と二巻、二巻と三巻、三巻第一部と二部、三巻と四巻の間、その書かれざる年月こそが、本多の俗なる時間なのである。本多の日常生活は、各巻の冒頭などで垣間見ることができる。例えば、『奔馬』の冒頭では、本多・梨枝夫妻の平穏な日々が「平淡な調和」として描写されており、書かれざる各巻の間の本多の日常的な姿は想像できる。だが、作品は、そうした俗なる時間からすぐに、転生者たちのおりなす祭りの時間、聖的な時空間に入っていく。

『豊饒の海』各巻は、転生者を中心とした非日常的で聖的な時空間であり、本多が無意識に作りあげた祭りである。[*6] それに対立する日常的で俗な時空間は、作品には書かれない各巻の間のほぼ十数年ずつである。『豊饒の海』は、俗なる時間に対立する聖的な時空間を描く、という明確な意志に貫かれた作品なのだ。

二

『豊饒の海』の「聖」性については、これまでにも、例えば、聖なるものの「禁忌と違犯」を見るバタイユの影響などが検討されてきた。たとえば『春の雪』の恋愛に、「至高の禁」を犯すバタイユのエロティシズムを見るのはしごく妥当であろう。物語の表層に、輪廻転生・認識・禁忌と犯しといったものが存在するのを認めたうえで、その深層に何があるかを見ていきたいのである。

これまで見てきたように、人の生活は大きく「聖」と「俗」とに分けられる。デュルケムは、「聖」にはさらに、「一般にいう神聖なもの」と「不浄なもの、呪うべきもの」の二面があると考え[*7]、エリアーデは、「聖は『聖なるもの』であると同時に『汚れてあるもの』である」と述べた[*8]。つまり、一般に宗教学では、人間の生活を「聖」と「俗」に分け、「聖」を「清浄」と「不浄」との二つに分けている。民俗学における「ハレ」の扱い方も、宗教学における「聖」の扱い方に極めて似ており、「ケガレ」は不浄であり、したがって、ケガレはハレの下位概念として扱われていた。だが、波平恵美子は、「日本人の信仰観念においては宗教学における『聖』のような分類範疇は存在しないか、不明確にしか存在しないようだ。人々は『宗教的な』、『聖』的なものをまず『ハレ』か『ケガレ』かに範疇化している」、「不浄は危険を招く、不幸を呼ぶという認識が強く人々を支配しているから」「日本の民俗宗教は不浄に対する観念やそれを避けたり祓い清めたりする手段を発達させてきた」として、民間信仰の体系を、それまでの「ハレ・ケ」の二項から、「ハレ・ケ・ケガレ」の三極構造で考えることを提唱した。[*9]

ハレに範疇化されるさまざまの事柄や物を結ぶ共通項は「清浄さ」であり、一方ケガレにおいては「不浄さ」であり、それはケガレ（穢れ）の語の一般的な意味でもある。浄・不浄という対立する観念が、ハレとケガレという範疇を、正反対の対立するものとしているということもできる。逆の視点から見れば、日本人の認識体系の中には〈清浄さ—完全さ—幸運—善—神ごと〉と結び付いてゆく部分と、〈不浄—不完全さ・無秩序・混乱—不幸・不運—邪悪—神ごとからの忌避あるいは慎しみ〉と結び付いてゆく部分とがある。（『ケガレの構造』）

波平は、このように、それまで「非日常で異常」だということで「聖」のなかに混在させられていた「浄・不浄」の観念を明確に分け、それぞれ「ハレ」「ケガレ」と名づけた。波平は、さらに、「ケガレ」と「ハレ」との関係について、「ハレの観念はケガレを排除することによって成立し明確化する」、「ハレ観念とはケガレ観念のアンチテーゼとして導き出されたもので実体はない」と述べている。つまり、祭りの非日常空間が即自的に存在するものではなかったように、ハレの観念（清浄性・神聖性）も清浄性そのものとして即自的に存在するのではなく、ケガレ（不浄性）を排除する（ハライ、ミソギ、キヨメ）ることによって生じるものだということなのである。したがって、ケガレはハレの一側面・亜概念ではなく、対立する概念だということになる。

こうした日本人のケガレ観は、民俗の基層であって、表層的な民俗習俗がすたれてしまった今日でも我々の中に息づいている。今日でも、我々は神聖なものを恐れはばかるし、選挙で「ミソギ」は済んだと言い、「エンガチョ」などという子どもの遊びにも不浄を忌む心性は残っている。波平の言うように、ケガレの問題は、「人間の文化に広く深く係わって」おり、「都市化され近代化されたと考えられているわれわれ日本人の生活の中に、また自らは宗教的なものと一切係わりを持たないと信じている人びとの間にも宗教的行為や認識は存在している」のである。*10 それは、必ずしも昔日のものではなく、今日でもイデオロギーを超えて、基層に存在しつづけているのであり、『豊饒の海』の中に存在しているとしても、決して不思議ではない。

三

さて、『豊饒の海』の中で、こうしたハレ／ケガレの様相が最も分かりやすい形で出てくるのは、神道の色合いの強い『奔馬』においてである。本多が初めて勲と出会い転生の神秘を感じる大神《おほみわ》神社は、「一木たりとも生木は伐られず、不浄は一切入るをゆるされない」（『奔馬』四）（傍線は引用者・以下ことわりのない限り同様）とその清浄さが強調され、真杉海堂の「禊」の錬成会では、「あなたは実に沢山の人間を見て来られたらしい。それでも目が汚《けが》れてをられない」とか『実に清冽なお水で、身心の汚れが祓はれました」（『奔馬』二二）という挨拶がなされる。また、『神風連史話』の中の「宇気比《うけひ》」など、『奔馬』では、「穢れ」をハラうことが重要なモチーフとなって出てくる。『神風連史話』は、飯沼勲の行動の規範となった書物であるが、その中で、神風連の志士たちは「穢《けが》れを忌み、新を憎んだ」とされている。また、昇天については、天の柱か天の浮橋に従うべきだが、「身も穢れた俗衆の目」には見えないため、「わが身の汚穢を祓つて、清々しい心を以て古へに復れば、上古の神人同様となつて、天の柱、天の浮橋はおのづから眼前にあり、それを伝はつて高天原に至り得るのである」(『奔馬』九)と説かれている。

このように、常に穢れを祓い、清浄な心を求めていく志士たちのあり方は、勲に強く伝わっている。昭和神風連をめざす勲のグループは、陸軍省や参謀本部など政権の中枢に腐敗が広がっていることに対して「これをみんな一挙に清めるためにはどうしたらいいんだらう」(『奔馬』一二)と憂い、彼らの誓いの言葉は「ひとつ、われらは神風連の純粋に学び、身を挺して邪神姦鬼を攘《はら》はん」(『奔馬』一八)であった。また、勲は、洞院宮治典王に向かって、自らの信じる忠義を「聖明が蔽はれてゐるこのやうな世に生きてゐながら、何もせずに生き永らへてゐるといふことがまづ第一の罪であります。その大罪を祓ふには、瀆神の罪を犯してまでも、何とか熱い握り飯を拵へて献上して、自らの忠心を行為にあらはして、即刻腹を切ることです。死ねばすべては清められますが、生きてゐるかぎり、右すれば罪、左すれば罪、どのみち罪を犯してゐることに変りはありません」(『奔馬』一七)と語り、あるいは自分の死を「俺が自刃するときには、昇る朝日のなかに、朝露から身を起して百合が花をひらき、俺の血の匂ひを百合の薫で浄めてくれるにちがひない」(『奔馬』二一)と夢見るのである。だが、「純粋」を信じ、清浄を求め、汚穢を嫌う勲の姿がほの見えるのは、このような思想面ばかりではない。たとえば、感覚の面でも、父親の塾が蔵原と関係があることを知って、「しらぬ間に、自分の内臓も、肉体のすべてがすでに毒に汚れてゐるのだ」（『奔馬』二一二）と思い、「母の唾が驟雨のやうに、なまなましい刺身や緑の海藻の附合せの上にふりそそぐ、さういふ不浄な想像で、別の不浄を祓はうとしてゐたのである」（『奔馬』二一六）と語られている。清浄・神聖を畏れはばかり、不浄・穢れへの接触を忌避するという心性は、イデオロギーとしてばかりではなく、卑近な日常生活の全般において表れる。

ただ、神道色の強い『奔馬』の中で、浄／不浄の観念が出てくるのは、いわば当然である。神道は清明観をなによりも重視する宗教だからだ。しかし、『豊饒の海』で不浄性が問題になるのは、何も『奔馬』ばかりではない。他の巻においても、「穢れ」をハラうことがモチーフとして表れ、そして神道的な清明観のように表にでず、登場人物たちの漠然とした気分として描写されるだけ、それが作品の基層としてより重要であると考えられる。

つづいて、『春の雪』を中心に、その他の作品もふまえながら検討してみよう。

四

まず気づかされるのは、あらゆる人物が「不吉」の感覚を抱いていることである。もちろん、従来から、『豊饒の海』に死の影が色濃いことは、諸家によって言われていた。作中の「不吉」には、松枝邸の滝口で死んでいる黒い犬を指して「不吉な犬の屍」(『春の雪』三)と言い、タイの王子ジャオ・ピーのもとに婚約者の死を知らせる手紙を「いかに不吉な報せが到来したか」(『春の雪』三五)と言うように、直接、死そのものを指す場合もある。「不吉」の語は、それ以外にも多用されている。雪の日の清顕と聡子の初めての接吻のあとは「不吉な静けさがあとにのこ」(『春の雪』一二)るのであり、清顕は聡子との散歩の途中の喇叭の響きに「不吉な曙」(『春の雪』三六)を感じる。本多は、清顕が欠席した日、「云ひしれぬ不吉な思ひにかられて」電話をかけるが、これらは、はかりなくも二人の恋の行く末を暗示することになる。また、松枝侯爵は、聡子が奈良から帰京しなかったことを知り、心中に「あらゆる不吉な予測が群が」(『春の雪』四五)るし、本多は、月修寺門跡に向かって「不吉な話ですが、私には何だか松枝がこのまま治らないやうな気がしてなりません」(『春の雪』五四)と語って、清顕に聡子を一日会わせてやってほしいと懇願する。

『春の雪』の他にも、『奔馬』で、勲は、堀中尉の部屋に入るなり「不吉な予感」(『奔馬』一七)を感じ(事実、このあと、堀に計画の中止を命令される)、計画が露顕して裁判が始まった時、裏切り者が誰かについて考えまいとしても「もつとも考へたくない不吉な観念へ心が傾いた」(『奔馬』三六)とされる。また、本多は、勲の事件が発覚したとき、「不吉な予感」をおぼえるし、洞院宮に会ってビラを始末したあと「危険で不吉な影をひとつ払い落とした」(『奔馬』三二)と安堵する。『暁の寺』に入ると、ベナレスで見た秘蹟によって、本多は「何か怖ろしい不吉な焔に胸内を灼かれ」(『暁の寺』九)ており、『天人五衰』では、北野天神の五衰図が「えもいはれぬ不吉な詩となつて心を領した」(『天人五衰』八）と書かれる。

あらゆる人物が「不吉」の予感をもち、また、語り手も、「不吉」の語によって事物や人物を説明する。このような「不吉」の感覚は、単独で提示されるばかりでなく、これも各巻に頻出する「忌まわしさ」「汚れ」「穢れ」とあいまって、ますます強められ、作中で独特の効果をもたらすことになる。[*11]

再び、『春の雪』に戻ろう。

「あたかも何千年もつづいた古い娼家の主」のような聡子付の老女蓼科は、松枝家の書生飯沼と女中みねとの情事を世話し、事件の発端となった聡子と清顕との逢引の手引をする人物である。彼女は、二人が密会を続け、聡子と洞院宮治典王の納采の儀が近づいている時期に、「何事かをじつと待つて」おり、それは「この期待には何か不吉で血みどろなものがあつた」（『春の雪』三七）と描写される。その直後、この「手ごたへのたしかな血まみれなものの専門家」である老女の「不吉で血みどろ」の期待通り、聡子は妊娠の兆候をみせる。この聡子の妊娠が、物語が破局に向かうきっかけとなったことは言うまでもない。

また、蓼科は、妊娠した聡子が自分の手におえなくなると、カルモチンを飲んで自殺未遂を起こすが、その姿は、綾倉伯爵と清顕の目から次のように描写される。

小菊を散らした小豆いろの掻巻をかぶつてうづくまつた姿には、どこか人間離れのした、黄泉《よみ》路《ぢ》を一度辿つて引返して来た者の忌はしさが漂つてゐた。伯爵はこの小部屋の茶簞笥や小抽斗にまで、ある穢れがまとはつてゐるやうな気がして、落着かなかつた。さう思ふと、うつむいた蓼科の襟足が、あまり丹念に白く塗られ、髪も毛筋一つ乱れず梳られてゐるのが、却つて云はうやうなく忌はしく見える。（『春の雪』四〇）

むしろ会ひ易いのは蓼科のはうかもしれないが、自殺未遂以来、清顕はこの老女に云ひしれぬ忌はしさを感じてゐた。遺書によつて清顕を父へ売つた以上、この女は自分が手引をして逢はせる人たちを、のこらず売つて快とするやうな性格の持主にちがひなかつた。（『春の雪』四九）

両者が蓼科に対して抱く感覚は、「穢れ」であり「忌はしさ」である点で共通している。M・ダグラスは、ある秩序から秩序へ移る最中、どっちつかずの状態のときは、非常に不安定で危険であり、ケガレの状態であると捉えている。[*12] ダグラスは、ケガレを「秩序と侵犯」の観点から考えているが、そうしたケガレが今ある体系的な秩序や神的なものを脅かし、再組織化を迫るからである。こうした不浄の捉え方から見ると、自殺未遂をして「黄泉路を一度辿つて引返して来た」ばかりである蓼科が、生と死のはざまにある中途半端なケガレた存在であることは、たやすく理解できる。加えて、蓼科の自殺未遂によって、聡子の妊娠と清顕との関係が明るみに出、これを契機として、聡子の堕胎・出家・清顕の死と物語は一挙に進むことになるのである。こうして他者からケガレとして知覚される蓼科が、物語進展の原動力となっていく。[*13]

蓼科の遠縁の親戚にあたり、蓼科が手引してその家の離れが清顕と聡子の逢引の場所となった北崎にも同じイメージが付与されている。

蓼科から八年前のことを持ち出され、「『北崎……』その名を伯爵は、不吉な名をきくやうに、身慄ひして」聞く。蒸暑い夜、伯爵は、蓼科に誘われて北崎の家の離れで秘本を見ていた。「北崎の手がつと空中に泳いで、蚊をはたいた。（略）伯爵は北崎の白い乾いた掌に、潰れた蚊の小さな黒点と血をちらと認めて、穢れた感じを持つた」（『春の雪』四一）。綾倉伯爵は、明らかに北崎自身を、蓼科と同じく「不吉」「ケガレ」のイメージで想起している。その夜、自虐的になっていた伯爵は、北崎の家で蓼科と関係をもち、蓼科に、「決して聡子を生娘のまま、松枝の世話する婿に与へてはならない」と語り、聡子に性のテクニックを伝授するように依頼した。蓼科の手引によって、勅許がおりた後、聡子と清顕が倫理的に許されない肉体関係を持ったのも北崎の家であり、二人の関係も実に、この八年前の北崎の家での伯爵の依頼がきっかけなのであった。蓼科は伯爵の依頼を悪魔的なまでに忠実に守ったのだ。小説中で「神聖」だとされている天皇の命令・勅許を破る契機が北崎であり、ケガレは、禁忌を破るほどの非常に強い影響力をもって作中に表れ出ている。

また、不浄と神聖との対比がはっきりと出ているのが、清顕付の書生・飯沼に関する描写である。飯沼は、清顕にとって「清顕の少年期がかたはらに落した影、汚れた紺絣の濃紺の影」であり、「汚れた面皰《にきび》の頬の凹凸」（『春の雪』一三）に象徴される。清顕は蓼科と相談して、飯沼と女中みねの逢引を仕組むが、その場所として、飯沼が崇拝している先代侯爵の「御文庫」を選んだのだった。

飯沼がわれとわが手で神聖な場所を瀆《けが》すことになる成行を清顕は望んだのだ。思へば、美しい少年時代から、清顕がつねに無言で飯沼を脅やかしてきたのはこの力だつた。冒瀆の快楽。一等飯沼が大切にしてゐるものを飯沼自身が瀆さねばならぬときの、白い幣に生肉の一片をまとはりつかせるやうなその快楽。むかし素盞嗚尊《すさのをのみこと》が好んで犯したやうな快楽。（略）なほ彼に解しがたいのは、清顕の快楽がすべて世にも美しく清らかに見えるのに、飯沼の快楽には、ますます汚れた罪の重味が増すやうに思はれることであつた。さう思ふことが、いよいよ彼の目にわが身を卑しく見せた。（『春の雪』一四）

古事記の須佐之男命は、誓約の勝ちに乗じて罪を犯し、追放されながらも、そのケガレをエネルギーとした。同様に、冒瀆の快楽を味わいながらも「世にも美しく見える」清顕と、「われとわが手で神聖な場所を瀆」さざるをえず、「汚れ」おちていく飯沼。浄・不浄の対立が明確になっている。そして、自らを卑しく思った飯沼は自虐的になって、みねを「汚れた残雪」のある片隅で犯そうとするのである。

こうした飯沼の不浄のイメージは、『奔馬』に入ってさらに強化される。『奔馬』の中で、飯沼は、潔癖で純粋な息子・勲と、徹底的に対比させられる。十九年ぶりに会った本多は、飯沼が差し出した「名刺の角がほんの少し折れて汚れてゐるのが気に」（『奔馬』七）なるし、洞院宮に『神風連史話』を献上しようとした勲は、拝謁に反対する飯沼に本を投げ捨てられて「自分のもつとも神聖としてゐる物が、泥水に没し」（『奔馬』一六）憤る。『春の雪』でのケガレのイメージは、『奔馬』でも継承され、飯沼は、息子の栄光に嫉妬して息子を警察に密告する父親として現れるのである。飯沼の密告を知った本多は、「父親がどんなに汚れてゐても、汚れが倅に及ぶわけではない。勲の行為の動機の潔らかさが、それで毫も差引かれるわけではない」（『奔馬』三二）と思う。飯沼の不浄性に対して、勲の清浄性が対比されており、また、名刺の汚れを気にした本多の最初のイメージが正しかったことも明らかにされるのである。こうした、自己のケガレを、飯沼自身も気にしていた。飯沼は、裁判のあと保釈された勲に向かって、自分が彼を警察に逮捕させたこと・塾が新河男爵から金を受け取って蔵原武介を護衛していることを告げ、「汚れて汚れぬ、それが本当の純粋だ。汚れを厭うてゐては何もできぬ」と、「身勝手な訓戒」をする。自己の「汚れ」を意識しているからこそ、飯沼は、高潔な息子に向かって、空疎な自己弁護をせざるをえないのであった。[*14]

だが、『奔馬』において、もっとケガレのイメージが気がつきにくいところで表れ、その人物の真の性格を教えてくれるのは、鬼頭槙子であろう。

槙子は、勲のグループのパトロン的存在であった。作品のかなり後半に至るまで、読み手には、槙子という人物は、退役陸軍中将で歌人として知られる父のイメージや笹百合の与え手であることも影響して、勲に優しい思いを寄せる、年上の姉的な存在であるかに見える。しかし、彼女こそが、勲たちの計画を、勲の父・飯沼に明かし、警察に密告させた張本人であり、裁判官を前に平気で嘘をつけるほどしたたかな女であったと後に知られるのである。[*15] 槙子は、勲が彼女を好きだった何倍も勲に熱をあげており、「自分一人のための男にしてしまひたい」ために勲を牢屋に閉じ込める方策をとる、屈折した感情の持ち主だと佐和によって説明される。こうした槙子の実体がはっきりとわかるのは、裁判で彼女が偽証をした場面であり、このとき勲は「何といふ愛！　自分の愛のためなら、槙子は勲のもつとも大切にしてゐるものを泥まみれにして恥ぢないのである」（『奔馬』三七）と、彼女が神聖さをケガす人間であると認知する。

だが、この場面以前に、槙子の真の性格が予告されていなかったわけではない。勲たちは、地図に権力の腐敗している場所を紫の色鉛筆で塗っていたが、その直後、彼らが訪ねた槙子は、まさに「藤紫のセルの着物」を着ていた。このため、勲は、「それを見たとき、先程の地図の腐敗の紫を、井筒や相良が思ひ出しはしないかと」ふと考えて「ひやり」とする（『奔馬』一三）。また、槙子に別れを告げて逃げ去った勲は、追いかけてきた槙子に声をかけられて立ち止まるが、「しかしそこで振り返れば、いひしれぬ不吉なことが起るやうな気」（『奔馬』一九）がする。まさにこのあと、槙子は勲に接吻し、彼の興奮を利用して決行の日時や人数など密告の材料をまんまと聞き出し、勲の行為を遮るのだ。

こうした槙子の不浄のイメージは、次巻『暁の寺』で一層深まる。戦後、歌人として名を成した槙子が本多と再会する。槙子は弟子の椿原夫人に「神」のように君臨し、夫人と今西との性交渉を冷やかに観察するのである。槙子に見られることによって、椿原夫人は息子を亡くした悲しみを何度でも蘇らせ、槙子の方は夫人の生の悲しみから芸術的感興を精錬させる。それを覗き穴から覗き見た本多は、「事柄の厳粛さと忌はしさ」（『暁の寺』二七）に気づく。また、翌日、富士浅間神社でも、本多は、車からおりた槙子と椿原・今西を見て、「黒い棺から蘇つて出て来た人たちを見るやうな忌はしい心地」（『暁の寺』二八）がする。最も純粋に死んだ勲と、まさに対照的に不浄のイメージで槙子は見られているのである。

このように、『豊饒の海』には、「忌まわしさ」「汚れ」「穢れ」「不吉」といったケガレのイメージを付与された物や人物たちが存在し、かつ物語が展開していく原動力となっている。[*16] 彼らの影響力は非常に大きいために、清浄性は簡単に覆されてしまう。だからこそ、逆に、登場人物たちには、ケガレを祓って、ハレを希求する気持ちも非常に強い。再度、『春の雪』を見てみよう。

そのとき門跡はすでに被布を脱いで、小袈裟を掛けた紫の法衣を顕はしてゐた。人々はかういふ尊い方の存在が、みるみる不吉を浄めて、小さくても暗い出来事を、大きな光明の空に融かし込んで下さるやうに感じてゐた。

「御前様に回向していただくなんて、何といふ果報な犬でございませう。きつと来世は人間に生れ変ることでございませうよ」（『春の雪』三三）

松枝邸の庭を、先代の月修寺門跡を案内して一同が散歩しているときに、滝口に犬の死骸がかかっていた。門跡がその供養を申し出た場面である。徳の高い門跡の存在で、犬の死という不浄が浄化されることを人々は期待している。そして、ねんごろにとむらわれたら、人間に生まれ変わるというのである。母の口から無意識に出ている言葉であるが、『豊饒の海』第一巻の冒頭付近で、すでに転生が話題にのぼっていること、そして、それが浄・不浄の観念とともに出ていることに注目したい。

聡子は、禁忌を犯して、清顕と関係を続けていることについて、本多に、「どうしてでせう。清様と私は怖ろしい罪を犯してをりますのに、罪のけがれが少しも感じられず、身が浄まるやうな思ひがするだけ。（略）刹那刹那が澄み渡つて、ひとつも後悔がないのでございますわ」（『春の雪』三四）と語り、「そのたびごとに最後の逢瀬のやうに思はれる清顕とのあひびき」が「清寧な自然に囲まれて、どんなに怖ろしい、目のくらむほどの高みに達」したかを伝えたいと考える。天皇の勅許を破るという最高の禁忌を犯し、その一瞬一瞬にすべてを賭けているからこそ、「罪のけがれ」もなく、浄化された気持ちがするというのである。蓼科は、このころの二人を「美しい若い肉の融和そのものが、何か神聖で、何か途方もない正義に叶つてゐるやうに感じられた」（『春の雪』三七）と述べている。

だが、全てが露顕して、聡子は堕胎させられ、母に伴われて奈良の月修寺に向かう。

> 黒門内に色づいてゐるこの数本の紅葉は、敢て艶やかとは云ひかねるけれど、山深く凝つた黒ずんだ紅が、何か浄化されきらない罪と謂つた印象を夫人に与へた。それが夫人の心に、突然、錐のやうな不安を刺した。うしろの聡子のことを考へてゐたのである。（『春の雪』四三）

妊娠を「赤不浄」と呼び、妊娠中絶をすれば刑罰を受ける時代である。紅葉の「黒ずんだ紅」は、言うまでもなく、聡子がヤミで流した血の喩であろう。また、「お上をお裏切り申し上げた」ことから言えば、堕胎は単に彌縫策にすぎず、何の根本的な解決もなされていない。「浄化されきらない罪」を、母の伯爵夫人が感じるのも当然である。

果たして、聡子は、月修寺で髪をおろし、母が善後策を求めて上京している間に、剃髪してしまう。「髪の一束一束が落ちるにつれ」、聡子の周りに「新鮮で冷たい清浄の世界がひらけた」(『春の雪』四六)と、語り手は説明している。「浄化されきらない罪」は、ここで浄化されたことになる。

一方、聡子の変化は、清顕を傷つけることになる。聡子は精神に異常をきたしたことにされて、洞院宮との婚約を取消し、出家した。大変な「公の不名誉」を受けたのだが、名目が汚されれば汚されるほど、清顕にとって、聡子は「輝やかしい潔白」に映る。ハライとは、不浄をはらうとともに、清浄な世界を積極的に作りあげることなのである。「彼女は、罪、不名誉、狂気を一身に引受けることによつて、すでに潔められてゐた。そして自分は?」(『春の雪』四八)。

こうして、清顕は、月修寺の聡子を訪ねようとする。だが、月修寺では、清顕が聡子に会うことを拒否した。清顕は、病をおして、門前で車を捨てて、歩いて寺に向かう。「病を冒して行《ぎやう》ずることに、意味もあり力もある筈」であり、「命を賭けなくてはあの人に会へないといふ思ひが、あの人を美の絶頂へ押し上げるだらう」と思い、月修寺は、「これほど澄み渡つた、馴染のない世界は、果してこれが住み馴れた「この世」であらうか?」(『春の雪』五二)とまで神聖な世界に感じられている。それは、病を冒して、「行」ずるからこそなのである。月修寺といえどもただの寺であり、聡子といえどもただの女である。だが、清顕の「ますます行じ、ますます苦難を冒すほかに、聡子に会ふ手だてはない」という気持ちが、彼女を高みに押し上げ、また、清顕が「行」じてすらも会うことがかなわなかったことが、のちに、本多にとっても、月修寺と聡子を「白雪の絶巓に在るかのごとく思ひなされ」「この世の果ての果てに静まる月の寺」（『天人五衰』七）だとまで神聖な世界として認識させることになる。上野や波平が言うように、清浄さ（ハレ）は即自的にハレとしてあるわけではない。不浄を避けたり、祓い清めたりする手段をとることによって、ハレとなっていくのである。

五

さて、こうした浄・不浄について、作品内の表層の認識レベルにおいて考察されている場面がある。『春の雪』の中ですでに、月修寺門跡の法話（『春の雪』四）やタイの王子ジャオ・ピーの話（『春の雪』六）などに萌芽しているのだが、まとまった形で述べられているのは、やはり四巻の理論篇の体をとっている『暁の寺』であろう。

「神聖が極まると共に汚穢も極まつた町だつた」と説明されるヒンズー教徒の聖地・ベナレスの町で、本多は、仔山羊の犠牲を見る。「犠牲の式がそこであつけなく終わつたのではなく、そこからむしろ何かがはじまり、不可視の、より神聖でより忌はしくより高い何ものかへ、今、橋が懸けられたといふ気がしたのである」(『暁の寺』八)と思う。また、人々が沐浴する聖なるガンジスには屍が浮かび、火葬した灰を流して葬っていた。

マニカルニカ・ガートこそは、浄化の極点、印度風にすべて公然とあからさまな、露天の焼場なのであつた。しかもベナレスで神聖で清浄とされるものに共有な、嘔吐を催ほすやうな忌はしさに充ちてゐた。そこがこの世の果てであることに疑ひはなかつた。(『暁の寺』八)

そして、「この究極のものを見たといふ印象」は、白い聖牛がこちらを向く瞬間によって、さらに強化される。森孝雅がこの牛を輪廻の法則だと解しているが、[*17]まさしく、これら一連のベナレス体験が本多の輪廻転生研究の礎となる。ここで注意したいのは、ベナレスでは、神聖で清浄とされるものには忌まわしさが満ちていることだ。つまり、エリアーデなどが示す神聖観と同じく、インドにおける神聖さとは、聖は聖なるものであると同時に不浄なものである。神聖さと忌まわしさとは、非日常であるという点で同一だという認識なのである。つまり、聖を両義的にとらえ、聖なるものは、祭りと戦争に発現されるような興奮・熱狂・過剰をもつことで、日常性を侵犯するといった、神聖さのカオス的側面を強調するカイヨワが示す見方と一致する。

そして、こういったインド風の神聖観こそが輪廻を生み出すものであると、本多は知った。戦争中、彼は、輪廻転生の研究に没頭し、唯識を学んで、輪廻転生を引き起こす主体も動力も「阿頼耶識」にあり、「阿頼耶識自体も無染のものではなく、水と乳とのまざり合つた和合識で、半ばは汚染してゐて迷界への動力となり、又、半ばは清らかで悟達への動力となる」（『暁の寺』一八）と理解する。輪廻転生自体が、ケガレつつ、清浄だという、両義的な存在なのであった。

だからこそ、彼にとって「見ること」とは両義的なものである。本多が見るのは清浄なものばかりではない。覗き穴から覗き見た慶子とジン・ジャンの睦み合う姿を、本多は「見たものの忌はしさ」（『暁の寺』四四）と言い、夜の公園で覗き見ることを、「自分はいつも見てゐる。もつとも神聖なものも、もつとも汚穢なものも、同じやうに。見ることがすべてを同じにしてしまふ」（『天人五衰』四）と概括する。

だが、こうした知識によって、本多は、神聖さの両義性を知りつつも、現実の感覚としては、どうやらそれを肯なってはいない。例えば、彼は、タイに来て、「若い日本精神」である勲が自滅したことを思い出して、次のように感慨する。

いかに怖ろしい面貌であらはれようと、それはもともと純白な魂であつた。タイのやうな国へ来てみると、祖国の文物の清らかさ、簡素、単純、川底の小石さへ数まへられる川水の澄みやかさ、神道の儀式の清明などは、いよいよ本多の目に明らかになつた。しかし本多はそれと共に生きるのではなく、大多数の日本人がさうしてゐるやうに、それを無視し、あたかもないかのやうに振舞つて、むしろそれからのがれることによつて生きのびて来たのであつた。（略）

少なくとも勲は、最上の、美しい、簡素な、鳥居のやうな明確な枠を生きた。そこでその枠の中に、不可避的に、青空が湛へられてしまつたのだ。
死にぎはの勲の心が、いかに仏教から遠からうと、このやうな関はり方こそ、日本人の仏教との関はり方を暗示してゐると本多には思はれた。それはいはばメナムの濁水を、白絹の漉袋で漉したのである。（『暁の寺』二）

本多は、日常生活のなかでこそ、あまりに清明で純粋なものには目をつぶって生きてきているが、タイに来て、日本の文物の清浄さに気がつく。また、勲の生が、そうした日本の清明さの象徴であるように思うのである。

また、先に述べた、ベナレスの神聖の両義性（聖であると同時に忌まわしいもの）を体験したあと、アジャンタ遺跡を訪ねて、人影のない野を行き、「帰郷の感情」を味わう。

本多の胸には浄化への期待が生れた。印度風の浄化はあまりに怖ろしく、ベナレスで見た秘蹟はまだ彼の心身に熱病のやうに籠つてゐた。彼は一掬の清水が欲しかつたのである。（略）
この自然には奇聳なものもなければ激越なものもなかつた。無為のまどろみが、かがやく緑に包まれて、燦爛としてゐるばかりだつた。何か怖ろしい不吉な焔に胸内を灼かれてゐた本多にとつて、野は鎮静の感情そのものであり、そこには飛び散る犠牲の血の代りに、一つの叢林から飛

び翔つ白鷺の純白があつた。(『暁の寺』九)

本多は、神聖と汚穢が混沌として極まっていたベナレスでの神聖さに対して強い衝撃を受けながらも、やはり、アジャンタで「浄化」への期待をもつ。「一掬の清水」「鎮静」「純白」「岩清水の清らかさ」といったものを求めるのである。これこそが、先に「祖国の文物の清らかさ」と本多が概括した、日本風の清浄であり、神聖である。明らかにベナレスで見た神聖と汚穢が混在する神聖とは異なり、ハレとケガレとを明確に区別し、ケガレを浄化したいという感覚である。最初に掲げたように、波平は、「日本人の信仰観念においては宗教学における『聖』のような分類規範(聖は『聖なるもの』であると同時に『汚れてあるもの』・引用者注)は存在しないか、不明確にしか存在しないようだ。人々は『宗教的』な、『聖』的なものをまず『ハレ』か『ケガレ』かに範疇化している」(『ケガレの構造』)として、聖俗の二元構造を退け、ハレ・ケ・ケガレの三極対立構造を提示した。同じように、本多においても、神聖と不浄が混在する強烈な宗教意識を認識の面では把握しつつも、真に彼が原初の感覚で求めていたものは、不浄のまじらない、浄化した清明さであった。*18 明らかに、ここには、ハレとケガレとを分化させる感覚が働いているのである。また、この感覚は、本多だけではなく、『豊饒の海』の語り手にも存在することは、これまで述べてきたとおりである。

そして、『豊饒の海』が終わりを告げるのは、そうしたハレ・ケガレ観が変質していき、かつての清明観が維持できなくなっていった時である。本多自身、『暁の寺』の途中から、醜い覗き屋になっていくのだが、それよりも『天人五衰』に登場する転生者・安永透が、この作品構造の変質を何よりもよく体現している。

本多と同じ精神の雛形だとされるこの少年は、その「清潔」「潔癖」さが強調される。「体の隅々まで清潔」(『天人五衰』六)にし、その自意識は「いやらしいほど清潔を極め」、「むやみに潔癖で」「その洗ひたての手は、清浄野菜のやうに何と清らかだらう」(『天人五衰』一〇)と描写される。明らかに、それまでの巻で見られた清明な「神聖」さではなく、無菌で味もそっけもない「清潔」という語が選択されている。

つまり、現代には「神聖」が存在しなくなってしまったのである。また、『暁の寺』の第二部から『天人五衰』にかけて、景勝地の俗化したありさまや戦後の通俗な事物・人物の描写が次第に多く入り込んでくる。超絶的な時空間だけでは貫くことができない「現代生活」に舞台が移るにつれて、物語の終息も近づいていく。次第に聖性を維持しきれなくなり、俗なるものが作品の中に侵入してくるのである。*19

こうした景勝地・三保の松原の俗化については、「ベナレスでは神聖が汚穢だつた。又汚穢が神聖だつた。それこそは印度だつた。しかし日本では、神聖、美、伝説、詩、それらのものは、汚れた敬虔な手で汚されるのではなかつた。これらを思ふ存分汚し、果ては絞め殺してしまふ人々は、全然敬虔さを欠いた、しかし石鹸でよく洗つた、小ぎれいな手をしてゐたのである」(『天人五衰』九)と説明される。戦後日本では、神聖さを汚すのは、石鹸でよく洗った小ぎれいな手の持ち主であり、それを体現しているのが透であった。神聖にかわって、清潔さが大手をふるようになったのが、現代なのである。

そうした「清潔」さから見れば、老人は、「ケガレ」に過ぎない。「年寄なんか穢い。臭いからあっちへ行け」(『天人五衰』二十六)。透が本多になげつけた言葉である。清潔万能の今日のケガレ観をよく表している。「本多の頬は怒りに慄へた」が、ともかく、彼自身が、現代的清潔観から見れば、ケガレそのものになってしまったのである。直後、彼は、覗きによって捕まり、世俗的にも指弾される立場になってしまった。そして、人生の終わりに必死になって、これまで神聖の高みに押し上げてきた月修寺の聡子を訪ねるものの、彼自身の存在をすら否定されてしまう。だが、それは、本多自身が望んだ、すべてがハラわれた世界でもあるのである。

六

こうして、『豊饒の海』は終わる。だが、いかに浄・不浄の問題が、物語の基層に流れていたことか。ケガレを忌み、浄化を希求する感覚は、表面に出ることは少ないが、むしろ深層に隠されているだけ、より原初的なものであると言える。

こういったケガレのあり方を、中村雄二郎は、よごれの源泉は分泌物・排泄物・流血といった人間の身体にあり、「人間も動物として、誰しも、そういうものを自己のうちに含み、代謝作用を営んでいる以上、よごれやケガレに無関係ではありえない」とし、「きれいときたない」というのは、「ものごとを価値的に区別する最初の、エレメンタルな基準であるため、ひとが外界や事物を価値的に捉えようとすれば、この原初的な意味分化を無視するわけにはいかない」と述べている。[*20] また、中村は、ケガレが「きわめて物質的であると同時に精神的（心的）であり、きわめて習俗的であると同時に内面的であり、きわめて可視的であると同時に不可視的であって」固有の領域がはっきりせず、また両義的で逆説的だと指摘し、人間の実存に深く関わるものだと考えている。

壮大な意図をもって書かれた「世界解釈の小説」『豊饒の海』は、以上検討してきたように、聖俗の交錯によって成立し、輪廻転生や認識といった表層を、きわめて習俗的で逆説的でエレメンタルな要素・ケガレが基層部分で支えている。本書において分析するジェンダーと語りも、そうした基層構造の上に織り込まれているのである。

注

＊1　聡子については本書Ⅲで考察する。

＊2　「第一、私はやたらに時間を追つてつづく年代記的な長篇には食傷してゐた。どこかで時間がジャンプし、個別の時間が個別の物語を形づくり、しかも全体が大きな円環をなすものがほしかつた。私は小説家になつて以来考へつづけてゐた「世界解釈の小説」が書きたかつたのである。幸ひにして私は日本人であり、幸ひ

にして輪廻の思想は身近にあった」（「『豊饒の海』について」昭和四四年）

＊3　田中美代子は、「転生する主人公は、本多の日常性とは次元を別にする異類だといっても過言ではない」と述べている。（「『豊饒の海』三島由紀夫―小説の二重構造」『国文学解釈と鑑賞』一九八四年四月）

＊4　「構造主義入門」（『構造主義の冒険』勁草書房、一九八五年）

＊5　『春の雪』冒頭の日露戦争の戦死者を悼む「得利寺附近の戦死者の弔祭」の写真には、中央に高い白木の墓標がすえられており、あたかも神々が降臨する依代《よりしろ》のようである。作品世界の機軸は、日常性・俗なる世界から、ケガレをも含んだ非日常的な聖の世界へと転換する。

また、本多は、清顕が「感情の戦場」で、勲が「行為の戦場」で死んだと述べたあと、「転生した二人の若者は、それぞれ対蹠的な戦場で、対蹠的な戦死を遂げたのだつた」と、二人の生の意味を戦争に例えて総括している（『奔馬』二）。ロジェ・カイヨワは「聖なるもの」の規定を「日常性への違背・侵犯」ととらえ、その発現を「祭り」と「戦争」に求めている（『人間と聖なるもの』せりか書房、一九六九年）。いずれも、興奮・熱狂・過剰・浪費・暴力・破壊において共通しており、日常と対立するものであり、弛緩した日常を再生させる機能をもつものだというのである。本多が「戦争」に例えていることからも、清顕と勲が生きていた時間、即ち、『春の雪』と『奔馬』の時間は、祭りや戦争に相当する「聖」的な、非日常な時だったと理解できる。

＊6　転生の祭りの始まりが本多によるものであるならば、祭りが終わるのも、本多の手による。転生者たちが二十歳で死ぬのも、本多が、無意識裡に自らの認識の劇の中で転生者たちを殺したのであって（「破壊者は彼自身だつたのだ」『暁の寺』二〇）、いわば「異人殺し」だと言ってよい。

小松和彦は、「異人」を民俗社会の人々から「しるしづけ」を付与された者だと定義し、民俗伝承の中に

「異人殺し」伝説が多く見られることをあげ、定住民にとって異人は畏敬と侮蔑の混同した両義的存在（歓待・好ましさ／排除・忌まわしさ）だと述べる。さらに、「社会の生命を維持するために『異人』を一旦吸収したのちに、社会の外に吐き出す」と言う（『異人論』青土社、一九八五年）。廣川勝美は、「人間は物語をつくるという病気にかかった存在である」とし、「他者を犯し、排除すること」に「日常性の秩序からの解放」を見、スケープゴートの存在を「有限の絶対への、俗の聖への回帰の欲求」だと説明する（『犯しと異人』人文書院、一九八六年）。つまり、清顕らは、本多にとって、俗なる生活を活性化してくれるための異人であり、聖なる者に祭りあげていくのだが、その後、日常生活に戻るために物語の上で殺すのだ。こうして異人殺しによって祭りは終わり（一巻は閉じ）、書かれざる本多のケの世界に入る。

また、『暁の寺』で語られる、今西の幻想の王国「柘榴《ざくろ》の国」は、こうした「異人殺し」の作品内からの説明である。「柘榴の国」では、美しい者たちは、美の絶頂時に、「記憶の純粋化」のため、醜い「記憶する者」によって殺される。本多は、今西の幻想の話を聞きながら、「われわれはすべて神の性の千年王国《ミレニアム》の住人なのかもしれないのである。神が本多を記憶者として生き永らへさせ、清顕や勲を記憶される者として殺したのは、神の劇場の戯れであつたかもしれない」と考えている（『暁の寺』二一五）。

＊7　デュルケム『宗教生活の原初形態』（岩波文庫、一九四一年）

＊8　エリアーデ『聖と俗』（法政大学出版局、一九六九年）

＊9　波平恵美子『ケガレの構造』（青土社、一九八三年、新装版一九九二年）。なお、波平の説の優れているところは、「清浄性・神聖性を示すハレ、日常性・世俗性を示すケ、不浄性を示すケガレ」という定義を与えて、ハレ／ケ／ケガレを儀礼を分析する上での理論的枠として用いたことである。このため、民俗事象そのものではない小説をも分析することができる。

＊10　同様のことを波平は、「偏見や差別は病気のイメージと結びつき、そのイメージの中核はケガレ観である。また『朝シャン（朝外出前に必ずシャンプーすること）』の一般的な習慣化は、ケガレの対の観念の表現様式であろうかと推測される。学校で起こるいじめの問題で、排除していく子供達を『汚い、臭い』といい、その理由でいじめたり接触せず言葉を交わさないということが目立つという。ケガレ観の伝統と変容を考える時、月経や死のケガレ観が希薄になりつつある一方で、別の領域と表現の中で定着していることに興味を覚える」と述べている（『ケガレの構造』あとがき）。

＊11　「汚れ・穢れ・忌まわしさ」に関する記述は非常に多く、必ずしも人物を修飾するだけではない。清顕は「忌はしい髑髏の幻影」を見ていたが、召使にスープを飲まされて「その呪縛が解かれ」（『春の雪』五〇）出奔を決意して、月修寺に向かう。三枝祭の百合の花は「ふしぎに穢ない色には枯れない」（『奔馬』一三）とされる。本多は、輪廻の学習の中で、「忌はしいもの、酩酊、死、狂気、病熱、破壊」が人々を魅了して、「外へ」と連れ出したわけを自問し、「転生のもつとも深い心理的源泉は『恍惚』だつたのだ」（『暁の寺』一三）と思いあたる。覗きの行為は「世間の目の中に置かれたその汚れた藁草履のやうな快楽のみじめさ」（『暁の寺』三二）に例えられる。転生の秘密を本多から打ち明けられた慶子は、転生は、「人々が秘し隠してゐるもつとも恥かしいこと、もつとも忌はしいこと」を何でもないものにしてしまう「劇薬のやうな秘密」だと言い、本多は、それを知った者は『見者の五衰』を示して「いやな忌はしい臭ひを放つ」（『天人五衰』一二）と述べる。また、堤防に夥しいゴミが晒されている様は、「もつとも汚穢な、もつとも醜い姿でしか、つひに人が死に直面することができないやうに」（『天人五衰』一一）、「地上の生活の滓」が海という「永遠」に直面するのだと説明される。

＊12　M・ダグラス『禁忌と汚穢』（思索社、一九七二年）

*13 蓼科は、『暁の寺』でも、「言語を絶した老い」の姿で登場する。貰った卵を焼け跡で割ろうとする蓼科を、本多は「何か忌はしいことを手伝ふやうな気がして、手助けが憚られた」(『暁の寺』二一)と書かれており、ケガレのイメージは変化していない。

*14 不浄のイメージで覆われているのは、飯沼ばかりではない。本多に会いにきた洞院宮の別当は、「茶色いリノリュームの床を靴音もさせずに忍びやかに歩く黒い背広の小男」であるが、彼を見て、本多は「いひしれぬ忌はしいものを感じ」(『奔馬』三二)る。はたして、この男は、本多に宮の招待を告げながら、一方で、その招待を断れと示唆するのである。中途半端な位置にある人間、正体のつかめない人間として、彼にもケガレのイメージがある。なお、この別当は、戦後、洞院宮の始めた骨董店の番頭となり、売上を着服する人物だと思われる。

*15 佐藤秀明は、『豊饒の海』に「たくさんの嘘が散りばめられている」ことを指摘している(「『贋物』の主人公」『昭和文学研究』一七、一九八八年七月→『三島由紀夫の文学』試論社、二〇〇九年)。

*16 こうしたケガレの働きを、中村雄一郎は「創造的混沌」と呼んでいる(「〈悪の哲学ノート〉2 きれいはきたない……」『へるめす』二九、一九九一年一月)。

*17 「『豊饒の海』あるいは夢の折り返し点」(『群像』一九九〇年六月)

*18 具体的には本書Ⅱで述べるが、そもそも、本多にとって「見ること」とは「認識の領域」であった。見られる対象は、彼が見た瞬間から「本多の認識の作った世界の住人」になり、「彼の目が見た途端に汚染」されてしまうと意識されているのである。だからこそ、「本多の欲望がのぞむ最終のもの、彼の本当に本当に見たいものは、彼のゐない世界にしか存在しえない」(『暁の寺』四二)。彼が見たいと望むのは、彼の認識に「汚染」されていない、絶対的な世界なのである。

＊19　こうした聖と俗の対立について、三島は、死の直前の対談の中で、バタイユを引きながら次のように述べている。

「その言うところは、禁止というものがあり、そこから解放された日常があり、日本民俗学で言えば晴と褻というものがあって、そういうもの――晴がなければ褻もないし、褻がなければ晴もないのに――つまり現代生活というものは相対主義のなかで営まれるから、褻だけに、日常生活だけになってしまった。そこからは超絶的なものが出てこない。超絶的なものがない限り、エロティシズムというものは存在できないんだ。エロティシズムは超絶的なものにふれるときに、初めて真価を発揮するんだとバタイユはこう考えているんです。」（古林尚との対談「いまにわかります」『図書新聞』一九七〇年一二月一二日→「三島由紀夫　最後の言葉」『決定版三島由紀夫全集』四〇）

このように、三島は、現代生活が、超絶的で非日常的な「ハレ」の世界がなくなり、日常的な「ケ」の世界だけになってしまっていることに強い不満をもらしている。だからこそ、冒頭でも述べたように、『豊饒の海』では日常生活の時ではなく、超絶的な時空間だけを各巻に定着させているのである。

＊20　＊16に同じ。

3 人物関係図／時系列データ表

一 『豊饒の海』主要人物関係

四巻にわたる「夢と転生」の物語・『豊饒の海』には、さまざまな人物が登場する。物語は、清顕―勲―ジン・ジャン―透の転生者の系列、認識者・本多、唯識を司る聡子、の三系統に大きく分類される。そして、『豊饒の海』の物語は、血縁によって続いていかない。主要人物が一人っ子であったり、子どもが不在であったりすることによって、血縁によらない人物継承―転生―が発生する。そうした輪廻転生が閉じられるのが、物語の結末で転生者・透と狂女・絹江とのあいだに現実の子どもが胚胎したときだったのである。

ただ、人物関係図は、そうした整理をすりぬけるようにして錯綜しているし、「名脇役」といった人物も多い。『春の雪』から『暁の寺』にかけて何度か行われるパーティに出席する宮家の人々（『暁の寺』にいたって、本多が宴を主催する側にまわり、皇族を招待する）、三巻四十年間の時間の移ろいを感じさせる新河男爵夫妻。聡子付の老女で、『春の雪』で八面六臂の活躍をする蓼科は、『暁の寺』ですさまじい老いを見せるし、麻布で軍人相手の下宿を営む北崎も『春の雪』『奔馬』に顔を出す。

『豊饒の海』人物関係図

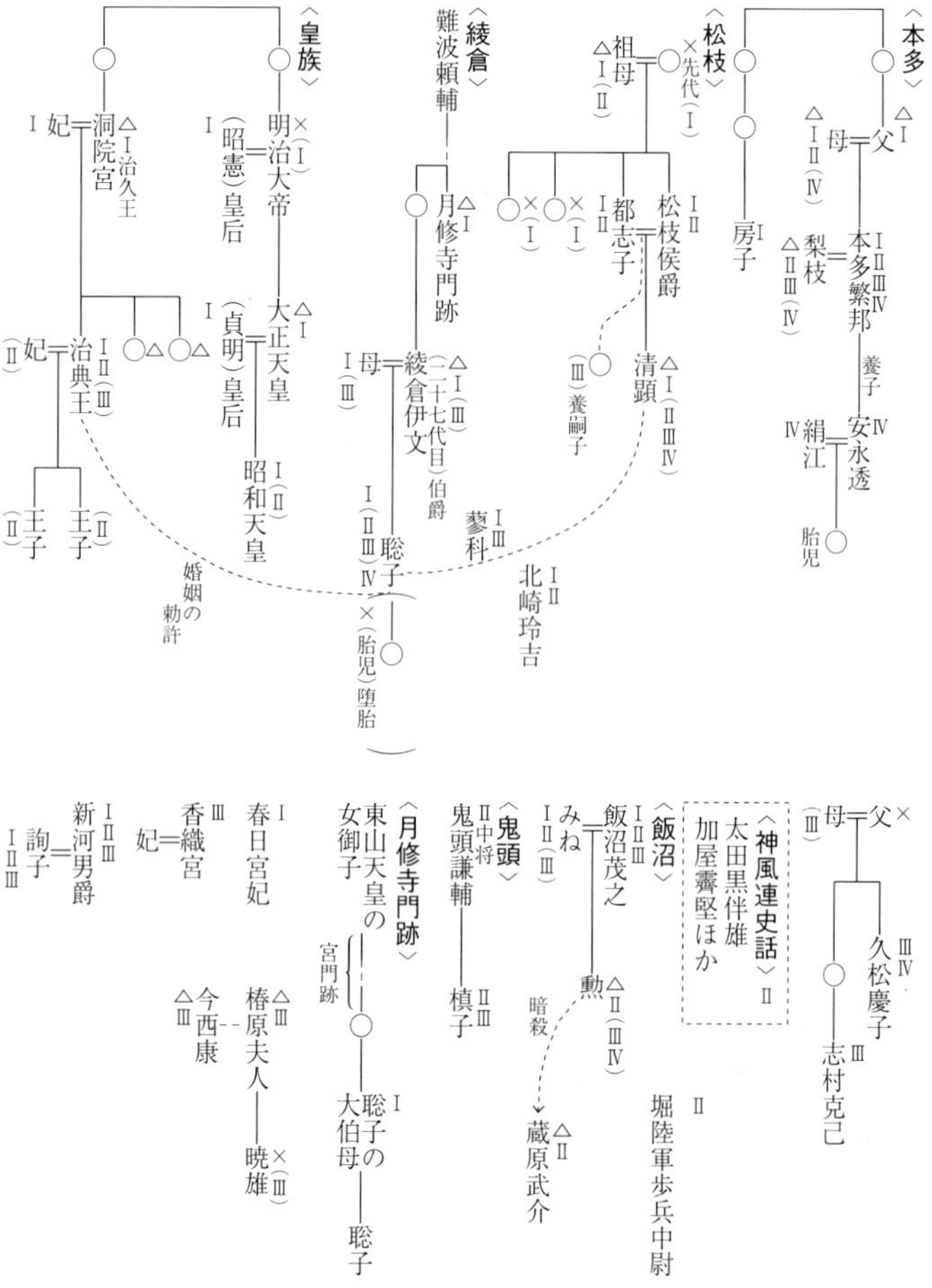
〈本多〉
父 △Ⅰ
母 △ⅠⅡ（Ⅳ）
本多繁邦 ⅠⅡⅢⅣ
梨枝 △ⅡⅢ（Ⅳ）
養子
安永透 Ⅳ
絹江 Ⅳ
胎児
〈松枝〉
房子 Ⅰ
先代 ×（Ⅰ）
祖母 △Ⅰ（Ⅱ）
松枝侯爵 ⅠⅡ
都志子 ⅠⅡ
×（Ⅰ）
×（Ⅰ）
清顕 △Ⅰ（ⅡⅢⅣ）
（Ⅲ）養嗣子
〈綾倉〉
難波頼輔
月修寺門跡 △Ⅰ
綾倉伊文 △Ⅰ（Ⅲ）（二十七代目）伯爵
母 Ⅰ（Ⅲ）
聡子 Ⅰ（ⅡⅢ）Ⅳ
×（胎児）堕胎
蓼科 ⅠⅢ
北崎玲吉 ⅠⅡ
〈皇族〉
明治大帝 ×（Ⅰ）
（昭憲）皇后 Ⅰ
大正天皇 △Ⅰ
（貞明）皇后 Ⅰ
昭和天皇 Ⅰ（Ⅱ）
洞院宮 △Ⅰ治久王
妃 Ⅰ
治典王 ⅠⅡ（Ⅲ）
妃（Ⅱ）
王子（Ⅱ）
王子（Ⅱ）
婚姻の勅許
父 ×
母（Ⅲ）
久松慶子 ⅢⅣ
志村克己 Ⅲ
〈神風連史話〉Ⅱ
太田黒伴雄
加屋霽堅ほか
〈飯沼〉
飯沼茂之 ⅠⅡⅢ
みね ⅠⅡ（Ⅲ）
勲 △Ⅱ（ⅢⅣ）
暗殺
蔵原武介 △Ⅱ
堀陸軍歩兵中尉 Ⅱ
〈鬼頭〉
鬼頭謙輔 Ⅱ中将
槙子 ⅡⅢ
〈月修寺門跡〉
東山天皇の女御子
宮門跡
聡子の大伯母 Ⅰ
聡子
春日宮妃 Ⅰ
香織宮 Ⅲ
妃
椿原夫人 △Ⅲ
暁雄 ×（Ⅲ）
今西康 △Ⅲ
新河男爵 ⅠⅡⅢ
詢子 ⅠⅡⅢ

〈タイ（シャム）王族〉

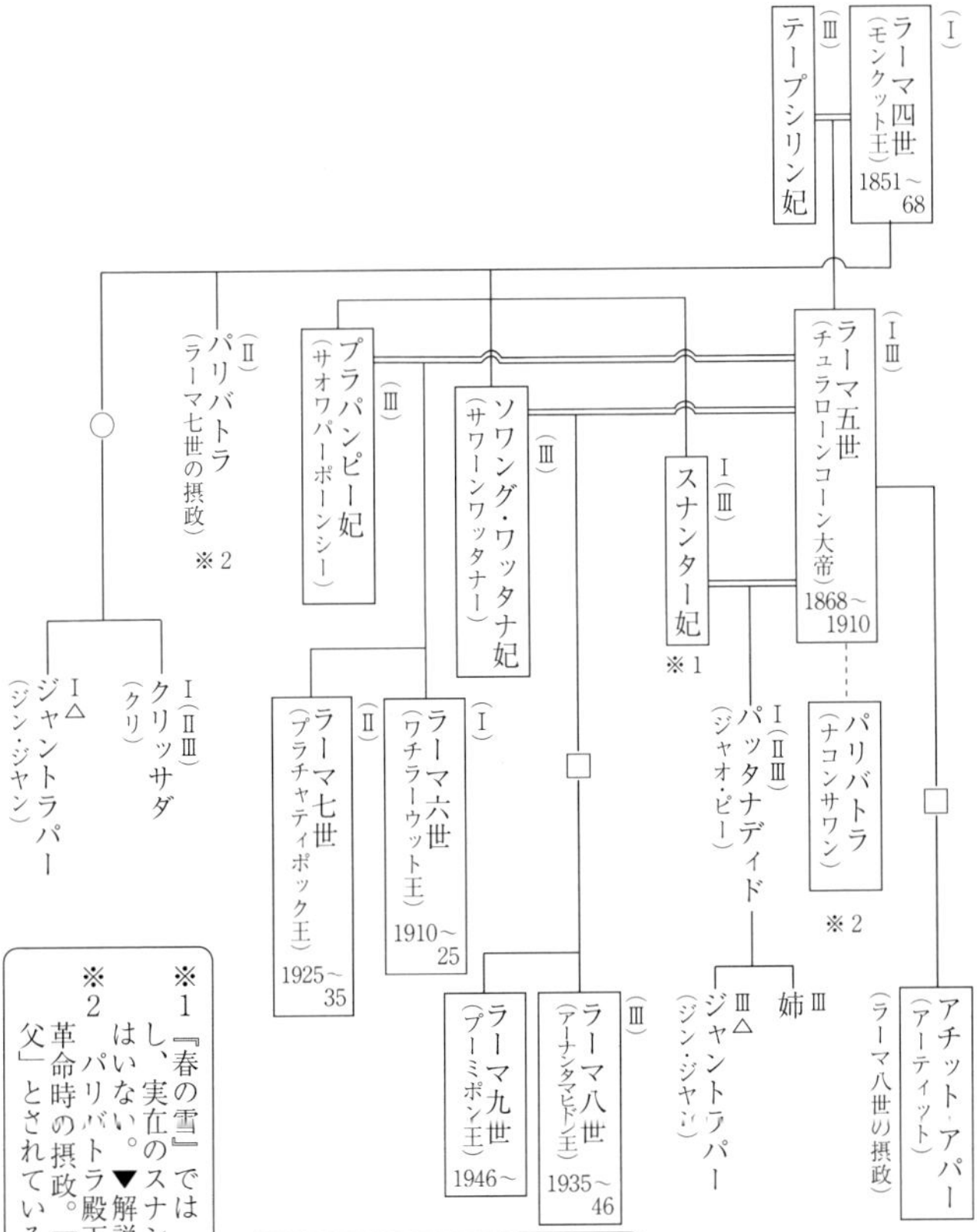

〈データの見方〉
Ⅰ—『春の雪』
Ⅱ—『奔馬』
Ⅲ—『暁の寺』
Ⅳ—『天人五衰』
（Ⅰ）〜（Ⅳ）—その巻で話題になる
△—物語の途中で死亡
×—物語の最初の時点で死亡
□—実在した（する）タイの王族。国王名の下の数字は在位年

※1『春の雪』では「王太后」と呼称される。ただし、実在のスナンター妃には、成長した子どもはいない。▼解説参照
※2 パリバトラ殿下（ナコンサワン親王）は立憲革命時の摂政。『奔馬』ではラーマ七世の「叔父」とされているが、正しくは「異母兄」。

さらに、これまで、あまり注目されてこなかったのが、タイ（シャム）の王族のパートである。『春の雪』から『暁の寺』にかけて、ラーマ六世からラーマ八世の統治する時間を背景としている。実在したタイの王族を□で印づけたが、三島は、実在する王族と虚構の人物とをうまく融合させている。ラーマ四世（モンクット王）は八十二人の子（孫は五百十二人）を、ラーマ五世（チュラローンコーン大帝）は七十七人の子（孫は百十七人）を設け、それら子弟を各国に留学させ、王族によるネットワークで統治してシャムの近代化を進めた。『春の雪』で日本に留学するパッタナディド（ジャオ・ピー）がラーマ五世の子どもでラーマ六世の異母兄弟、従兄弟のクリッサダ（クリ）はラーマ四世の孫、といった設定は、そうしたタイの王族支配を反映して創作されている。

また、現実と虚構の結節点としてとくに注目したいのは、ジン・ジャンの祖母（＝ジャオ・ピーの母親）「スナンター妃」である。『暁の寺』一一では、チュラローンコーン大帝（ラーマ五世）の「四人の妃のうちの三人までが姉妹だ」と菱川が解説している。スナンター妃、ソワング・ワッタナ妃、そして第一夫人のプラパンピー妃（サオワパーポーンシー妃）である。この三人は実在し、たしかに姉妹（にして、夫ラーマ五世とも異母兄妹の関係）である。だが、実在したスナンター妃（一八六〇年一一月一〇日〜一八八〇年五月三一日）は、『暁の寺』の舞台の一つともなっているバンパイン離宮に行く途上、チャオプラヤー川で船の事故にあって、十九歳で亡くなっている。当時一歳九カ月になる女児カナポーンとスナンターのお腹にいた五カ月の胎児も共に亡くなった（スナンター妃には、他に子供はいない）。最愛の妃の薨去を悼んで、夫・チュラローンコーン大帝は、バンパイン離宮など三カ所に記念碑を建立し、スナンター学校を作った。スナンター妃の夭逝の物語は、書物になるなど、タイでは現在でも著名であるという。

ところが、妃の肖像画を前にして、ジン・ジャンは、「これが私のお祖母様よ」、「私は体だけをこのスナンター妃から受けついだの」と誇らしげに本多の手をとって説明する。さかのぼって『春の雪』三五で、ジャオ・ピーに許婚者のジン・ジャン（初代）の死を知らせる手紙が届けられるシーンでは、ジャオ・ピーの母親は単に「王太后陛下」とされていた。それが、『暁の寺』にいたって、ジン・ジャンの祖母は現実には成長する子を持つことなく、わずか十九歳で早世した悲劇的な女性・スナンター妃に設定される。父親ジャオ・ピーの夭折した恋人の名を与えられたことと合わせて、ジン・ジャンは、二重に「早すぎる死」と関連づけられているのである。四人の転生者の中で唯一の女性であるジン・ジャンに関わるだけに、ジェンダーの視点からも注目される。

二　『豊饒の海』時系列

三島由紀夫は、「世界解釈の小説」としての『豊饒の海』を書くにあたって、時間を追ってつづくクロニクル（年代記）ではなく、「どこかで時間がジャンプし、個別の時間が個別の物語を形づくり、しかも全体が大きな円環をなすもの」を求めて、輪廻転生を採用したと説明している（「『豊饒の海』につ

『豊饒の海』時系列データ表

	西暦	元号	本多数え年	転生者		聡子数え年
	1868	明治元			〈王政復古〉清顕の祖父は明治維新の元勲	
	1869	明治2			〈元公現親王満宮能久王の独乙留学が許可される〉［奔9］	
	1870	明治3			林桜園死去［奔9］ 〈熊本洋学校へゼンス赴任〉［奔10］	
	1871	明治4			〈岩倉具視の遣欧に際して、国体変革論が戦わされる〉［奔9］	
	1872	明治5			〈太陽暦導入〉［奔9］	
『神風連史話』	1873	明治6			太田黒ら宇気比［奔9］ 〈六鎮台置かれる〉〈地租改正〉	
	1874	明治7			二度目の宇気比［奔9］　〈佐賀の乱〉	
	1875	明治8				
	1876	明治9			〈廃刀令・断髪令〉［奔9］ 〈熊本バンドの誓い→同志社創立〉［奔10］ 太田黒ら熊本鎮台等を襲撃するが、鎮圧される（神風連の乱）［奔9］	
	1877	明治10				
	⋮	⋮			⋮	
	1890	明治23				
	1891	明治24			蓼科に綾倉伯爵のお手がつく［春41］	
	1892	明治25				
	1893	明治26			聡子、誕生	1
	1894	明治27				2
				清顕（数え）		
	1895	明治28	1	1	清顕・本多、誕生	3
	1896	明治29	2	2		4
	1897	明治30	3	3		5
	1898	明治31	4	4	このころ、清顕、綾倉家に預けられる［春3］	6
	1899	明治32	5	5	清顕と聡子、百人一首を巻物に書く［春24］	7
	1900	明治33	6	6	パリのオリンピックで、松枝侯爵、洞院宮とお近づきになる［春16］ 福島県三春地方の村、山林払戻の行政訴訟をおこす［暁23］	8
	1901	明治34	7	7		9
	1902	明治35	8	8		10
	1903	明治36	9	9	明治大帝が松枝邸に御幸［春1］	11
	1904	明治37	10	10	6月26日、「得利寺附近の戦死者の弔祭」写真［春1］	12
	1905	明治38	11	11	梅雨の晩、綾倉伯爵、蓼科に聡子への性の指南を依頼［春41］ 〈日露戦争終結〉［春1］	13

	1906	明治39	12	12	飯沼、清顕付きの書生となる［春１］	14
	1907	明治40	13	13	清顕（中１）、宮中の新年賀会で春日宮妃らのお裾持ち［春１］	15
	1908	明治41	14	14		16
	1909	明治42	15	15	清顕、歌会始に初めて出席［春１］ 旧８月17日、「お立待」の祝［春５］	17
	1910	明治43	16	16	〈シャム、ラーマ６世即位〉［春６］ 本多（中５）、雪の日に母にホットケーキを焼いてもらう［天７］	18
	1911	明治44	17	17		19
『春の雪』	1912	大正元	18	18	〈夏、御大喪〉 10月、本多と清顕、松枝邸で月修寺門跡から元暁の法話を聞く 冬、シャムの王子たち来日 清顕、聡子にニセ手紙を書く 清顕・本多・王子たち、帝劇で聡子に会う	20
	1913	大正２	19	19	雪の日の朝、清顕と聡子、初めての接吻 ４月、松枝邸の花見の宴により、聡子と洞院宮との縁談が進む ６月、勅許。清顕と聡子の肉体関係が始まる 王子の指環紛失 夏、鎌倉へ 月光姫の死の知らせに、王子たちシャムに帰国 秋、聡子、妊娠 11月、大阪で堕胎後、月修寺で剃髪	21
	1914	大正３	20	20	２月、清顕、出奔し月修寺へ 26日、本多も行くが、聡子に会えず ３月２日、松枝清顕、死去	22
				勲 （数え）１	勲、誕生 秋、本多、東京帝国大学法学科大学入学［奔１］	
	1915	大正４	21	2		23
	1916	大正５	22	3		24
	1917	大正６	23	4	本多、大学卒業（在学中に高等文官試験合格） 大阪地方裁判所詰［奔１］	25
	1918	大正７	24	5	〈米騒動〉［奔15］	26
	1919	大正８	25	6	この頃、松枝家、渋谷の地所を売却 清顕の祖母死去［奔15］	27
	1920	大正９	26	7		28
	1921	大正10	27	8	飯沼、靖献塾の建物を入手［奔12］	29
	1922	大正11	28	9	本多、梨枝と結婚［奔１］	30
	1923	大正12	29	10		31
	1924	大正13	30	11		32
	1925	大正14	31	12		33
	1926	昭和元	32	（満12）13	みね、塾生の一人とねんごろになり、飯沼が激怒［奔12］	34

	1927	昭和2	33	14	十五銀行の倒産で、松枝侯爵、財産を失う［奔15］［暁21］	35
	1928	昭和3	34	15		36
	1929	昭和4	35	16	本多、判事に任官。本多の父、死去［奔1］	37
	1930	昭和5	36	17		38
	1931	昭和6	37	18		39
『奔馬』	1932	昭和7	38	(満18) 19	〈5・15事件〉〈6月、シャムで立憲革命〉 6月、本多、奈良大神神社で勲に会い、清顕の転生を確信 本多、聡子を訪ねようと思うが、やめる→→ 梅雨の頃、勲、堀陸軍中尉と会い、洞院宮に拝謁 10月、禊の会で、本多、勲の荒魂に会う（清顕の夢日記の再現） 12月1日、勲ら、逮捕される。本多、職を辞して弁護を決意	40
	1933	昭和8	39	20	6月、初公判 7月の公判で、北崎・槙子が証人出廷 12月26日、「刑免除」の第一審判決により、勲ら出所 12月29日深夜（か翌未明）、勲、伊豆で蔵原武介を暗殺し、自決	41
	1934	昭和9	40	ジン・ジャン （満）0	ジン・ジャン、出生	42
	1935	昭和10	41	1	〈ラーマ8世即位。王留学の間にピブン首相が独裁権力を得る〉［暁1］	43
	1936	昭和11	42	2	〈2・26事件〉〈支那事変〉［暁1］	44
	1937	昭和12	43	3		45
	1938	昭和13	44	4		46
	1939	昭和14	45	5	〈シャム、国号をタイと改める〉［暁1］	47
	1940	昭和15	46	6		48
『暁の寺』一	1941	昭和16	47	7	仕事でタイに来た本多、日本人の生まれ変わりだというジン・ジャンに謁見。黒子はない 10月、本多インドへ（アジャンタ・ベナレス体験） 11月、バンコクでジン・ジャンに会い、帰国 〈12月、日米開戦〉	49
	1942	昭和17	48	8		50
	1943	昭和18	49	9	戦争中、本多、輪廻転生の研究	51
	1944	昭和19	50	10		52
	1945	昭和20	51	11	6月、本多、松枝邸跡で95歳の蓼科に会い、聡子の近況を知る→→ 終戦直後、飯沼、自殺を企てるが失敗［暁31］	53
	1946	昭和21	52	12		54
	1947	昭和22	53	13	〈新憲法施行〉 洞院宮の店開業。本多、ジャオ・ピーが紛失した指環を購入［暁24］	55
	1948	昭和23	54	14	本多、福島県の訴訟に勝ち、3億6千万円の報酬	56

					を得る［天16］ 本多、勲の十五年祭で槙子と再会［暁25］	
	1949	昭和24	55	15		57
	1950	昭和25	56	16	1月、福島県の裁判の言い渡し［暁44］ 飯沼、みねと離婚［暁31］	58
	1951	昭和26	57	17		59
『暁の寺』二	1952	昭和27	58	18	春、御殿場の別荘びらき。ジン・ジャン、翌日、慶子の別荘へ 5月、ジン・ジャン、本多の別荘から逃げて、慶子宅へ 〈6月、破防法粉砕デモ〉 夏、別荘のプール開き。本多、夜、ジン・ジャンと慶子の愛撫を覗き見て、ジン・ジャンに黒子を発見。未明、火事 ジン・ジャン、帰国	60
	1953	昭和28	59	19		61
	1954	昭和29	60	20	春、ジン・ジャン、コブラにかまれて死亡（？）	62
				透 （満）0	3月20日（？）、安永透、出生［天16］	
	1955	昭和30	61	1		63
	⋮		⋮	⋮		⋮
	1966	昭和41	72	12		74
〃	1967	昭和42	73	13	本多、米国大使館のパーティで、ジン・ジャンの姉からジン・ジャンの死を聞く［暁45］	75
	1968	昭和43	74	14		76
	1969	昭和44	75	15	冬、本多、慶子とヨーロッパ旅行。妻・梨枝はすでに死去［天7］	77
『天人五衰』	1970	昭和45	76	16	5月2日、安永透、海を見る。本多、清水を旅行し、天人五衰の夢を見る。月修寺の聡子を追想→→ その後、慶子と美保の松原へ。透の黒子を見る。透を養子に 11月、透、家庭教師の古沢を解雇させる	78
	1971	昭和46	77	（高1）17	春、透、高校入学	79
	1972	昭和47	78	（高2）18	夏休み前、透に、浜中百子との縁談おきる ［透の手記］汀との初体験。百子への策略	80
	1973	昭和48	79	（高3）19	春、破談。秋、本多と透、横浜へ行き、透、手記を海へ捨てる	81
	1974	昭和49	80	（大1）20	春、透、東京大学に入学。本多を邪険にする 7月、透、絹江を引き取る 9月、本多、神宮外苑で覗きをし、発覚 12月、慶子、透に輪廻転生譚を話し、透、服毒して失明	82
	1975	昭和50	81	21	透、退学し、絹江と結婚。絹江、妊娠 7月、本多、膵臓の病を知り、月修寺へ 22日、聡子門跡と面会	83

いて」)。時系列データ表の各巻の現在時間に網かけをほどこしたが、『暁の寺』を例外として、転生者が二十歳で死ぬまでの(死なない)数年間が物語の現在として扱われていることが見てとれよう。物語の現在時として扱われない数年〜十数年については、後説的に説明されることもあるが、基本的には、一つの巻から次の巻に描かれる劇的に凝縮された数年間に「時間がジャンプ」していく。

そして、『春の雪』から『暁の寺』にかけては、伏線が張られたり、先行する巻の人物を再登場させたり、さまざまな事象を含みこんで物語が進展していくが、『天人五衰』では、ほぼ限られた人物で終末まで突き進む。鈴木貞美は、「それぞれの作品から浮かび上がってくる時代層を読むことこそが、『豊饒の海』全四巻のもつ意味を解くことになる」(「『豊饒の海』について」『解釈と鑑賞』一九九二年九月)と述べているが、各巻に社会的事件や世相が描き込まれていることも注目される。

また、『暁の寺』第一部が直接タイを舞台にしているだけではなく、他の巻でも、タイの政治や社会状況が説明されている。タイ政治史が専門の村嶋英治は、『豊饒の海』にはきわめて正確にタイの状況が描かれており、一九六〇年代という執筆時を考えると、三島は、日本語文献だけではなく、当時入手できた英文資料をかなり参照して執筆したのではないかと、その印象を筆者に語られた。『豊饒の海』とタイとの関係については、下河部行輝による論が存し(「構成から見た『豊饒の海』巻二「奔馬」の文章—タイ革命の取扱いを視座にして」『岡山大学文学部紀要』一七、一九九二年七月など)、その後、久保田裕子による詳細な現地調査がなされた(「『暁の寺』の二つの時代—三島由紀夫のタイ国取材の足跡から」『九州という思想』二〇〇七年三月→『三島由紀夫のアジアにおける受容と作品に見られるアジアイメージの形象—平成十八～十九年度科学研究費補助金研究成果報告書』二〇〇八年三月）。小説の展開や日本社会との関係など、さらなる調査・考察の進展が期待されよう。

さて、『豊饒の海』では、二十歳で死んだ各巻の主人公が次の巻で生まれ変るが、数え年と満年齢とが混在していることが、従来すでに指摘されてきた（柘植光彦「『豊饒の海』論」『現代文学試論』至文堂・一九七八年、對馬勝淑『三島由紀夫『豊饒の海』論』海風社・一九八八年、佐藤秀明「「贋物」の主人公」『昭和文学研究』一七・一九八八年七月→『三島由紀夫の文学』試論社、二〇〇九年）。清顕と勲は数え年で年齢が計算されるのに対して、ジン・ジャンと透は満年齢で加齢されている。また、四巻を通じて転生を見続ける本多も物語の最後に再び登場する聡子も、数え年で一貫して数えられている。

かつて日本では生まれた年を一歳とする数え年で年齢を呼んでいたが、一九五〇年（昭和二五年）施行の「年齢のとなえ方に関する法律」によって、法律上は満年齢で処理されるようになった。ジン・ジャンの活躍の時期は、この法律施行よりも前であるが、満年齢をとっているのは彼女が外国人であるからであろう。ただし、作品ではラーマ八世は「御十一歳」で即位したと説明されているが、実際には満九歳での即位である。単純なミスなのか、外国人である王に数え年が適用されているのか不明である。

また、三島はこうした混在はあるにせよ、かなり厳密に時系列表を作成して執筆していたと考えられる。ただし、矛盾も散見される。例えば、戦後、本多が巨額の財産を得たのはいつなのか。『天人五衰』一六では昭和二三年とされ、『暁の寺』四四では判決の言い渡しはそれよりあとの昭和二五年だとされる。『暁の寺』の「創作ノート」では、本多がジャオ・ピーが紛失した指輪を洞院宮の店で買い戻す設定の箇所に、「なぜ金ありや?」とメモ書きされており、そうだとすれば二三年の方が適当であろう。作家のプランの中で、さきの年齢に関する不一致も含めて、こうした齟齬がどのように処理されていたのか。

三島が遺した『豊饒の海』の創作ノートは二十数冊あるが、以前はそのごく一部が『新潮』一九七一年一月臨時増刊号に「『豊饒の海』ノート」として公刊されているのみであった。二〇〇〇年からの新全集刊行によってようやくノートの相当部分が明らかになり、その後、井上隆史・工藤正義・佐藤秀明によって、『三島由紀夫研究』（鼎書房）に未公開部分が翻刻されつつある。これら創作ノートの詳細な検討が今後の課題となろう。

謝辞　タイの歴史と王族に関して、村嶋英治氏（早稲田大学）と西井凉子氏（東京外国語大学）から、懇切にご教示いただきました。深く感謝申し上げます。

三　年齢再考

この時系列データ表は、本多・聡子と『春の雪』『奔馬』の転生者は数え年、『暁の寺』『天人五衰』

の転生者は満年齢で作成した。いわば従来の研究の「定説」に則った年齢加算法を採用したわけだが、初出発表後に、奈良崎英穂から、すべての登場人物を満年齢で数えるべきであり、清顕の出生は明治二七年であると反論をいただいた。[*1] また、髙寺康仁も『春の雪』の清顕を満年齢で数えることを提唱している。[*2] 本論でも触れたように、この時系列表では矛盾も散見されるので修正するにやぶさかではない。しかしながら、後述するように満年齢説によって『豊饒の海』が全く矛盾なく読み解けるわけではなく、どちらによっても、スッキリとしない箇所は残存する。

一つには、『豊饒の海』における時系列を、テクスト内だけで見ていくのか、コンテクストとしての同時代の社会状況（例えば当時の学制）を導入するのか、導入するとすればどの程度なのか、というアプローチの方法がある。もう一つは、時系列の検討に際して三島の創作意図を反映させるのかどうかであり、反映させるとすれば、三島の意図は奈辺にあったのか、創作ノート等から検討する必要があるだろう。満年齢説をとる二氏も、奈良崎は、「三島」を導入することなく、テクストと同時代の社会状況に限定して検討し、一方、髙寺は「作者三島」が清顕の学年をどのように規定していたかという問題設定にたって論述しており、それぞれの視点は異なっている。

こうした二つのアプローチを視野に入れながら、以下で簡単に問題を整理してみたい。

『豊饒の海』の「転生」は、本多のみが認識するものであって、テクスト内で客観的に保証されているものではない。二十歳で死ぬこと、脇の下に三つの黒子を持つことが、転生の証拠だというわけではないのである。[*3] それを大前提にした上で、従来、「清顕と勲は数え年」だとされていたのは、『奔馬』の年齢記述のあり方に起因するところが大きいだろう。『奔馬』では、勲の年齢が「満」と「数え」とを区別して記述されており、勲の死は、奈良崎も認めているように、満年齢ではなく、明瞭に数え年で「二十歳」であった。

そこで、議論すべきは、すべての転生の原点となる『春の雪』の清顕の年齢設定となる。奈良崎は、『春の雪』第一章のお裾持ちの挿話で、清顕が「学習院中等科一年」のときに「十三歳」であることから、明治三二年制定の「中学校令改正」を適用し、清顕は数え年ではなく満年齢で書かれていると述べる。これを受けて、髙寺は、清顕は宮内省直轄の学習院に在籍しているので、奈良崎が適用した文部省制定の修学年限ではなく、学習院の学制を参照すべきだと指摘する。そして、清顕が在籍していた時期の学習院の学制では満でも数えでも作中の設定と合致せず、三島は自分が在籍していた時期の一つ前の学制を採用したのではないかと推測し、それを適用すれば満年齢で合致すると言う。[*4]

しかしながら、作者・三島が在籍していた一つ前の時期の学制をテクストに適用しなければならない根拠はなく、清顕在籍当時の学習院の学制によっては、満でも数えでも本文中の記述と合致しない事実の方が重要であろう。『豊饒の海』はフィクションであり、もちろん固有名詞「学習院」の名称は使用されているものの、テクスト外のコンテクストがそのまま適合するわけではないのである。

つづいて、テクストの中で「数え」と「満」のどちらがより整合性があるかの検証に移りたい。

奈良崎は、『春の雪』第四一章の「この梅雨の晩よりさらに十四年前、奥方が聡子を妊娠中に、蓼科に伯爵のお手がついた」という箇所を取り上げて、数え年計算の不整合を示す。この指摘は全くその通りである。「十四年前」とは明治二四年で、清顕より二歳年上の聡了の出生を数え年で明治二六年だと計算すると、綾倉伯爵夫人は二年間も懐胎していることになるからである。この箇所は論者も時系列データ作成時に取り扱いに迷ったところで、明らかな矛盾が生じていることを認めたい。

しかし、『春の雪』のテクストを数え年で計算して矛盾が生じるのは、この一箇所のみである。逆に、満年齢説論者は相当な無理をしてつじつまを合わせているように見受けられる。例えば、原則として満年齢で計算すると、『春の雪』では二種類の年齢が併存することになるため、奈良崎は、「飯沼の意識に即した箇所のみが数え年で、他は全て原則的には満年齢を用いている」と解釈する。だが、『奔馬』のように「満」と「数え」を明記してあればともかく、全く本文に注釈なく二種類が使い分けられていると見なすことができるのだろうか。そして一般に数えで年齢を数えていた時期に、なぜ飯沼だけが清顕を数え年で数え、他の箇所は満年齢で数えるのだろうか。

また、「――帰郷して二日のちに、松枝清顕は二十歳で死んだ」（『春の雪』五五）と書かれる大正三年三月の清顕の死について、満年齢では撞着が生じるため、奈良崎は、「つまりここは満年齢でも数え年でもないのである。正確を期すなら、〈二十歳を迎える年に〉清顕は死んだのである」と説くが、あまりに苦しい釈明ではないか。「満年齢でも数え年でもない」のは、清顕が明治二七年の生まれ（満で計算）だと前提してのことであり、数えで計算して誕生年・明治二八年を起点にすれば、大正三年に数え年「二十歳」で死を迎えることに何ら矛盾は生じない。

何よりも、後続の巻の『奔馬』の主人公が数え年「二十歳」で亡くなっているのに、それに遡る巻の『春の雪』において、主人公を原則として満年齢で計算した上で、「満年齢でも数え年でもなく」「〈二十歳を迎える年に〉」「死んだ」と把握するのは、相当の無理があるように感じられる。したがって、テクスト内から検討するかぎり、一箇所の矛盾を除いて、『春の雪』と『奔馬』においては、数え年で計算する方がよりよいと判断できよう。

つづいて、作者・三島の創作意図について見ておきたい。

昭和四二年のインタビュー記事では、三島が「畳半分ほどの紙に登場人物や年代を書いた一覧表数枚と取材ノート数十冊をかかえて」いたとされる。[*5] 現存する『豊饒の海』創作ノートは全巻分で二十数冊であり、『奔馬』連載中の時点で「ノート数十冊」というのは誇張が過ぎようが、『豊饒の海』全体を概括した年表を三島が作成していたことはどうやら確からしい。

これと同一のものかどうかは不明だが、『新潮日本文学アルバム20　三島由紀夫』には、「『豊饒の海』執筆のための年表」の写真が掲載されている。[*6] この年表では、第一巻から第四巻までを貫く「主」と「副」（主人公と副主人公であろう）の二本の縦線が引かれ、その起点は「0才」であり、どうやら満年齢で全体を構想しているようである。この表をもとに、井上隆史は、「『新潮日本文学アルバム』掲載の執筆年表などを見る限り、三島は基本的にはすべて満年齢で計算し、多少の差異については頓着しないという考えだったようである」と述べる。[*7] しかしながら、この年表だけでは、「基本的にはすべて満年齢で計算」するのが三島の意図だったと推定することはできない。
例えば、『奔馬』創作ノート二冊目には、ノート表紙に以下のメモがある（決定版全集14巻715頁）。

大正3年3月清顕20歳で死す
1ヶ月中有
4月はじめ受胎——
大正4年1月一杯
2月1日頃第二巻主人公誕生

諸氏が指摘するように、ここにメモされた、中有後に一定の妊娠期間をとって次巻の主人公が誕生するプランは採用されることなく、現行テクストでは、中有のあと、すぐに生誕する設定がとられているが、ともかく当初は、勲の誕生が現行テクストより一年遅い大正四年二月となっていた。これを受けて、創作ノート本体で年齢計算がなされるが、そこでは、生年である大正四年に「主人公1」「本多21」、昭和七年に主人公「18歳」・本多「38歳」、昭和九年に主人公「20歳」と、誕生年を一歳とする数え年で計算されている。

また、先述したように、三島は『豊饒の海』全体を概括した年表を用意していたようだが、これがどの程度有効だったかも疑問である。というのは、各巻の創作ノートに頻繁に年齢を計算した跡が残されているからである。最初に全体を総括する信頼できる表を準備していれば、各巻はそれに依拠すればよいはずで、頻繁に年齢早見表を書きつけているのは、その時々で計算し直している証左であろう。

さらに、創作ノートに書きつけられた年齢表相互に齟齬も見受けられる。『暁の寺』創作ノート四冊目末尾の計算表（決定版全集14巻822頁）は現行の『暁の寺』と『天人五衰』の登場人物の年齢と合致しているが、それより後に書かれたとおぼしき『天人五衰』創作ノート一冊目の計算表（決定版全集14巻847頁）は現行テクストとは年齢が一歳ずれている。いったんは昭和二九年のジン・ジャンの死の年（「20」歳）を透の生年（「0」歳）に設定しておきながら、すぐ隣の本格的な計算表では、基準年の前年にあたる二八年を「0」、二九年を「1」（歳）として起算し、『天人五衰』物語現在時の昭和四五年（波線が付される）を「17」、四八年を「20」としている。結果として、創作ノートの表では、満年齢であるべき透が数え年で計算されているのである。

このノート記載の計算のまま『天人五衰』は書き始められ、そのまま物語は進行し、全体の三分の一以上過ぎた時点でようやくミスに気づいた三島は、連載途中にもかかわらず、透の年齢に修正を施している。透の年齢は、直筆原稿と『新潮』連載途中までは「十七歳」だったのが、「十六歳」に改訂されるのである。*8

そして三島由紀夫文学館（山梨県山中湖村）所蔵の『天人五衰』の直筆原稿には、第二六章中の本多の年齢が記されたすべての箇所に、修正の跡が残されている。「七十九歳の覗き屋」を「八十歳の覗き屋」に訂正するなど、手入れ前の「七十九」(歳)を削除し、改めて「八十」(歳)と加筆している。最終の第三〇章で本多が六十年ぶりに再開した聡子門跡の年齢も、「八十二歳」を「八十三歳」へ修正している。透の年齢が修正された前半部分では、本多の年齢は「七十六歳」のままで訂正はされていない。つまり、前半部分では透の年齢が一歳引き下げられ、逆に後半部分では本多と聡子の年齢が一歳引き上げられている。この二つの年齢修正は連動しているのではないか。

以下は全くの推測である。連載第四回に至って、透の年齢を誤って数え年にしていたことに気づいた三島は、一歳減算して満年齢に修正。このとき、本多は数え年のままなので修正は必要ない。ところが後半部分に入って本多の年齢を記載するときに、透の年齢を一歳減じたことにつられて、本多の年齢も創作ノートの年齢早見表から一歳減じてしまった。(先述した『天人五衰』創作ノートの透の数え年による年齢計算表の隣に並べて、本多の数え年の年齢計算表がおかれている)。その後、最終場面の聡子との再会に向けて年齢を検算しているときに前巻との齟齬に気づき、本多と聡子は数え年であるから一歳ずつ加算した。……

この推測の是非はともかく、『豊饒の海』最終巻の最終回においてさえ、三島が年齢計算に苦労していたことを、残された直筆原稿は如実に物語っている。先年発見された青年期の日記「会計日記」においても、三島が簡単な計算をときどき間違っていると指摘されているが[*9]、彼は思いの外、計算が苦手だったのかもしれない。このように、最終巻『天人五衰』に至ってもなお、三島の行う年齢計算には揺れがあった。

髙寺は、『春の雪』の清顕の学年構成を綿密に検討した上で、「このような精密な計算によって「満」か「数え」かを分析することにどれほどの意味があるのか、疑問でもある」と心中を吐露していた。井上も、三島は作中人物の年齢については「多少の差異には頓着しない」という態度だったのではないかと指摘している。

論者も全く賛成である。テクスト内からも、三島の意図を斟酌しても、いずれにしても『豊饒の海』の年齢計算にはどうしても割り切れない、不確定な部分が存する。一方で、ここまで検討してきたように、若干の不整合はあるものの、おおむね、『春の雪』と『奔馬』は数え年、『暁の寺』と『天人五衰』は満年齢で数えても差し支えないのではないかとも思える。したがって、本書には論文初出時のまま、清顕・勲・本多・聡子は数え年、ジン・ジャンと透は満年齢による時系列データを収録した。ただし、『決定版全集』においてシャムが国号をタイと改めた年を史実に即して本文改訂されたので、その箇所について修正するなど、若干の手入れを行った。今後、『豊饒の海』の年立がさらに議論されていく際のたたき台となれば幸いである。

注

＊1 「『豊饒の海』における主人公たちの年齢について」（『日本文芸研究』五二―四、二〇〇一年三月）。

＊2 「三島由紀夫『豊饒の海』全注釈①―第一巻『春の雪』注釈（上）」（『近代文学注釈と批評』五、二〇〇三年五月）

*3 このような『豊饒の海』読解の前提について、佐藤秀明は次のように適切に概括している（「〈嘘〉の物語—『豊饒の海』論読解」『渾沌』五、二〇〇八年三月→『三島由紀夫の文学』試論社、二〇〇九年）。

> しかし、少し立ち止まって考えてみれば、二十歳での死、黒子、中有の期間などの条件は、生まれ変わりの傍証にしかならない。条件として確定できるのは、言うまでもなく前生の死亡日と受け継ぐ生の出生日との前後関係だけである。そもそも二十歳での死と黒子にはそれを根拠とする理由はなく、二十歳の死と言っても、清顕と勲は数え年であり、ジン・ジャンの死は満年齢で、透は満二十一歳を過ぎても生きていて、四人の統一性はない。透の自殺未遂が、彼を「天人の五衰」の状態にしたことは明らかで、その生死の判定も見定めがたい。中有にしても、「次の生に託胎する」のを誕生時と捉えるか受胎時と捉えるかの二説がある。そうなると、まず生まれ変わりを確定する条件が条件たりえない。その点とも関わって、作品内の論理だけでは輪廻転生の系譜を認定するのが不可能である。

*4 髙寺が依拠したのは、『學習院百年史』第一編（学習院百年史編纂委員会、一九八一年）であり、同書によって論者も髙寺の指摘を追確認した。

*5 「地球につめ跡を—わが構想」『読売新聞』昭和四二年七月二日→『決定版三島由紀夫全集』一三「解題」

*6 磯田光一編集、新潮社、一九八三年。なお、三島由紀夫文学館に確認したところ、創作ノート以外の、このような年立表を文学館では所蔵していないとのことであった。

*7 「豊饒の海」（松本徹・佐藤秀明・井上隆史編『三島由紀夫事典』勉誠出版、二〇〇〇年）

*8 この改訂は、決定版全集の校異では「初出誌への著者の書込みによる」と注記されている。また、『天人五衰』連載第四回（『新潮』昭和四五年一〇月号）の末尾に、「既連載分につき次の通り訂正いたします」という訂正広告が出されている。連載第一回に遡って、透の年齢を「「十七歳」を「十六歳」」に三ヶ所修正し、

それに伴って二カ所の年立の訂正も行っている。この訂正広告が三島自身の手になることを直筆原稿（三島由紀夫文学館所蔵）により確認した。

＊9　佐藤秀明『日本の作家100人　人と文学　三島由紀夫』「第一部　評伝　三島由紀夫」「第二章　戦中・戦後の苦闘」勉誠出版、二〇〇六年

II

男性——認識と行為の物語

1　「客観性の病気」のゆくえ

『豊饒の海』について、佐伯彰一は、「近代小説の大前提と常識に向かって正面切った反抗をくわだてた作品」、「三島流の壮大な反・小説の試み」[*1]だと言い、あるいは、松本徹は、「形而上学的叙情詩」、「日本人が今までやってきたどんな文学的企てよりも、はるかに壮大な意図をもった作品」であると述べるなど[*2]、この小説を評価する際に、従来の小説を超える構想をもって書かれた、近代小説への挑戦といった意味をもつ作品であるという見方は、すでに一般的になっている。そして、このような作品自体の枠組みについての見方には、私にも異論はない。

しかし、四巻をつなぐ認識者・本多の役割、作品に導入されている唯識の意味、寂莫を極めた結末部の意味、そして、『天人五衰』の主人公・安永透は贋物なのか、といった問題が未解決のまま残されており、この作品の総体的な構造についての評価には、いまだ決定的なものはないと言ってよいのである。

さて、『豊饒の海』について、三島は、「世界解釈の小説」であると繰り返し表明している。「生れ変り」という一見荒唐無稽な題材を扱っているが、『豊饒の海』は、決して神話やお伽話に類するものではない。「世界解釈の小説」という言い方には、三島が、生涯を通して認識してきた世界をトータルに叙述し、緊密な必然性で結ばれた筋を重層的に配置して、彼自身の獲得した「世界解釈」をあらわした「小説」であるという意図が表れている。

そして、その三島の「世界解釈の小説」において鍵をにぎるのが、四巻を通じての登場人物・本多繁邦である。本多について、従来、「純粋観客」、「副主人公で、観察者、記録者」、「転生の保証人」などと評されており、たしかに彼は観察者ではあるのだが、そのような客観的で安全な立場にだけ立っているのではない。本人の意志とは裏腹に、本多は、無難な観察者という立場に安住できなくなり、認識の危険な深みに入り込んでいく。物語における位置は大きいのであり、四巻全体を眺望すれば、転生者たちよりも、むしろ本多の方が主人公だと言ってよい。そして、本多こそが、三島のいう「世界解釈」を試みる人物である。つまり、三島の言う「世界解釈の小説」とは、三島自身が作品に自己の世界解釈を投影させることであるとともに、レベルをずらすと、登場人物の一人である本多の世界解釈の過程が作中に示されていくことでもあろう。

そうした点で、田中美代子の、「この小説の構図をしっかりと緻密に形成し、すべての原因であると同時に結果であり、いっさいを裏側から支えているのは本多繁邦であり、彼こそ宇宙の混沌にかたちを与える作家の世界形成の意志を象徴しているのである」との指摘には、まったく首肯できる。[*3]これまで、近代小説を超える意図をもって描かれたという点ではおおむね一致しつつも、作品全体の構造という面ではもうひとつ説得されがたかった『豊饒の海』の評価史の中で、画期的な論だといってよかろう。田中の言うように、本多は、「作家の世界形成の意志を象徴」しているのであって、つまり、本多こそが、作家三島の「世界解釈の小説」の中で、三島になりかわって世界解釈を行っている人物なのである。

『豊饒の海』の中心人物は、松枝清顕―飯沼勲―月光姫《ジン・ジャン》―安永透と続く転生者たちと、その転生の証人である本多とである。本書I―3に付した時系列データ表にも明らかなように、転生者は二十年ごとに生まれ変わり、その変わり目の最後の二〜三年を各巻で扱うという構成になっている。そして、この両者の関係について、田中は、「松枝清顕をはじめとして転生する人物は、現実の人間であるというよりも、本多がかくあるべく思い描いた理想像であり、純粋な観念の結晶体である、といった方がよいようなもの」であり、「彼ら（引用者注・転生する人物）はあえていえば、一人の観照者である本多が人生の道すがらに抱いた願望の具現として、彼の意識の内部で演じられたドラマの登場人物にほかならない」と述べている。そして、彼らは、本多の「思惟の対象」であるがゆえに、「本多の思考の宇宙空間を逸れることはない。彼が考え、理解し、追跡することのできる思念の磁場をはなれることは決してないのである」と分析している。

つまり、すべての転生は、この本多繁邦の認識が創造した劇（夢想）なのであって、彼が存在しなければ、転生は起こりえなかった。たしかに、作品結末部では本多の世界解釈への確信がゆらぎ、すべてが虚無の世界に送りこまれてしまう。それでは、本多は転生を見なかったのだろうか。しかし、本多が、転生を見たと思っていたときには、彼の内部ではその見た世界が真実であったはずである。その感覚は、「見た」こととは認められないのか。また、「見た」こととして認められるならば、その見たものは真実なのか。このように、作品『豊饒の海』では、本多という一人物を追うことによって、一人の人間が何かを「見る」・「認識する」ということの意味、また、その見た世界が、真実であるのか、幻にすぎないのか、それとも、感覚的真実として認められるものなのか、といったレベルにまで踏み込んでいるのである。認識や自意識、自我の問題を究極まで追求したと言ってよい。

このように考えてみると、本多と彼の認識の対象である転生する人物たちとの関係、また、本多の認識の内実が問題になってこよう。この点に関して、田中は、「夢みる人である本多」は「その夢自体である転生する人物と密接不可分な精神的双生児」、「極言すれば同一人物なのである」としている。しかし、それは「極言すれば同一人物」なのであって、本多の認識をもう少し詳細にたどってみる必要があろう。そこで、男性認識者・本多の認識の内実を探り、遺作『豊饒の海』のもつ意味を考えてみたい。

一

まず留意すべきなのは、本多の認識する世界の背景に、唯識の理論が存在することである。本多は、『春の雪』の冒頭、十代で月修寺門跡から法話を聞いて以来、清顕の転生の謎を解くために、生涯をかけて、マヌ法典・ウパニシャット哲学・イオニヤ哲学・オルペウス教団・無着の「摂大乗論」・世親の

「唯識三十頌」など、広範な哲学書や転生の教義書を読み耽る。とくに『暁の寺』は、戦火の下、本多が古今東西の輪廻転生の研究書を渉猟するという形で唯識の基本が語られるため、四巻全体の理論篇としての機能を持つ。この、『暁の寺』の前半部分に記述してある唯識の理論について、三島は、死の直前の対談の中で、「あそこで生まれかわり哲学をブッておかないと、第四巻がわからなくなってしまうんです。（略）この第四巻の世界は、第三巻の前半が前提にならなきゃ展開できない性質のものなんです」と述べている。[*5] つまり、この唯識の理論が、『豊饒の海』四巻の構造上の要だというのだが、それは、一つには、本多が研究した唯識の理論自体によるものであり、もう一つには、唯識の理論を研究したのが本多だということで示される。

本多は、清顕の転生の謎を解くために仏書を耽読し、そうして本多が学んだ仏典の知識は、彼が認識する転生の像の上に無意識のうちに再帰的に重なっていく。例えば、三保の松原への散策から帰って、寝についた本多の夢の中で天人が飛び交うが、「本多の仏書の知識が夢にそのまま活かされてゐる」と説明される（『天人五衰』四）。本多の夢は現実から完全に遊離したものではなく、昼間に行った土地の影響を受け、しかも、自分が蓄積してきた転生に関する仏書の知識が加味されて生成される。この夢と同様に、本多の見る転生の様態は、常に、彼があらかじめ仏書で研究したとおりの形をとって現れるか、彼が暗んずるまで読み返した清顕の夢日記の通りの形で現出する。そして、『豊饒の海』では、そのような予言となる仏書のことばや夢日記の内容が、伏線として第一巻の始めから散りばめられている。つまり、転生に関して現れる事象が、すべて先取りする形で知識として本多の中に蓄積されており、彼はこれらの知識と清顕の夢日記の記述のとおりに現象を見るのである。

本多は見てゐるのではなかつた。認識者の目で覗き穴から覗いてゐるのではなかつた。明るい夕光の公明正大な窓辺に立つて、自らの自意識が、命じたとほりに動くさまを、片や心の中で自ら演じ、片や全能の力で指揮してゐるのだつた。（傍線は引用者・以下同様）（『天人五衰』二一三）

『天人五衰』において、本多が芝生の上の透と百子の様子を階上から眺めている場面であるが、ここに、本多にとっての「見ること」の機構が示されている。彼にとっての「見ること」は、ただそこにあるものをそのまま見るのでもなく、「認識」だけでもない。すなわち、自意識によって世界を作っていく機構自体なのである。本多は、「自らの自意識」が、自己の内奥の「命じたとほりに動くさまを、……自ら演じ、……指揮」するという。そうして、自ら演じ、指揮して作り上げていった自意識の世界を、見ている対象の上に重ね、自分の自意識の動くまま、「操り人形」のように相手を扱うのだ。

その見方は、「本多の自意識の雛型」であり、「この少年の内面は能ふかぎり本多と似てゐた」とされる透の「見ること」と相似形である。透は「不可視のものを『見る』」目をもつのであるが、たとえば、彼が船を見るときには、次のように説明されている。

すでに大忠丸の船影は、そこを出てゆく興玉丸とすれちがふ形で、薔薇色の沖に模糊として泛んでゐる。それはいはば夢の中からにじみ出てくる日常の影、観念の中からにじみ出てくる現実、……詩が実体化され、心象が客観化される異様な瞬間だつた。無意味とも見え、また凶兆とも見えるものが、何かの加減で一旦心に宿ると、心がそれにとらはれて、是が非でもこの世へそれを齎らさずにはおかぬ緊迫した力が生れ、つひにはそれが存在することになるとすれば、大忠丸は透の心から生れたものだつたかもしれない。はじめ羽毛の一触のやうに心をかすめた影は、四千噸に垂んとする巨船になつた。それはしかし、世界のどこかでたえず起つてゐることだつた。(『天人五衰』一三)

ここでは、存在とは、透の「観念の中からにじみ出てくる現実」であり、「心象が客観化され」たものであるとされている。人が強烈に願望すれば、「是が非でもこの世へそれを齎らさずにはおかぬ緊迫した力が生れ、つひにはそれが存在すること」になる。つまり、所与としての均一な現実世界を否定して、存在を生ぜしめるのは心であり、人間の意識が実在を生み出すという立場なのである。透にとっての「見ること」とは、願望の表現であり、心象の客観化であり、存在を生じさせ、それに意味を付与することである。一般の「認識」とは異なり、実際にないものを「見る」のだ。本多の「見ること」も、この透の「不可視のものを『見る』」という見方と同様である。自己を認識者だと最初から規定していて、見えすぎる目をもち、見ることに拘泥しつづけるのだが、彼は、純粋に客観的に現実を見るのではない。すべては本多の認識が望むとおりの姿をとって、彼の目に映ったのである。

二

そうした認識の機構が、作品のなかで説明されている。たとえば、タイを舞台とする『暁の寺』の開始早々、ジン・ジャンが勲の生まれ変わりであることを、本多が確認する箇所を見てみよう。まだ幼い姫に対して、「松枝清顕が私と、松枝邸の中ノ島にゐて、月修寺門跡の御出でを知つたのは、何年何月のことか」とか、「飯沼勲が逮捕された年月日は?」といった質問をし、姫は、それに正確に答えるのだが、そこはで次のように語られている。


本多は心中おどろいたが、果して姫のお心の中に、すでに過ぎた二つの前世の物語が、あたかも小さな密画の絵巻のやうに、そのままの形で詳さに録されているのかどうかは定かでなかつた。先程ああして不義理を詫びた勲の言葉にしても、その言葉の背景をこまやかに御存知なのかどうかはわからなかつた。現にこんな正確な数字も、全く無感動に、ただ思ひつくままの配列と謂つた具合に、姫の口から洩れたからである。本多はそこで第二の質問をした。

「飯沼勲が逮捕された年月日は?」

姫はますます眠さうに見えたが、澱みなくかう答えた。

「一九三二年の十二月一日です」(『暁の寺』三)

そして、後に、ジン・ジャン自身が、日本人の生まれ変わりだと主張していた幼い頃の自分について、次のように語る。

「……もしかするとね。私、このごろ考へるのです。小さいころの私は、鏡のやうな子供で、人の心のなかにあるものを全部映すことができて、それを口に出して言つてゐたのではないか、思ふのです。あなたが何か考へる、するとそれがみんな私の心に映る、そんな具合だつた、思ふのです。どうでせうか」(『暁の寺』三〇)

ジン・ジャンは清顕・勲の生まれ変わりだということを、本多は異国の少女の知るべくもない日付を知っていることで証拠だてている。だが、そのような超自然現象も、作品の中で、ジン・ジャンはまるで巫女のように他人の心を映す力をもった子供であったと、(あくまでも一つの可能性としてではあるが)、合理的に説明づけられていた。幼い姫が尋ねられていることの意味も考えないで、いわば入眠状態で答えていた、という三章の状況は、三〇章で彼女自身がたどたどしい日本語による説明―自分は、「人の心のなかにあるものを全部映すことができる」「鏡のやうな子供」だったのではないか―と合致する。また、「鏡のやうな子供」とは、ジン・ジャン(月光姫……月光は、言うまでもなく、太陽光の反射である)という命名とも適合する。感受性の鋭い人間が他人の意識を読むことは、現実的かどうかは別にして、考えられないことではない。作品の論理構造としては超自然現象も十分に説明されているのである。つまり、本多が見る転生の現象は常にあらかじめ仏書での研究や夢日記によって本多に予測され、それ以外の転生は認識されなかったように、三島は周到に作品の中で謎解きを行っている。『豊饒の海』は、決してお伽話ではなく、認識が究極には何を生み出すかを探る小説なのだ。

ジン・ジャンが、なぜ清顕と本多しか知らない日付を答えることができたのか。なぜ勲の逮捕された日を答えられたのか。—それは、本多が、その答えを心の中で念じていたからである。本多は、清顕の夢日記によって、転生者が南国の女性として現れることを予期しており、姫が清顕と勲の生まれ変わりであることを願望していた。本多の認識欲は、転生すら作り出してしまうほど激しいものだったのだ。

そして、本多は、「見る」人であることをやめられない。そもそも、本多が「見る」人であるのは、第一巻で、自己の感情のままに恋愛に殉じる清顕と自己とを比較した時からであった。『春の雪』の一九才のときに、「この若さで、彼はただ眺めてゐた！　まるで眺めることが、生れながらの使命のやうに」(『春の雪』二九)と描写されて以来、本多は、一貫して「見る」人・認識者として作品のなかに登場してきた。清顕—勲と、転生者たちは自らの理想とする観念に殉じ、彼らを救おうとした本多の行為はことごとく無駄に終わる。清顕や勲の傍にいた経験から、本多は自己が行為者にはなりえないことを知悉し、自己を認識者・転生の証人として規定する。ところが、その本多が、勲の生まれ変わりである可能性のあるジン・ジャンに恋をするのである。

本多の願つてゐることは、実に単純で、（略）今の姫の一絲纏はぬ裸をすみずみまで眺め、（略）すべての成熟の用意ができあがつたところを点検して、幼い姫の肉体との比較に心をそそのかせたい、といふだけのことなのだ。（略）それは「時」を知ることだ。「時」が何を作り、何を熟れさせたかを知ることだ。その丹念な照合の末、左の脇腹の黒子が依然として見当らなければ、本多はきつと最終的に彼女に恋するだらう。恋を妨げるのは転生であり、情熱を遮るのは輪廻だからだ。……（『暁の寺』三〇）

本多が願っていることは、タイで見た幼い姫の裸の姿と、十一年後の成熟した姫の姿とを比べてみることだ。七歳の姫は、清顕や勲でないと知り得ない年月日を答え、勲の代わりに詫びの言葉を述べた。このように清顕―勲の生まれ変わりの徴候を見せながら、しかしながら、生まれ変わりの証である黒子はどこにもない。本多は、転生者であるかもしれない姫に惹かれ、同一化することを望む。だが、彼女が本当に転生者であったならば、これまでの清顕―勲の例から、自分が彼女に関与できないことはわかっていた。だからこそ、本多は、姫の肉体を検めたい。黒子は、「本多にとつては、不可能のしるし」だからである。「丹念な照合の末、左の脇腹の黒子が依然として見当らなければ、本多はきつと最終的に彼女に恋するだらう」。黒子がなければ、ジン・ジャンは、本多の手の届かない転生者ではないからだ。

そこで、本多は姫の肉体を見たいと望む。しかも、出来るかぎり純粋な形で姫の裸体を見たいと望み、「客観性の病気」だと自嘲する行為を行う。本多の望みは能うかぎり見る対象を純粋に保つことであり、見ている自己の姿が相手に影響を及ぼすことなく、相手を純粋なままに保ちつつ、その姿を見ることである。対象から距離を置こうとするロマン主義者でありつつ、対象から目を離すことのできない認識者のとるのが、「客観性の病気」と名付けられた行為であった。「決して参加しない認識者の陥る最終的な、快い戦慄に充ちた地獄」(『暁の寺』二五)だと解説されたそれは、真実の、誰にも見られていないときのジン・ジャンの姿を見るための「覗き」見、―自分の姿を対象に「見られる」ことなく、相手を「見る」ことなのである。その時、望める限り純粋な対象の姿を見ることができるはずだと本多は考える。究極まで見者に徹した者のとる最終的な方法であろう。

しかし、御殿場の別荘の書斎に覗き穴をうがち、そこから本多がジン・ジャンの姿を覗き見る場面において、語り手は注意深く記している。

本多はそこに誰にも見られてゐないときのジン・ジャンといふ、彼のこの世でもつとも見たいものを見る筈だ。彼が見ることで、すでに「誰にも見られてゐないとき」といふ条件は崩れるけれども。絶対に見られてゐないといふことと、見られてゐることに気づいてゐないといふこととは、似てゐて実は本来別々のことなのだけれども。……(『暁の寺』三六)

たしかに、見ている本多の姿が隠されていることで、ジン・ジャンは、他人を意識しない、演技のない姿を本多の前に晒すだろう。しかし、それは、「見られてゐることに気づいてゐない」だけで、「絶対に見られてゐない」姿ではない。たとえ本多が姿を隠そうとも、彼が見ている限り、ジン・ジャンは、「誰にも見られてゐないときのジン・ジャン」ではありえない。「誰にも見られてゐない」純粋な対象を見たい、純粋に客観的な真実の世界を見たい、という本多の願望は、それ自体が論理矛盾である。本多が見ることで、「誰にも見られてゐない」という純粋性は必ず破られ、たとえジン・ジャンに彼が覗いていることを気付かれていなくても、覗いた瞬間から、彼女は「本多の認識の作った世界の住人」となってしまう。しかし、本多は、認識に汚染されない絶対の真実を見たい、と希求する。認識者として、見ずにはいられないのだ。

　若いころから本多の認識の猟犬は俊敏をきはめてゐた。だから知るかぎり見るかぎりのジン・ジャンは、ほぼ本多の認識能力に符合すると考へてよい。その限りにおけるジン・ジャンを存在せしめてゐるのは他でもない本多の認識の力なのだ。

　そこでジン・ジャンの、人に知られぬ裸の姿を見たいといふ本多の欲望は、認識と恋との矛盾に両足をかけた不可能な欲望になつた。なぜなら、見ることはすでに認識の領域であり、たとへジン・ジャンに気付かれてゐなくても、あの書棚の奥の光りの穴からジン・ジャンを覗くときには、すでにその瞬間から、ジン・ジャンは本多の認識の作つた世界の住人になるであらう。彼の目が見た途端に汚染されるジン・ジャンの世界には、決して本当に本多の見たいものは現前しな

い。（略）
今にして明らかなことは、本多の欲望がのぞむ最終のもの、彼の本当に本当に本当に見たいものは、彼のゐない世界にしか存在しえない、といふことだつた。真に見たいものを見るためには、死なねばならないのである。（『暁の寺』四二）

「見ること」と「認識」とは、同質ではない。対象を見ると、その瞬間から、見られた対象は、見た人間の「認識が作つた世界」の住人になる、と本多は考える。見ることによって、見たものを取り込み、その現実を包みこむ形で、認識が世界を作るのだが、その認識の創作した世界は、本多の心の中にのみ存在するものであって、その存在を客観的に証明することはできない。自己が見たものは見た瞬間に創作された自己の認識世界であって、純粋に普遍的な真実であるとは決して言えない。たとえ、見ていることを、対象に気づかれていなくても、対象を見ていること自体が、対象を自己の認識によって作り上げることなのだ。

それにもかかわらず、本多は「見る」人であることを停止できない。ジン・ジャンの真の姿を見ることが彼の希望であった。しかも、自己の認識に汚染されない、純粋な対象を見たいと望む。「客観性の病気」と名付けられた「覗き見」は、見ている自己を見られている対象から隠す仕組みによって、普通に対象を見ることよりは、対象の側に演技がないだけ、純粋な対象により近く接するとは言える。だが、それでも、覗き見る自己が介在して瞬時に認識世界を創作してしまうのであれば、絶対に純粋な対象であるとは言いがたい。認識者が、「見ること」の果てに望むのは、認識によって汚染されない純粋な対象を見ること、すなわち自己の存在しない世界（絶対）を見ることである。「彼の本当に本当に見たいものは、彼のゐない世界にしか存在しえない」のであり、その「真に見たいものを見るためには、死なねばならない」。しかし、生き続けない限り、見ることも、認識することもできない。この認識のもつ限界に、本多は思い到る。

しかし、本多は、この時点では、自己の認識に執着して、認識と、唯識の阿頼耶識とを同一視することを肯んぜず、唯識論に完全には与しない。彼にとって、死の問題はまだ切迫しておらず、死を想像して、その甘美さを楽しみつつ、ジン・ジャンの裸体を見ることを望むのである。

そして本多は、ジン・ジャンを覗き穴から覗き見る。覗いた本多が見たものは、慶子と睦み合っているジン・ジャンの姿であり、その時、今まで腕に隠されていたジン・ジャンの腋に、「昴を思はせる三つのきはめて小さな黒子が歴々とあらはれ」、「本多はおのれの目を矢で射貫かれたやうな衝撃を受けた」。ジン・ジャンに、転生の証が刻印されていたのである。ジン・ジャンが転生者である以上、彼女は、本多の手には届かない。彼は、転生を見続ける人物だからである。そして、転生が続く限り、彼の前に転生があらわれ、彼はそれを見続けなければならない。そのため、「あの瞬間から、本多の心から死は飛び去つてゐた。今や本多には自分を不死かもしれないと信ずる理由があつた」（『暁の寺』四四）と感じられることになる。本多は、二十年ごとに訪れる転生者を、順に見続けていく自己の役割を再確認したのであった。

それにしても、幼い日にタイで水浴をしている時には、あるいは、プールでの水着姿のときには無かった、ジン・ジャンの黒子が、どうして本多が覗き穴から覗いたときにはあったのだろうか。タイでの水浴の時には、本多のほかにも、おつきの女官も傍にいた。プールびらきでは、もちろん他の客が側にいる。衆目のなかでは、ジン・ジャンには黒子はなかった。ところが、覗き穴の世界というのは、完全に本多一人が覗き見た世界である。本多以外には、ジン・ジャンの黒子に関心をもつ者はおらず、ましてや、それを見た者もいない。現に、本多は覗き見ているところを妻の梨枝に見つかり、梨枝も覗き穴からジン・ジャンと慶子の姿を覗くが、「え？　見たらう、黒子を」と念押しする本多に対して、「さあ、どうですかね」と述べて、黒子の客観的な存在は作品では証明されていない。本多のみが、黒子を見たのであった。

つまり、ジン・ジャンに黒子が現れたのは、本多の認識が創作したからなのだ。語り手は、周到に、「見ることはすでに認識の領域であり、たとへジン・ジャンに気付かれなくても、あの書棚の奥の光りの穴からジン・ジャンを覗くときには、すでにその瞬間から、ジン・ジャンは本多の認識の作つた世界の住人になるであらう」と予告していた。そして、本多の認識は、彼の内心の願望を創作し、劇とするのであった。では、なぜ、本多は、ジン・ジャンが転生者であることを望んだのであろうか。彼は、ジン・ジャンに恋をしており、そのために、「丹念な照合の末、左の脇腹の黒子が依然として見当たらな」いことを、つまり彼女が転生者ではないことを望んでいたはずだ。ところが、本多の内心の願望によって創作されたはずの覗き穴の世界（認識の世界）に、ジン・ジャンに黒子が現れた。つまり、本多は、一方ではジン・ジャンが転生者ではないことを願い、一方では彼女が転生者であることを望んでいる。本多の認識はどのような機構をもつのだろうか。

それが彼の考へ方だつた。（略）すなはち、自分が望むものは決して手に入らぬものに限局すること、もし手に入つたら瓦礫と化するに決まつてゐるから、望む対象にできうるかぎり不可能性を賦与し、少しでも自分との間の距離を遠くに保つやうに努力すること、……いはば強烈なアパシーとでも謂ふべきものを心に持すること。

（略）

むかし清顕が絶対の不可能にこそ魅せられて不倫を犯したのと反対に、本多は犯さぬために不可能をしつらへてゐた。なぜなら彼が犯せば、美はもうこの世の中に存在する余地がなくなるからだつた。（『暁の寺』三九）

「自分が望むものは決して手に入らぬものに限局」し、「犯さぬために不可能をしつらへてゐた」、「なぜなら彼が犯せば、美はもうこの世の中に存在する余地がなくなるからだつた」という説明から、本多が、自身を決して行為する者としてではなく、対象に手の届かない認識者として、かたくなに自己規定していることがわかる。転生者たちは、「美の厳密な一回性」としてそれ自体完結している。本多は、その完結した転生者を、常に視野におさめ、魅せられつつも、決して自分の手には入らない不可能なものに設定する。対象が彼の手に入ってしまっては、彼は「見る」人ではなくなる。彼は、対象に惹かれ入手したいと願いつつ、それを「不可能」なものにして、いつまでも永久にその対象を見ることを自己の役割とした。対象の入手が不可能であるかぎり、彼はいつまでも見者であり、永遠の生を保ちうる。つまり、生きているかぎり、本多は絶対者とはなりえず、転生を見続けなければならないのだ。「客観性の病気」にとりつかれた者の宿命である。

三

『天人五衰』においては、最後の転生者たる安永透が登場する。認識者として本多の「雛型」である透については現在でも贋物だとする読みも多いが、既に早く、村松剛が精密に検討している。[*6] 村松は、失明後の透に『天人五衰』の冒頭に説明されている天人の五衰の様相が現れ出ていること、また、透が『春の雪』『奔馬』『暁の寺』に通ずる過去世を見ていることなどから、「作者は透に本物としての資格を明確に与えているのである」と結論づけている。以下、村松論をふまえて論述したい。

透は、清顕や勲等と同様に、本物の転生者として本多の認識の世界に住んでおり、本多が得た仏典からの知識通りに「天人五衰」の相が現れた。天人（転生者）である透に五衰の相が現れたことで、ここに、清顕の死から始まった六十年にわたる転生は終わる。本多は、その転生のすべてを見た。即ち、人間の生死や宿命・歴史などをすべて説明できる世界構造を、唯識の研鑽を積むことで、あるいは、その知識をつかって認識世界を作りあげることによって、本多が完成させたのである。
そして、本多は、聡子を訪ねる決心をする。転生が完成して消失してしまった今、彼がこれまで生きて、見て、唯識の知識によって作り上げてきた「認識の世界」の存在を証明でき、ともに語り合うことができるのは、転生の原点である清顕との記憶を共有している聡子だけだから。しかも、聡子は月修寺門跡であり、転生の理論である唯識について知悉している。本多は、転生が完成して転生の証人として見続ける自己の役割も終わり、死期が近づいているのを悟って、聡子に会うために奈良に向かう。ところが、聡子は清顕の存在を否定する。「それなら勲もゐなかつたことになる。ジン・ジャンもゐなかつたことになる。……その上、ひよつとしたら、この私ですらも……」と惑う本多に向かい、「それも心々ですさかい」と告げるのだ。
三島は、最後の対談の中で、次のように述べる。

あの作品では絶対的一回的人生というものを一人一人の主人公はおくっていくんですよね。それが最終的には唯識論哲学の大きな相対主義の中に溶かしこまれてしまって、いずれもニルヴァーナ（涅槃）の中に入るという小説なんです。

「絶対的一回的人生」をおくるのは転生者であり、それが「最終的」にニルヴァーナに入るのは、本多を介してである。本多の「認識の作った世界」は、人間の到達し得る究極の世界であった。しかし、それは、本多の内世界においてだけ存在する相対的な認識である。聡子は、すべては、「心々」である、と言う。「けれど、その清顕といふ方には、本多さん、あなたはほんまにこの世でお会ひにならしやつたのですか？」。涼やかな声ながら、聡子の追求は厳しい。認識の作った劇は、たとえどんなに完全に世界を解釈することができ、どれほど真実らしくあろうとも、「この世」のものであると確実に証明できる絶対的なものではない。不毛な認識の世界を作り上げて来た本多の存在を、聡子は相対的な世界に溶かしこむ。

　こうしてみると、透に天人五衰の相が現れて転生が終わったのも、本多が自らの死期を悟り、もはや転生の証人に成りえないために認識の創作世界の中で転生を終わらせたとも考えられよう。聡子に逢うために奈良に向かう車中で、本多は次のように決心する。

『自分は今日はもう決して、人の肉の裏に骸骨を見るやうなことはすまい。それはただ観念の想である。あるがままを見、あるがままを心に刻まう。これが自分のこの世で最後のたのしみでもあり、つとめでもある。今日で心ゆくばかり見ることもおしまひだから、ただ見よう。目に映るものはすべて虚心に見よう』（傍点ママ）（『天人五衰』二九）

これまでの本多の見方は、目が「事物の背後に廻」って「人の肉の裏に骸骨を見る」ような「観念の想」であった。「不可視のものを『見る』」、つまり知識と内面の願望によって、事物の上に認識の創作世界を作りあげて見るのである。そうして見続けてきた（認識によって創作し続けてきた）転生が終わり、死期が近づいてきたのを悟って、「事物の背後へ廻」る見方を自己に禁じ、「あるがままを見」ようとしたとき、本多は自分の作り上げた認識の世界を聡子によって否定されてしまう。

しかし、そもそも本多は唯識の理論に則って転生を見ていたはずである。にもかかわらず法相宗の月修寺門跡である聡子によって、その世界を否定されてしまうのはなぜなのだろうか。

現在のこの世界は、本多の認識の作つた世界であつたから、ジン・ジャンも共にここに住んでゐた。唯識論に従へば、それは本多の阿頼耶識《あらやしき》の創つた世界だつた。が、なほ本多が唯識論に完全に膝を屈することができないのは、彼がその認識に執して、自分の認識の根源を、あの永遠で、しかも一瞬一瞬惜しげもなく世界を廃棄して更新する阿頼耶識と、同一視することを肯んじないからだつた。

むしろ本多は、心に戯れに死を思ひ、その甘美に酔ひしれながら、認識がそそのかす自殺の瞬間に、ひたすら見たいとねがつてゐたジン・ジャンの、誰にも見られてゐない琥珀にかがやく無垢の裸体が、爛然たる月の出のやうに現はれ出る至福を夢みた。（『暁の寺』四二）

『暁の寺』の説明によれば、唯識では、ふつう人が感じる六感の上に、第七識である末那識《まなしき》（自我、個人的自我の意識のすべて）をおき、さらに奥に、「阿頼耶識といふ究極の識を設想」する（『暁の寺』一八）。この阿頼耶識が、「存在の根本原因」であり、「この世界、われわれの住む迷界を顕現させてゐる」。しかし、この唯識と、「こちら側に一つの実体としての主観を考へ、そこに映ずる世界をすべてその所産と見なす唯心論」とはまったく別物であり、それは、我と阿頼耶識とを混同したことになる。阿頼耶識とは、一瞬もとどまらない「無我の流れ」であるからだ。本多は唯識を研究し、我と阿頼耶識との相違を知悉しながら、しかし、自分の作った世界を、無我の流れである阿頼耶識の創作ではなく、自分の認識の世界だと信じたかった。「自分の認識に執し」、阿頼耶識と自我とを同一視できなかったのである。唯識を知りつくし、その理論によって、世界解釈ができることを知覚しつつも、なお自己の認識を捨て去ることができない。自意識に、あるいは自分に執着してしまうのである。認識者・本多の特徴はここにある。

本多は、ジン・ジャンの裸体を見たいと切望し、「客観性の病気」と自嘲しつつ覗き見る。そして、後には、自分の書斎で覗き見るだけに止まらず、夜の公園を徘徊して男女の姿態を覗き見るようになるが、その目には「ほとんど切望」があった。――「俺の目を酔はせてくれ。どうか一瞬も早く酔はせてくれ、世の若い人たちよ、無知で、無言で、しかも老人などには目をくれる暇もないほど、自分たちだけの熱中の姿で、心ゆくまで俺を酔はせてくれ」（『天人五衰』二六）――ほとんど悲鳴にちかい叫びである。本多の「見ること」は、対象を正確に把握することを要しない。とにかく、「俺の目を酔はせてくれ」と彼は切望する。対象の熱中している姿を見ることによって陶酔し、快楽を得ることが目的なのである。対象自体を見ることより、己れの快楽追求が目的である「見ること」は、まさしく、客観性の「病気」としか言いようがない。*7

だが、なぜ対象を覗き見ることによって彼の感覚は慰められるのか。覗き見る場面では、さらに、「恋人たちの戦慄と戦慄を等しくし、その鼓動と鼓動を等しくし、同じ不安を頒ち合ひ、これほどの同一化の果てに、しかも見るだけで決して見られぬ存在にとどまること」(『暁の寺』三三)と説明される。自分は決して見られる存在にはならないという保証のもと、見ることによって、対象と「戦慄と戦慄を等しくし、鼓動と鼓動を等しくし、同じ不安を分かち合ひ」、その末に、「同一化」の感覚を得る。むろん、その同一化は擬似的なものにすぎない。しかし、若いときから、決して自分は転生する人物たちのような特別な存在には成りえないのだという前提のもとに生きつつ、「今にして本多は思ひ起した。清顕や勲に対する本多のもっとも基本的な感情は、あらゆる知的な人間の抒情の源、すなはち嫉妬だつたのだと」(『天人五衰』二三)と、「嫉妬」を感じるほど激しく彼らに憧憬していた本多にとって、たとえ擬似的なものであっても、対象と「同一化」できると思えることは、大きな魅力だったはずである。こうして、本多は、対象とのつかの間の「同一化」—自分が彼らでもある—という感覚による陶酔を求めて、「客観性の病気」を繰り返すのである。

こうしてみると、本多が「客観性の病気」として、自分の姿を相手に見せることなく覗き見ようとするのは、自己の創作する認識世界を壊したくないからではないか。人間の身体は、「見るもの」であると同時に、「見られるもの」でもある。そして、自分が「見るもの」であるかぎり、世界を創作する認識の中心は自分であり、世界は自分の目の周りに存在する。一方、自分が「見られるもの」であるときには、自己は他者のつくる認識世界の中に位置づけられる。本多は、自分も世界の多様な「見られるもの」の一つにすぎず、自己の創作世界が唯一ではない、という状況を拒否して、「見られるもの」としての自己を隠し、あくまでも自己が世界の中心であり、唯一の主体であるという視点を保ったのである。

転生者に関与したいと願いつつ、しかし、対象を到達不可能なものに設定し、いつまでも追い続け、見続けたいと考える。一人物のなかで、「見ること」が客観性追求の認識欲と自己陶酔の快楽追求欲とに分化し、それが曖昧なまま癒着しているのである。本多の「見る」ことは、純粋な「あるがままの」対象を見ることが目的ではない。見ることによって認識世界を作り上げ、自己と自己の理想像との同一化をはかり、陶酔を得、自己を慰めることが必要なのだ。そのような本多にとって、自分の認識が自分自身のものではなく、「無我の流れ」である阿頼耶識のものであることなど、認められるはずがない。本多の認識の原点は、強力な自己愛にあった。

では、本多が存在の根本だと信じて、また、作品の中でも四巻にわたって延々と開陳されつづけてきた、唯識とは、どのような意味をもつのだろうか。

世界を存在せしめるために、かくて阿頼耶識は永遠に流れてゐる。
世界はどうあつても存在しなければならないからだ！

しかし、なぜ？
なぜなら、迷界としての世界が存在することによつて、はじめて悟りへの機縁が齎らされるからである。

世界が存在しなければならぬ、といふことは、かくて、究極の道徳的要請であつたのだ。それが、なぜ世界は存在する必要があるのだ、といふ問に対する、阿頼耶識の側からの最終の答である。（傍点ママ）（『暁の寺』一九）

四巻のうち、理論書の体をとっている『暁の寺』において、一切皆空である「悟りへの機縁が齎らされるから」この世（迷界）は存在しなければならない、という唯識の最終的な節理が述べられている。外界の存在に実在性を認めないことでは、たとえば中観派（竜樹）の空の思想と、唯識とは一致している。しかし、中観派は一切を空と見なして、認識も認めないが、唯識では、輪廻から解脱するためには、この世が阿頼耶識の所産にすぎないという悟りを得るほかはないとして、最終的には排除されるが、悟達するまでは、人間の認識を認めている。この節理から判断すると、本多は、最終的に「悟り」に向かうために、迷界のなかで認識をつづけ、自己の認識者としての存在を否定されるために生きて来たのであった。そして、唯識を世界解釈の鍵だと考えた以上、また、聡子に会うために、「目が事物の背後に廻」り、「観念の想」を作ることを禁じた以上、本多は、聡子によって、自我に執着していた自分の認識が否定されることすらもわかっていたはずなのである。そして、本多は、自分の信じようとした唯識の理論にしたがって、自己の世界を否定された。この世が本多の認識によって作られているのではなく、阿頼耶識の所産にすぎないことを知らされ、我の届かない空なる世界に連れ出されてしまったのであった。

四

さて、自己に拘泥し、認識によって世界を創造する本多に、三島が芸術家としての自分の像を被せていたことは間違いないだろう。特に三島の戯曲においては、永世の芸術家と一回性の行為者との対立が存在し、葛藤のすえ一回性の行為者が敗退し、現実を拒否した地点で芸術家が完全な芸術世界を得るという構造が繰り返し描かれている。たとえば、『卒塔婆小町』の人物構造(一回性の行為者・詩人が転生し、それを永世の芸術家・小町が見続ける)は、まさに『豊饒の海』の転生者と本多の関係と同様であるし、『サド侯爵夫人』のルネの、現実を変換して心象世界をつくり、それを現実の上に被覆して一個の内的宇宙を築き上げていく認識法は、本多の認識による創作世界と同じ機構である。また、小説においても、『仮面の告白』では、現実と夢想との落差に直面することを恐れて、現実に直面することを避け、一定の距離をおく認識的な主人公が、最終的には現実を切り捨て、認識によって構築した夢想の虚妄性の中を生き抜くように決意する。これらの主人公に、三島自身の芸術観、あるいは芸術家観が投影されていると見てよかろう。では、このように、自分自身が投影されている認識者・

芸術家に、最後の作品の中で、三島はどのような処遇を与えたのか。

『春の雪』の後註で、三島は、『豊饒の海』という題名を、「月の海の一つのラテン名なるMare Foecunditatisの邦訳である」と説明している。海とは名ばかりの、砂地が想定されているのである。しかも、月は、けっして自ら輝くことはなく、太陽が反射することで光る。三島が考える芸術家という相対的なものの姿の象徴であろう。ジン・ジャンが、鏡のように本多の心を読んだごとく、この月の海は、本多の認識界の喩である。一見、豊饒に見える本多の認識も、このような荒涼とした月の海に過ぎない。本多は、相対的な、不毛の地に送られたのであった。

送りこんだのは、『豊饒の海』中で特別な位置を与えられている聡子である。聡子は、訪れて来た認識者／創作者を拒否する点で、『サド侯爵夫人』のルネに相当する。ルネは、サドの執筆した完全な芸術世界だけを選んで、現実のサドを捨象した。だが、昭和四〇年の『サド侯爵夫人』と、四五年に完成した遺作『豊饒の海』とは、そこからが大きく相違する。『サド侯爵夫人』の中では、芸術家であるサドは否定されても、彼がのこした「ジュスティーヌ」という芸術世界は存在し、現実の世界を支配する絶対的な価値観を与えられた。ところが、『豊饒の海』では、「しかしもし、清顕君がはじめからゐなかつたとすれば」「それなら、勲もゐなかつたことになる。ジン・ジャンもゐなかつたことになる。……その上、ひよつとしたら、この私ですらも……」という本多に対して、聡子は、「やや強く本多を見据ゑ」て「それも心々ですさかい」と述べる。認識者／芸術家である本多の存在が否定されるのはもとより、彼が築き上げてきた認識の世界も否定されたのである。つまり、創作物自体・書くこと自体が否定されたのだ。昭和四〇年時点では、三島は、書いている自己は信じられなくとも、書くこと自体は信頼し、作り上げられた作品には価値を置いていた。ところが、死の直前には、作品自体がもはや信じられなくなった。あるいは、作品も信じられないからこそ、死を選んだと言うべきか。三島自身も、本多の直面した空の世界に入り込んでしまった。

三島は、「文学というのは、あくまで、そうなるべき世界を実現するものだと信じている」、「小説を書くというのは、ことばの世界で自分の信ずる『あすのない世界』を書くこと」という信念をもって、作品を書いてきたと語る。[*8] 本多の認識が作った世界と同様である。その意味で、三島は、本多その人でもある一方で、そうしてこれまで営々と認識界を築き上げて来た本多を否定した聡子その人でもある。そして、彼は、最後の「世界解釈の小説」において、自己の理想たる行為者と、分身たる認識者を渾身の力で書き込み、自らの力で相対世界に送り込んで、作品は完成した。相対世界に漂うものに過ぎないが、認識者として成すべき事はすべて果たしたはずである。

唯識の理論によれば、究極には排除されるにせよ、この世が空であるという絶対知を得るまでは、迷界で認識を繰り返さなければならないのであった。最終的には否定されるにしても、認識者として作品を書かねばならなかったのである。そして、自己に執着する認識者が望む最終のものは、「彼のゐない世界にしか存在しない」のであり、「真に見たいものを見るためには、死なねばならない」。――もちろん、一人の人間の死の原因は複合的なものである。しかし、遺作を読むかぎり、三島は、自己の理論に従って、作品を書き上げた現実の自己を無意味なものとして捨象し、認識と行為とが一致する地、「死」へと向かった、と見なすことも不可能ではあるまい。[*9]

注

＊1　新潮文庫『春の雪』解説、一九七七年

＊2　「共同討議・三島由紀夫の作品を読む」『国文学』一九八一年七月

＊3　「『豊饒の海』三島由紀夫―小説の二重構造」『国文学解釈と鑑賞』一九八四年四月

＊4　井上隆史が、『豊饒の海』で引用言及されている輪廻説や唯識説の典拠の詳細な検討を行っている（「『豊饒の海』における輪廻説と唯識説の問題」『国語と国文学』一九九三年六月→『三島由紀夫　虚無の光と闇』試論社、二〇〇六年）

＊5　三島由紀夫・古林尚「三島由紀夫　最後の言葉」『図書新聞』一九七〇年一二月一二日、一九七一年一月一日→『決定版三島由紀夫全集』四〇、二〇〇四年

＊6　「『天人五衰』の主人公は贋物か」『三島由紀夫全集』月報、一九七三年→『日本文学研究資料新集30　三島由紀夫』有精堂、一九九一年

＊7　武内佳代は、本多の「覗き見」のプロットを「〈戦後〉という時代性」のコードで読み解き、「戦後の大衆の視覚的欲望のメタファー」としての側面と、「戦前と戦後のアイデンティティの連続性を保証する〈純粋な日本〉というナショナリティ」を見出している（「三島由紀夫『暁の寺』、その戦後物語―覗き見にみるダブルメタファー」『お茶の水女子大学人文科学紀要』五五、二〇〇二年）

＊8　三好行雄との対談「三島文学の背景」『国文学』一九七〇年五月臨時増刊号

＊9　一方で、三島は、死の直前の一九七〇年一〇月から一一月にかけて、自身の強い意向によって「薔薇と海

賊」を再演し、舞台稽古でも初日でも舞台を見ながら涙を流している。「薔薇と海賊」は、虚妄である創作世界の高らかな勝利宣言によって幕が閉じられる作品であり、『豊饒の海』の結末とは相反する認識が示されている。三島は、小説と演劇の二つの遺作の結末において、虚妄に対する両極の思いを託したものと思われる（拙稿「三島由紀夫「薔薇と海賊」論──〈眠れる森〉の眠らない童話作家」『国文学攷』一九七、二〇〇八年三月）。

2 転生する「妄想の子供たち」

斎藤美奈子の第一評論集『妊娠小説』は、『舞姫』や『新生』など、明治以来の近代文学に「望まない妊娠」を描いた作品の系譜が脈々と流れていることを示したもので、軽い文体とはうらはらに、着想の斬新さとすぐれた分析とが光る好論である。[*1] この中で斎藤は、三島由紀夫について、「三島も小説に妊娠を装備するのが好きな作家だった」と述べている。三度も妊娠中絶を繰り返すヒロインを描いた『美徳のよろめき』を筆頭に、『青の時代』『愛の渇き』『禁色』『金閣寺』『美しい星』といった作品名をあげて、妊娠が「巧妙に物語の進行装置として作用」し、あるいは「ストーリーの一大転機」となることを説明するのである。たしかにこうして列挙されると、三島作品の中には、妊娠（とくに中絶）が多く描かれていること、また、それらはリアルに描写されるというよりは、あくまで物語の一つの役割要素として存在していることに改めて気づかされる。

ところで、三島の最後の作品『豊饒の海』にも、妊娠中絶が描かれている。『春の雪』の綾倉聡子と、『奔馬』の飯沼みねが中絶するのだが、とくに聡子の妊娠・堕胎は、その後の物語の展開に大きく関わってくる。

『春の雪』には、松枝清顕と綾倉聡子の二人の恋人たちが登場する。聡子は、宮家との結婚をひかえながら、清顕との子どもを妊娠するが、周囲の手によって密かに堕胎させられてしまう。その後、彼女は、すべてを捨てて、奈良の月修寺にひきこもる。清顕は、聡子を訪ねて奈良に行くが、再会が果たせぬまま死を迎えるのである。彼ら二人が物語の表舞台から立ち去ることによって、第二巻以降の「転生」の物語が発展していくので、いわば、「転生」のひきがねは、聡子と清顕との間の子どもの中絶から始まっているといってもよい。

本節では、このように、作中に含まれる妊娠・堕胎・不妊・少子など、子どもをめぐる問題と転生との関連について検討してみたい。子どもをコードにすることで、女と男のジェンダー化した認識や身体の様相を明示できるはずである。

一　「非血縁」の世界

最初に、妊娠・堕胎・子どもが、どのようにテクストに描かれているかを見てみよう。はじめに、月修寺の象徴性に触れておく。

『春の雪』の終わり近くから『豊饒の海』結末部まで、およそ六十年もの長きにわたって、聡子がとどまった場所―それが月修寺である。徒弟として、また門跡として、テクストの表層でくり広げられる物語の背後に、聡子は月修寺に存在していた。そして、最初は清顕が、のちには本多が、月修寺を聖なる場として追慕しつづけていく。

こうして聡子がとどまりつづけた月修寺は、奈良郊外の帯解にあるが、すぐ近くには安産祈願で名高い帯解寺が存在する。最初に月修寺を訪れたとき、聡子の母・綾倉伯爵夫人は、帯解駅にあった「日本最古安産求子祈願霊場」という帯解寺の案内の立札を、中絶手術直後の聡子の目にとまらないようにと気づかう。安産祈願の寺・帯解寺と、堕胎した聡子が聖性を獲得する場・月修寺。両者の対照性は、『天人五衰』の最終場面では、もっと際立たされていく。六十年の時を隔てて、本多は聡子に会おうと月修寺に赴くが、天理街道から小橋のふもとにさしかかると、「右折すれば帯解駅と帯解寺、左折すれば月修寺のある山裾へゆく道に分れてゐた」（『天人五衰』二九）と描写されるのである。

寺を訪ね、聡子に清顕の名を知らないと言われた本多は、呆然として、「この庭には何もない。記憶もなければ何もないところへ、自分は来てしまつた」と思う。本多を空無の世界に直面させた月修寺は、だから、単純に奈良の地にあるのではない。明らかに、帯解寺との対照が際立つ場に、産まなかった女・聡子が守る「何も生み出さない」寺としての象徴性を付与されて存在しているのである。

また、『豊饒の海』では、登場する人物たちに子どもが生まれず、育たず、さらに一人っ子が多いことも注目される。

『春の雪』の中心人物、清顕と聡子は、ともに兄弟姉妹がおらず、二人の間の子どもは堕胎させられた。三島の「創作ノート」では、清顕には兄がいることになっており、父や兄の好色が、清顕の聡子への優柔不断の原因の一つとして構想されていたようだが、この設定は、最終稿では消されている。[*2]

第二巻『奔馬』の主人公・飯沼勲も一人っ子である。勲の母みねは、前述したように、清顕の父・松枝侯爵との間の子を堕胎したことがあったが、清顕の書生をしていた飯沼茂之との結婚後には、勲の他には子どもはいない。また、勲と彼がほのかに憧れていた鬼頭槙子の間には、ただ一度の接吻を除いて性的な交渉はなく、二十歳で割腹死した勲の子どもは存在しない。槙子は、『奔馬』の冒頭で、三二、三歳の「出戻り」として登場しているが、最初の結婚で子どもがいるという記述はなく、また、勲の死後、歌人として名をなしてからも、結婚や出産に関する記述はない。

第三巻『暁の寺』の月光姫《ジン・ジャン》には双子の姉妹がいるが、外国人で日本から離れていることもあり、直接物語の進展には関係しない。また、月光姫は同性愛者であって、作中で関係をもった久松慶子とのあいだに、もちろん子どもはいなかった。その慶子は、五十歳近くになるが、「とつくの昔に離婚」(『暁の寺』一三)しており、アメリカ占領軍の若い将校・ジャックを愛人に、万事西洋風に暮らしている。戦後も母と二人で、あるいは一人で暮らしており、実子はいない模様である。他にも、ドイツ文学者の今西は独身であるし、槙子の歌の弟子・椿原夫人は海軍将校だった息子が戦死し、十数年も悲しみにくれつづけている。

第四巻『天人五衰』の透は、両親が相次いで亡くなっており、兄弟の有無も不明である。そして、四巻を通じて転生を見つづけていく本多繁邦も、どうやら兄弟姉妹はいなかったらしく、作中にはその存在は描かれていない。また、妻の梨枝との間には子どもがなかった。本多夫妻に子どもがなかったことの意味は後述することになるが、本多は「子供を持たない自分」(『奔馬』四)として、梨枝も

「石女《うまずめ》」（『暁の寺』二五）である自分を、何度も認識するのである。

合計特殊出生率が一・三七（二〇〇八年人口動態統計）まで下がった現在では、夫婦に子どもがいないことや一人っ子の存在、またシングルでの生活などはごく当たり前のことだ。だが、『豊饒の海』に描かれた当時の出生率をふまえてみると、主要な作中人物における子どもの少なさは、かなり特異な事態だといえる。*3 また、登場人物の祖父母が描かれているのは、『春の雪』の松枝侯爵家以外にはないし、夫婦と複数の子どもで形成される近代家族の模型そのものといった家族もほとんど描かれていない。それでは、こうした『豊饒の海』の人物の特徴から、何が導きだせるだろうか。

人間の通時的なつながりは、普通、子どもによる。大河小説といわれる小説は、一つの家族が何世代にもわたって描かれ、祖父母―父母―子―孫……と、脈々と流れる血縁に従って書き進められていくことが多い。ところが、『豊饒の海』では、中心人物に子どもが生まれず、兄弟もいないため、血縁によっては話は続いていかない。*4 例えば、もし清顕と聡子の間の子供が堕胎されず生まれていたら、また清顕や聡子に兄弟姉妹がいたならば、清顕の死後、そうした人物から異なった物語が展開する可能性もあったはずだ。

藍本とされる『浜松中納言物語』と比較してみよう。同じく「夢と転生」を扱いながらも、清顕・聡子の原型にあたる中納言と大姫の生は、『豊饒の海』の二人とは大きく異なっている。大姫は中納言の子どもを懐妊し、中納言が亡き父宮の生まれ変わりに会うために渡唐したあと、悲しみのあまり出家し、姫君を出産しても、ひたすら中納言が帰朝するのを待ち暮らしている。『豊饒の海』で聡子と婚約した洞院宮に相当するのが式部卿宮であるが、大姫の父・左大将は、中納言の子どもを懐妊した大姫の代わりに、妹姫に宮を婿取られた。そして、三年後、帰朝した中納言と尼となった大姫、二人の間に授かった姫君は再会を果たす。そもそも『浜松中納言物語』では、清顕の原型である中納言自身が生まれ変わるわけではない。中納言の父宮が唐の第三皇子に生まれ変わり、その皇子の母后の生まれ変わりが后の妹である吉野の姫君の胎内に宿り、……と、中納言の周辺の人物が転生するのである。

ところが、『豊饒の海』では、清顕は死に、聡子の胎内の子どもは堕胎されてしまい、聡子は六十年もの長きにわたって月修寺にひきこもり、二人には兄弟も存在しない。藍本と異なり、『豊饒の海』では、主人公であったはずの二人は消え去り、その子どもや兄弟から物語が展開していく方向も閉ざされてしまう。そして、清顕の死後、およそ二十年を経て、飯沼勲という清顕とはまったく血縁関係のない人物が、彼の生まれ変わりとして登場する。[*5]

こうして、清顕―勲―月光姫《ジン・ジャン》―透と、血縁によらない個のつながりが「転生」の形をとって現れていく。『豊饒の海』は、明らかに転生者たちの物語が血のつながりによって続いていくことを阻止する構造をとっているのである。

二　「貴種の転生」と本多

ところで、こうした形で個の連続の物語をつむいでいくことについて、三島は、「年代記的な長篇ではなく、「どこかで時間がジャンプし、個別の時間が個別の物語を形づくり、しかも全体が大きな円環をなすものがほしかつた」と語る。その上で、そうした「世界解釈の小説」を作る素材として輪廻転生を使ったのは、「幸ひにして私は日本人であり、幸ひにして輪廻の思想は身近にあつた」からだとも述べている。*6

だが、こうした「転生」のあり方は、日本人としての自分の身近にあつた、という三島の言とはうらはらに、一般的・民俗的なそれとは異なっている。例えば、川村湊は三島の描いた「転生」と深沢七郎の「生まれ変わり」とを比較している。*7 川村によれば、深沢の描く日本的な「生まれ変わり」は、「個的なものではなく」「共同の幻想に関わるもの」であり、あるいは「祖父母から孫へという、原則的な連鎖の系譜がある」。それに対して、『豊饒の海』の「転生」は、「個人が個人へと『直線状』につながっていく「貴種の転生」である点で、「日本的とも、あるいは東洋的とも言い難」く、「個我の限界を打ち破るものではありえなかった」。

もちろん、「無限で無数の複合体」としての東洋的な霊魂であれば、むしろ「心々」であることを否定して、究極的に〝一つ〟であるような「心」、いってみれば、綾子《ママ》でもあれば、清顕でもあり、勲でもあれば、ジン・ジャンでも透でも本多でもあるような「複雑怪奇」な在り方を肯定したに相違ない。

川村の説くように、個の連鎖によって成立している『豊饒の海』の「転生」は、非常に特異なものだといえよう。そして、その特異さはひとえに、その転生を見ているのが、本多ただ一人であることに由来しているのではないだろうか。『豊饒の海』の転生が、聡子でもあれば清顕でもあり、勲でもジン・ジャンでも透でも本多でもあるような「究極的に〝一つ〟」の生まれ変わりではなく、清顕―勲―月光姫《ジン・ジャン》―透という直線的な「貴種の転生」に集約していく原因は、認識者・本多に存するように思える。村人すべてがその生まれ変わりを信じているといった、深沢的な、共同幻想による転生はここにはない。四巻にわたる物語は、すべて本多の認識した転生のつらなりに従って進行するように構成されているのだ。血のつながりにたよらず、人を通時的につなげるのが「転生」であり、それを見て確信するのは、本多ただ一人なのである。

本多は、転生の発端となった『春の雪』の恋愛の当事者の一人、聡子と決して会おうとはしない。転生の証人になりうるはずの聡子との再会を拒否しつづける。また、清顕の生まれ変わりとされる勲の父親である飯沼は、清顕付の書生でもあり、本多が転生の秘密を共有しえるはずの人物であった。だが、飯沼は、転生の証である清顕の黒子のことを知らない。さらに、本多は、別荘で月光姫と慶子の睦み合う姿を覗いたときに、月光姫に清顕や勲と同じ黒子を発見して、転生を確信するのだが、彼と共に覗いた妻の梨枝は、黒子の有無を確認していない。すなわち、『豊饒の海』では、徹底して本多一人のみが転生を見ているのだ。

早い時期から本多の重要性を指摘していた田中美代子は、「松枝清顕をはじめとして転生する人物は、現実の人間であるというよりも、本多がかくあるべく思い描いた理想像であり、純粋な観念の結晶体である」、「彼らはあえていえば、一人の観照者である本多が人生の道すがらに抱いた願望の具現として、彼の意識の内部で演じられたドラマの登場人物にほかならない」と、『豊饒の海』の転生が本多の認識による創作であるとの見方を提言している。[*8] また、田中の読みを受けて、本書Ⅱ―1では、本多の認識とは客観的なものではありえず、見ている対象との同一化と自己陶酔を求めるものであることを分析し、本多が自己に拘泥しながら世界を認識によって作り上げていく人物であることを述べた。

引き続き『豊饒の海』を本多の認識の物語だとする論を前提として、考察を進めていきたい。つづいて問題となるのは、なぜ本多は「転生」を見つづけたのか、そして、本多とはどのような人物だったのか、ということである。

三 「父」ならざる男

三島の「創作ノート」を再び参照したい。『豊饒の海』執筆前に準備されていた「『大長篇』ノート」には、冒頭に四巻までの構想が書かれている。その中から、本多に関係する部分を引用しておく。

第三部
タイの王室の女 or 戦後の女、十九 廿歳で死ぬ。[「十九 廿歳で死ぬ。」抹消] 死なぬ、生きのびて、六十歳になつた男と結婚し、子を生む。その二人が第一部、第二部をくりかへす。老いの問題。

現存するテクストとは、大きく異なった構想であったことがわかる。もともとの構想では、第一巻の主人公の友人で、転生を見つづけていた男（本多の原型）が結婚し、子どもをもつことになっていた。しかも、その相手は、「タイの王室の女」、つまり月光姫《ジン・ジャン》が想定されていた。[*9]
つまり、ごく初期には、本多が子どもをもって父となり、転生にも関係する、いわば行為者として構想されていたのである。もちろん、現テクスト『豊饒の海』においても、本多は、月光姫に対して思いを寄せる。だが、それは全く一方的なものであって、「結婚」「子を生む」というところには進まなかった。「創作ノート」での構想は大きく改変され、「要するに、世間的には、彼は「すべてを持つてゐた」のだ、ただ一つ子供を除いて」(『暁の寺』四二)と自認される人物・本多繁邦へと移行していったのである。

こうして、本多を転生を見つづける人として規定したために、『豊饒の海』の転生は、川村の言うように、「個人が個人へと『直線状』に」つながっていく「貴種の転生」になった。藍本『浜松中納言物語』にも二つの転生が出現するが、それは直線状につらなるものではなく、もう少し複雑になっている。「創作ノート」の設定の方が、『浜松中納言物語』にも近く、物語も複層になっていったはずなのである。そうした物語としての豊かさの可能性を壊してまで、現『豊饒の海』テクストでは、本多を「父」にすることを拒んだのであった。[*10]

さて、ここまで、本多が「父」になることを拒まれた男、あるいは、拒んだ男として描かれていることを強調してきた。つづいて、『豊饒の海』では、生まない人間とは、創造する想像力をもつ人間であることに留意しておきたい。とくに、四巻全体の理論篇の機能をもつ『暁の寺』の登場人物たちに、それが顕著である。

例えば、飯沼勲の恋人であった鬼頭槙子がその一人である。勲の死後、槙子は、歌人として名をあげる。「半生の悲哀と孤独の幻影を維持」して、「名歌を次々と生む」(『暁の寺』二五)槙子が子どもを持たない女性であったことは、前述したとおりである。

また、ドイツ文学者の今西も、四十そこそこで独身であり、かつ想像の世界をもった人物として登場する。今西は、「柘榴《ざくろ》の国」と名付けた「性の千年王国《ミレニアム》」を夢見つづけている（『暁の寺』二五）。「柘榴の国」は、「この世のものならぬ美しい児」＝「記憶に留められる者」と、「醜い不具者」＝「記憶を留める者」の二種類の人間によって成立する。そして、美しい人間は、記憶に留められるために、若く美しいうちに、不具者によって殺されてしまうのである。この今西の想像の王国は、ほとんどそのまま、『豊饒の海』の転生者たちと見者・本多の関係の雛型であり、『豊饒の海』のテクスト内における構造説明と言っても過言ではない。

　さらに、非出産と想像力との関係を印象づけさせる人物に、他ならぬ本多の妻の梨枝がいる。本多繁邦・梨枝夫婦は、子どもに恵まれなかった。本多が一介の裁判官・弁護士であった『暁の寺』第一部までは、二人は睦まじく暮らしていたが、第二部に入り、戦後に僥倖によって本多が財産を得てからは、梨枝は、子どもを産めなかったことで劣等感にさいなまされる。「年ごとに募る石女の悔恨」により、『私は正しい。しかし私は失敗した女です』と、自己正当化と自己嫌悪との間を揺れ動く。

　梨枝を責めるのは、「嫁して三年子無きは去れ」とか、「女は子供を産んで一人前」といった社会通念による外的な抑圧ばかりではない。自己呵責から姑に優しくつくしても、なお、「子供がゐたら」という繰り言は続く。不妊に対する偏見は自己の内側にもあり、内的な圧力となって自分を責め苛む。さらに「本多がはからずも得た富と、梨枝が自覚しだした年齢の醜さ」とが、彼女の「不妊」に重圧をかける。富裕になった良人が、もう若くはない自分を見捨てるのではないかと、ひどく恐れるようになるのである。「子供がゐたら」良人をつなぎとめることができるかもしれないと、彼女は不可能を願いつづける。

こうして、不可能を夢見つづけ、良人の心の動きにも過敏になった梨枝は、「思ひに屈して、何か空気中の酸素と窒素を抽出して、化合物を作る作業に熱中してゐるやうに」、「何も目に映らない白壁に直面して、却つて自在に想像の画を描きだすやうになつた」（『暁の寺』三八）。そして、窓の外にぬれそぼって昼の闇に浮いたように咲いている紫陽花を見てさえ、「さまよひ出た自分の魂」のように感じる。また、本多と月光姫《ジン・ジャン》との関係を疑うようになり、「この世界のどこかに月光姫がゐるといふ考へほど、耐へがたい想念はなかつた。そのおかげで世界は罅割れた」と思う。そうした梨枝の姿を、テクストは、「この石女が、はじめて何か奇怪なものを生んだのである」とか、「梨枝はかうして、自分にも想像力のあることを学んだ」と説明している。

自己嫌悪・無力感・疑念・嫉妬・憎しみ・愛されたいという願望、さまざまな思いがあいまって、さまよい出た梨枝の魂は、あたかも「化合物」を作るように、そして、白壁に「想像の画を描きだす」ように、本多と月光姫の関係を幻想していく。現実の子どもを産むことのない女性が、想像力によって「奇怪なものを生んだ」という説明は、『豊饒の海』において、非妊が想像と相関関係にあることを示している。

そして、梨枝のもつ情念の強さは、実はその中身こそちがえ、本多にも近いものがある。本多は、有能な裁判官として日々を過ごしつつも、「本多にとつて青春とは、松枝清顕の死と共に終つてしまつたやうに思はれた。あそこで凝結して、結晶して、燃え上つたものが尽きてしまつた」（『奔馬』二）と、虚無的な思いにとらわれていた。その彼の前に、清顕の生まれ変わりの勲が、さらに月光姫が現れた。転生者という貴種に同一化するという不可能が彼を魅了したのである。

そうした本多は、「自分の裡に生じた不可能への渇望が、妻と自分を、微妙な部分で共犯にしてゐるといふ忌はしさに耐へなかつた」（『暁の寺』二一五）という。不妊によって、想像で幻想を生み出さざるをえない梨枝と、転生を認識しつづける本多とは、決して別種の人間ではない。本多は、「父」になれなかった、あるいは、「父」にならなかった人間であった。実子がいないことと、本多が転生を見つづける人物であることとは、無関係ではないのである。

本多は、梨枝が「想像の絵」を描いていったように、この世を認識の力で理解しつくそうとする。唯識の壮大な理論と、清顕の残した夢日記とから、輪廻転生を生み出し、世界を解釈しつくそうとしていくのである。

四　転生――妄想の子供たち

それでは、彼が生み出したものが「生まれ変わり」であったのはなぜだろうか。次に、本多の認識していた「転生」について考えてみたい。

冒頭で、『豊饒の海』では、登場人物たちに子どもが生まれず、一人っ子が多いため、血縁によって物語が進行せず、「生まれ変わり」の形で個がつながっていく、と述べた。逆に言えば、そもそも、「生まれ変わり」という発想そのものが、血縁による世代交代―母が子を産むことによって、子孫がつながっていくという通常の通時的な人間関係―に対抗するものであるということなのだ。つまり、生まれ変わりによれば、女性を介在することなく、人と人との関係を結ぶことができるのである。

「家」を男系の血筋によって連続させようとする「父系制」は、母の胎内から子どもが生まれてくるという生物の自然に反するものであった。男にとって、女が出産した子どもが、本当に自分の子どもであるかどうかは、不確実このうえなく、疑いだせばきりがない。生物学的に、父子の絆は、母子の絆のようには、確実なものではないのだ。この父子の関係を、いかに確実なものにするか。家督を男系で相続させるために、家父長制は、「貞操」という規範を生み出し、女性にその道徳を守らせようとした。

それでも、例えば、聡子は、勅許による禁を破って、清顕と契りを結び、妊娠した。[*11] それは、松枝侯爵の強大な力をもってしても、いかんともしがたいことであり、侯爵にできたのは、聡子の胎内の子どもを堕胎させることだけであった。また、飯沼も、妻のみねの胎内にいる子どもが松枝侯爵の子か自分の子かわからないために、堕胎をさせた。女性が子どもを産むかぎり、男性は、どの父親の子どもを胎内に宿らせるかを、女性の意に反してコントロールすることはできない。できるのは、ただ堕胎によって、子どもを抹消させることだけである。

若いころから「意志の人間」であり、『歴史に関はらうとする意志』(『春の雪』一三)を持ちつづけていた本多は、いわば、自分の力で世界を解釈する意志をもっていた人物であった。一方、清顕と聡子の恋愛を間近で見ており、女性の産む力と、それを男性が制御しきれないことによって引き起こされる悲劇をも知っていた。

ところが、「生まれ変わり」という発想は、女性を介在させることなく、人と人とを通時的につなげていくことができる。つまり、生殖機能をもたない男性によっても、生み出していけるつらなりなのである。そして、本多は、ただ一人、転生を見つづける。生物的に不確かな「父親」になることで次世代との関係をもつのではなく、彼の認識によってコントロールできる「生まれ変わり」を見つづける人物―それが、本多なのであった。こうして、本多は、彼一人が物語の生み手である地位を獲得していく。それは、家父長制よりももっと確実に、つまりもはや女性の身体も不要にして、自分の認識の力だけに頼った、ナルシスティックで強大な、男性的な秩序に則った世界なのである。[*12]

だが、このように男性が女性の生殖機能を嫉視し、再生産を自ら管理しようとすることは、必ずしも本多に独自の考えではない。例えば、科学の分野では、生殖テクノロジーの進歩に伴って、「体外受精」などの研究や実験が盛んに行われているが、こうした技術は、不妊に悩む男女に福音をもたらすとされる一方、女性の身体を子を産むためのいわば「子産みの機械」にするものだとして、批判を受けている。[*13] あるいは、本多の「転生」の考えは、「クローニング」(核移植による複製人間)を作ろうとしている発想に等しいかもしれない。「クローニング」では、もはや女性の胎も必要ではないのである。J・マーフィーは、ノーベル賞を受賞した分子生物学者ジェームス・ワトソンの「男が男だけでやっていける日は遠くない」という象徴的なことばを紹介した上で、「クローニングは、昔から引き継がれた科学や宗教やその他社会のもろもろの概念が一緒になって行きついた発展のきわみであり、〝父親〟を人間創造の唯一の親とすることによって、男を不死のものにしようとする試みである」と同時に、「昔からの家父長制の課題である人間社会の構成と秩序に関する問題を解決する手段を手に入れる」ことだとも述べている。*14 女なしで人間を再生産すること。それを夢だと考える男性たちが実在しているのだ。

再び『豊饒の海』に戻ろう。すべての生まれ変わりの物語は、清顕と聡子の間の子どもが堕胎させられたことからはじまった。清顕は死に、聡子は仏門に入った。血縁関係は残されず、そこから物語が生じることはなかった。そして、死んだ胎児の成長の代わりに、本多が清顕の生まれ変わりである勲を「発見」し、転生の物語をつむぎ出していったのである。

あるいは、本多は、清顕と聡子の間に入り込もうとしたのかもしれない。かつて聡子は、本多に向かって、「罪は清様と私と二人だけのものですわ」(『春の雪』三四)と告げたことがある。清顕と聡子の禁忌の恋が進行しているときに、二人の逢瀬を手伝った本多が、「僕は罪に加担してしまつたのです」と話すと、「強く、怒つたやうに」遮って、そう聡子は宣言した。聡子と清顕にとって、二人の恋はその罪も含めて二人だけのものであった。本多は、その聡子の宣言に抗して、二人の恋人たちの間に、自分ももぐり込もうと試みたのである。

本多—清顕—聡子の三者の関係についての分析は本書Ⅲ—3に譲るが、ここでは、本多にとって、清顕も聡子もアンビバレントな感情を引き起こす人物であったことだけは確認しておきたい。「もしかすると清顕と本多は、同じ根から出た植物の、まつたく別のあらはれとしての花と葉であつたかもしれない」(『春の雪』二)。本多にとって、清顕とは、強い憧れをもってその行動を見守らざるをえないと同時に、強い嫉妬を呼びさまされる人物であった。一体化を強く希求する人物であると同時に、有為の人として社会に出るために乗り越えるべき同性でもあった。聡子の方は、聖母のように憧れるべき人物であると同時に、自分の幻想を見透かされてしまう恐怖に満ちた存在だったのである。

こうして、本多は、聡子に憧れながらも、『春の雪』から『天人五衰』の末尾までのほぼ六十年もの間、彼女に会うことを注意深く避けていった。そして、清顕―勲―月光姫《ジン・ジャン》―透と続く「貴種の転生」を、清顕の夢日記と唯識の理論を借りながら、自分の認識の力で創造しつづけていく。本多にとって、清顕の死後の生活はあじけなく、まるで余生のように意識されていた。だからこそ彼自身の蘇りをも含めて、清顕の転生を希求したのであった。聡子がついに産むことのできなかった清顕の子どもを、あたかも聡子が堕胎した胎児を引き継ぐかのように、転生という形で産みつづけていったのである。

「ペンはペニスである」。―出産機能をもたない男性は、「書く」という行為を通して、疑似出産し、世界を我が手に握ろうとする。本多は作家ではないが、認識によって世界を生み出す彼の営為は、創作行為そのものだと言ってよかろう。彼は、現実の父親になる代わりに、想像=創造の力によって、転生という子供を産みつづけた。本多が、男一人で産み落とした「妄想の子供たち」[*15]が、清顕―勲―月光姫《ジン・ジャン》―透と続く転生の流れだったのである。

ここに本多と清顕との深層での同性愛的な関係を見ることができるかもしれない。前述したように、「創作ノート」の中で、最初の構想として、本多と月光姫《ジン・ジャン》とが、結婚し、子どもを生むことが予定されていた。月光姫《ジン・ジャン》は、言うまでもなく、清顕の生まれ変わりである。その月光姫との結婚・子どもの誕生という「創作ノート」の設定は、現『豊饒の海』テクストにおいても、本多の月光姫への思慕が、清顕への同性愛的な思慕につながるものであることを想像させるものである。[*16]

だが、こうして、本多が生み出し、見つづけていった転生の物語も、やがて結末を迎えることになる。「妄想の子供たち」の物語・『豊饒の海』の終わりを告げるのは、それまで認識の力によって「自分を不死かもしれないと信ずる理由があつた」（『暁の寺』四四）本多が、癌に冒されて自分の死期を悟ったときである。月修寺の聡子のもとへと急ぐ八十歳の本多の前に、狂女・絹江の胎内に、転生者の透の子どもが宿ったことが知らされる。これまで、本多が認識した「転生」によって支配され、血縁による結びつきが完全に絶たれていた物語世界に、転生者の本当の子供が胚胎したのであった。

これから世界に誕生してくる「現実の子ども」の前で、「妄想の子供たち」が存在する余地はない。本多が自分の死期を悟ったとき、テクストの中に現実の子どもが生まれた。そして聡子によって、彼の認識の不毛が指摘されたのである。聡子こそは、物語の原点において産まなかった女なのであり、帯解寺の対極にあって空無を象徴する寺・月修寺の門跡なのであったから。こうして、『豊饒の海』は、物語の原初・何もなかった世界に回帰していく。

注

＊1　筑摩書房、一九九四年→ちくま文庫。
また、萩原孝雄も、『金閣寺』に「死産のイメージが頻出する」ことを指摘し、分析をほどこしている。（「三島由紀夫、その自己と自然―宮沢賢治の世界とくらべて」『無限大』九二、一九九二年冬→平川・鶴田編『アニミズムを読む―日本文学における自然・生命・自己』新曜社、一九九四年）

＊2　「『豊饒の海』ノート」『新潮』一九七一年一月臨時増刊号→『決定版三島由紀夫全集』一四、二〇〇二年

＊3　一人の女性が生涯に何人子どもを産むかを示す「合計特殊出生率」は、戦前については統計が残された年が少ないものの、最も大きい数値が大正一四年の五・一一、最も少ないのが昭和一四年の三・七四である（内閣府『平成二一年版　少子化社会白書』）。「出生率」（総人口に対する年間出生数の割合）は、明治三二年から昭和一八年にかけて三〇～三五前後と安定しているので（厚生労働省『人口動態統計』）、この期間の合計特殊出生率は三人台後半から五人台前半と推定できそうである。ちなみに上野千鶴子は、「明治時代の女性の合計特殊出生率は、大体四・六七人くらいでした」と述べている（『1・57ショック―出生率・気にしているのはだれ?』一九九一年、松香堂）。いずれにせよ、明治から昭和初期にかけて、一般に一人の女性が生涯に、平均四～五人の子どもを産んでいた。死産や乳児・新生児死亡数も多かったので、四、五人すべてが生存していたとは言えないが、それにしても、『豊饒の海』でのこの一人っ子の多さや子供の少なさには、作為を感じずにはいられまい。

＊4　三島は、古林尚との最後の対談の中で、「ぼくはクロニクル（年代記）ふうの小説は、もう古いと思ったんです。おじいさんがどうした、おばあさんがどうした、おとうさんがどうした、お兄さんがどうした、私がどうした、子供がどうした―こんな書き方は、もう飽き飽きしているんです。ところが生まれかわりを使え

ば、時間と空間がかんたんにジャンプできるんですね。」と語っている（「三島由紀夫　最後の言葉」『図書新聞』一九七一年一月一日→『決定版三島由紀夫全集』四〇）。

＊5　勲が清顕の異母弟と受け取る見方もある（佐藤秀明「「贋物」の主人公―『豊饒の海』論序説」『昭和文学研究』一七、一九八八年七月→『三島由紀夫の文学』試論社、二〇〇九年）。だが、みねに初めてできた子どもは「どう日数を数へても、侯爵の子か自分の子かはつきりしないといふので、飯沼が堕胎させた」（『奔馬』二二）とあり、もし勲も松枝侯爵の子である可能性があれば、飯沼は再び堕胎させたはずである。さらに、みね自身にも、勲が侯爵の子どもであるという述懐はないため、ここではその立場はとらない。

＊6　「『豊饒の海』について」一九六九年

＊7　「『生まれ変わり』と『転生』―三島由紀夫と深沢七郎」『ユリイカ』一九八八年一〇月→『隣人のいる風景』国文社、一九九二年

＊8　「『豊饒の海』三島由紀夫―小説の二重構造」『国文学解釈と鑑賞』一九八四年四月号。なお、田中の早い時期の『豊饒の海』論としては、「覗く者と覗かれる者との密通劇―〈暁の寺〉」（『ロマン主義者は悪党か』新潮社、一九七一年）などがある。

＊9　創作ノートの中で、月光姫の相手は大きく改変されていった。「『大長篇』ノート」での「六十歳になつた男（本多に相当）と結婚し、子を生む」という初めの設定に続いて、「『暁の寺』ノート」では、「聡子 or 第二巻の女とよく似た女と Lesbien Love」へと変更。そして、最終的な『豊饒の海』では、同性愛という設定は残されたものの、相手は、聡子から、全く新しい人物・久松慶子へと変わった。最初の変更は、このあと本文でも述べるように、転生を見る人としての本多の特性を際立たせるためであろう。また、清顕の生まれ変わりである月光姫が、清顕の恋人であった聡子と関係を持つことは極めて自然なことでもある。最終稿へ

の改変は、聡子をテクストの表層に浮かばせないための処置であろう。テクストは、徹底して、聡子を聖地・月修寺に拘束しておくのである。

*10 正確にいえば、本多は、安永透を養子にしており、「父」になっているが、これは血縁によるものではない。また、転生者を「養子縁組」したこと自体が、本多の見た「転生」の性格を象徴している。

*11 『春の雪』の恋愛は、聡子の側から見ると家父長制への抵抗である（本書Ⅲ―1）。

*12 渡辺広士に、「三島由紀夫の性的世界はあくまで不毛なのだ。そして不毛な女性性が、彼の見る戦後の本質である。不毛とはそのままの意味、つまり生殖しないということである。そのことに結びつけて言えば、認識は生殖しない。そして行為と完全に切断された認識によって憧れられ、探し求められる純粋行為もまた生み出さない。ただ死を望むだけである」との指摘がある。（『「豊饒の海」論』審美社、一九七二年）

*13 五條しおり「フェミニズムの視点からみた生殖技術」（お茶の水女子大学生命倫理研究会『不妊とゆれる女たち』学陽書房、一九九二年）

*14 「ネズミから人へ？―クローニング研究の進歩が意味するもの」（リタ・アルデッティ編『試験管の中の女』共同通信社、一九八六年）

*15 なお、「妄想の子供たち」の語は、野田秀樹の戯曲『小指の思い出』（而立書房、一九八四年）からの援用である。

*16 このことは、『仮面の告白』以来、三島が同性愛的傾向をあからさまに標榜しようとしていたことの意味など、作家論的に発展させていくことができそうである。
また、『豊饒の海』は、三島の「天皇」観を示した物語であるが、彼が関心をもっていた折口信夫の「天皇霊」などとも関連づけることができるかもしれない。折口の「天皇霊」についてはさまざまな見解が存在す

るが、戦争中に、「折口信夫の『天皇霊』解釈が、聖なる存在は女を不用とし単性生殖しつつ永生する、という論旨で完結し、国体論や生死観へと体系化していた」（森崎和江『いのちを産む』弘文堂、一九九四年）という見方ができるからである。なお、柴田勝二も「天皇霊」と『豊饒の海』について考察している（「『暁の寺』と唯識論―『豊饒の海』への視覚」『日本近代文学』六〇、一九九九年五月→『三島由紀夫―魅せられる精神』おうふう、二〇〇一年）。

Ⅲ

女性——〈副次的人物《サバルタン》〉は何を語るか

1　綾倉聡子とは何ものか

『豊饒の海』には、「綾倉聡子」という女性が登場する。彼女は、第一巻『春の雪』において洞院宮という皇族と婚約する一方、幼なじみの松枝清顕と激しい恋愛の末に妊娠し、周囲の圧力によって中絶させられ、自らの意志で出家して、奈良にある月修寺にひきこもる。清顕は、彼女に会いに月修寺を訪ねるが果たせず、二十歳で亡くなる。この死が、のちに、飯沼勲——月光姫《ジン・ジャン》——安永透と次々に転生を引き起こしていくわけで、清顕と聡子との恋愛は、『豊饒の海』の生まれ変わりの発端となっている重要なモチーフである。

聡子は、さらに、『春の雪』から六十年後、第四巻『天人五衰』の最終場面に、再び登場してくる。この結末部は本当に不思議な場面で、登場人物の一人である本多繁邦が空に直面させられるばかりでなく、彼の認識にそって、営々と四巻にわたる生まれ変わりを見続けてきた我々読者も、「記憶もなければ何もない」ところへいざなわれ、読書行為そのものが朧化させられてしまう。そうさせたのは、言うまでもなく、今は月修寺門跡となっている聡子である。彼女は、四巻にわたって繰りひろげられた輪廻転生譚の末に、それを無化してしまう人物なのだ。

ところが、これほど重要な人物であるにもかかわらず、管見では、結末部を問題にする論であっても、なぜそれが「綾倉聡子」なのか、についてはほとんど触れられていない。清顕など転生者たち、本多の認識、あるいは両者の関係を分析するものが大部分であり、結末部を論述するに際して初めて聡子を話題にするのが通例なのである。第一、彼女の主要な活躍の時期『春の雪』においても、聡子に関する考察は手薄だ。聡子についてはほとんど触れられず、清顕の感受性で両者を代表させてしまう。松本徹は、「清顕と聡子が、男と女といふ別個の存在であるよりも、双生児めいた印象」を与え、聡子は清顕の「『感情』の夢想が描いた完璧な映像」であって「生身の女」として描かれていないと述べている。[*1] 同様に、若森栄樹も、二人は「同じものの二分割にすぎない」と語っている。[*2] これらは、もっぱら清顕の視点にたって『春の雪』の恋愛が語られていることに起因する見解で、このように二人の恋愛は、従来、清顕の側からだけ分析されてきた。例えば、清顕の恋愛を、バタイユの「禁忌と違反」のモチーフから読み解くことは有効ではあるが、[*3] あくまでも清顕が聡子を「禁忌」に仕立てあげているのであって、こうした視点では聡子の個性や行為の意味は看過されてしまう。たしかに、三島の描く人物像は類型的であり、また、聡子が焦点化されることは少ないかもしれないが、聡子と清顕とを弁別し、聡子の側から『春の雪』の恋愛を見ることも必要だろう。

彼女が清顕とは異なった心理をもっていることは、對馬勝淑の著書が証明している。[*4] 對馬は聡子について詳細に論述している例外的な論者の一人であり、「聡子も自己の意志を持つ一人の人間であるという視点」から、彼女の行動の裏にある心理を精密に分析していく。特に清顕との恋愛をめぐる心理分析は精緻を極めるといってよい。ただ、對馬は聡子のもっている価値観として「天皇の神聖を護る」という規範を重視しており、彼女の出家の動機もそこにおくのだが、聡子の行動には他の側面もあるように思える。もう一人、聡子＝女性の担う役割について語っている論者に、田中美代子がいる。[*5] 田中は、『豊饒の海』という「物語の全体像が、太陽に対する月の原理―女性原理によって統括」され、聡子は「女性原理」の象徴で、松枝清顕が『春の雪』の中で「唯一、女性原理に刃向う戦士」だと説明しており、示唆に富む。では、こうした女性／男性の対立は『豊饒の海』全体にどのように構造化されているのだろうか。

本節では、このように、一部の例外的な論考を除いて、清顕の側から眺められるか、本多の側から論じられるかのいずれかでしかなく、自身の時間が論評されることがほとんどなかった聡子について、とくに『春の雪』における「綾倉聡子とはいかなる人物なのか」に関する整理と私論とを試みてみたい。『豊饒の海』を、転生の系列と認識の系列との二重構造としてだけ捉えるのではなく、聡子を代表とする女性という視点・ジェンダーのコードによって捉え直す手がかりを出したいのである。

一

はじめに、『春の雪』での聡子の性格を見ておくが、聡子の学歴すら紹介されていないように、テクストの語り手は本多や清顕に寄り添っており、全体に聡子に内的焦点化されることが少ない。このため、清顕から見た聡子の像、また、清顕にとっての聡子を見ていくことになる。聡子についての散在する情報を拾いあげていくのである。

明治維新の功臣を父にもつ松枝侯爵が、息子・清顕に優雅を学ばせようと、彼を和歌と蹴鞠で知られる綾倉家に預けたので、綾倉伯爵の長女聡子と清顕とは幼なじみであり、二歳年上の聡子は、清顕にとってはコンプレックスをもたざるをえない存在であった。[6]

清顕にとって、聡子は、「自分の幼時をあまりにもよく知り、あまりにも感情的に支配してゐた女性」[7](三)であり、「聡子は女友達であると同時に敵」なのであり、「甘い感情の蜜ばかりで凝り固められた人形」ではなく(六)、「静かな対象として心の中に決して横たはること」がないと評されている(八)。聡子はただ受け身なだけの存在ではなく、「のびやかで巧緻」な力をもって清顕に迫ってくる好敵手で、清顕を縛り、導こうとする。だから、清顕は、「あなたも今におわかりになるわ」といった聡子の言葉に「何といふその予見の自負。何といふその年上ぶつた確信」と苛立ち反発すると同時に(一〇)、『僕はもう聡子の意のままにならうとしてゐる』と「気づかぬほどの素速さで、こちらの意志を無視されることの、一種新鮮な快さ」を感じて、支配されることの喜びをも抱くのである(一一)。

また、聡子を外見上、特徴づけているのが、その目である。「清顕の一挙一動から目を離さず」にいる聡子の「視線に批評的なもの」を見て、清顕は恐れを抱くし(三)、「瞳の光りの或る勁さ」は「清顕を怖れさせる、ふしぎな、射貫くやうな力」を持っている(八)。そして、勅許のあとの逢瀬の時には、「聡子がつと目を上げた。清顕と目が合つた。その刹那、澄んだ激しい光りがよぎつて、清顕は聡子の決意を知つた」*8（二七）。『春の雪』の最初に登場するときに誰もが口をつぐんでいた犬の死骸を指摘したように、これらは聡子の果敢な勇気を示している。

さらに、聡子は、タイの王子たちを前にして、「少しも外国語を喋らないのに、一人の王子の前で、へりくだりもせず高ぶりもしない、気品のある態度」で「花やかで威ある姿」をしており、清顕の望むとおりに、あたかも恋人のようにふるまう。清顕は、聡子が「あまりみごとに役割を果してゐる」ことから、あるいは、自分が読まないでくれと頼んだ手紙を彼女が開封したのではないかという不安から、「聡子の声、聡子の表情に、何か際立つた変化はないか」とそれとなく目をつけるが、実際にはすでに読んでいたにもかかわらず、聡子は決して内心の動揺を態度に表すことはない（八）。聡子は、自分の置かれた立場を知悉しており、その場に合った役割を果たし、また、優れた演技力で相手に自分の本心を見せないようにするのである。

また、彼女は、相手の気持ちや行為を読むことができ、相手を苛立たせる。例えば、自分に縁談が持ち上がっていることを清顕に謎めいて語るのだが、それは「故《ことさ》ら人をおどろかす口ぶり」で、「大まじめで、悲愁をこめて」おり、「清顕の心のコップの透明な水の中へ一滴の墨汁をしたたらす」（四）。彼が尋ねても、彼女の態度は漠々としており、「聡子の何事もあいまいにする遣口が、一見のどかなその口調のうちに、すでにはじまつてゐると感じた清顕はあせつて」しまう（六）。そして、彼のもっとも触れてほしくないことばを知悉しており、「そこには彼をもつとも深く傷つける言葉ばかりが念入りに」並ぶ事態にもなる（一九）。聡子は、相手の気持ちや行為を読むことができ、あいまいな態度をとって、清顕を苛立たせて、彼を自分のペースに引き入れていく。

性的にも、積極的に働きかけているのは聡子の側である。雪の日の俥の上で、「膝掛の下で握つてゐた聡子の指に、こころもち、かすかな力が加は」り、「その軽い力に誘はれて、清顕は自然に唇を、聡子の唇の上へ載せることができた」（一二）。また、勅許のあと、聡子を呼び出した清顕が聡子の帯を「やみくもに解かうとすると、聡子の手がうしろへ向つてきて、清顕の手の動きに強く抗しようとしながら微妙に助け」、「清顕は、はじめて聡子のいざなひのままに動くことのよろこびを知」る（二七）。性的にも、聡子は清顕をしのいでいる。

こうした聡子のあり方を、語り手や清顕は「優雅」という言葉で説明している。清顕は、聡子からの手紙が、「きはめて優雅な言葉を使ひながら、迸るやうな官能的な表現がある」ことに驚き、また聡子が自分に「真の優雅はどんなみだらさをも怖れないといふことを教へてゐるやうに」（一五）思われ、彼女の力を恐れる。たしかに、聡子は優雅を旨とする堂上を出自としているのだが、ただ彼女を「優雅」というキーワードで理解するだけではなく、もう少しその内実を考えておく必要はありそうだ。

二

前節で分析したような聡子の性格が形成された要因として、聡子の侍女「蓼科」の存在と蓼科が聡子に施した「教育」とがあげられよう。蓼科は、綾倉家の老女で、聡子の側に常に付添い、聡子の官房となって清顕との逢瀬の手引をし、裏方として活躍する。清顕の書生・飯沼をてなずけるために、飯沼と女中みねの情事の手引をしたり、それを松枝侯爵に告げ口したり、清顕からの手紙を読んでいないふりをしたり、と状況にあわせて策謀をねる。聡子は、幼時から、この蓼科の手で育てられ、蓼科を通して、局面の読み方、他者に対する対処の仕方を学んだのである[*9]。

その蓼科に、まだ聡子が十三歳だった八年前、聡子の父親・綾倉伯爵は、松枝侯爵に優雅に復讐するために、あることを依頼した。

　そこで伯爵は、たしかに蓼科に、「今から頼んでおく」と言ったのである。
　すなはち、聡子が成人したら、とどのつまりは松枝の言ひなりになつて、縁組を決められることになるだらう。さうなつたら、その縁組の前に、聡子を誰か、聡子が気に入つてゐる、ごく口の固い男と添臥《そひぶし》させてやつてほしい。その男の身分はどうあつてもかまはない。ただ聡子が気に入つてゐるといふことが条件だ。決して聡子を生娘のまま、松枝の世話する婿に与へてはならない。さうしてひそかに、松枝の鼻を明かしてやることができるのだ。しかしこのことは、誰にも知らせず、私にも相談せず、お前の一存でをかした過ちのやうに、やり通してくれなくてはならない。ところでお前は、閨のことにかけては博士のやうだが、生娘でないものと寝た男に生娘と思はせ、又反対に、生娘と寝た男に生娘ではなかつたと思はせる、二つの逆の術を聡子に念入りに教へ込むことができるだらうか？

蓼科はそれに対して、しつかりとかう答へた。

「仰言るまでもございません。二つながら、どんなに遊び馴れた殿方にも、決して気づかれる心配のない仕方がございます。それはよくよくお姫様にお教へ申上げませう（略）」（四一）

この伯爵の依頼を、蓼科は、悪魔的なまでに忠実に守って、聡子に性をめぐる「教育」を施す。「血まみれなものの専門家」（三七）で「あたかも何千年もつづいた古い娼家の主《ぬし》」（一〇）のようだと評される蓼科にはまさに適任の仕事であった。聡子は、この老女の手で、わずか十三歳から性の技巧を教えこまれてきたのだった。彼女は、二十七代続いた公家の末裔として、表では「御幼少のころから、ひたすら御上《おかみ》を大切に存じまゐらせる御教育」（二六）を受けながら、裏では、密かにこうした性の指南を受けていたのである。聡子が、勅許が出たあと、清顕の脅迫によって密会したときに、「無限に誘ひ入れ、無限に拒んでゐた」（二七）理由は、こうした二つの矛盾した教育にある。*10

伯爵の依頼、つまり聡子への期待には、次の二つの要素が含まれている。
(1) 結婚相手以外の男性と性関係を結べ。貞操にこだわるな。
(2) 「生娘」と「生娘でない娘」の二つの振る舞いを覚えよ。自分の身体を性的に自己所有すると同時に、強烈な演技意識をもって相手を操ること。

(1)に関しては、伯爵は、蓼科に「お前の一存でをかした過ちのやうに、やり通してくれなくてはならない」と命じており、必ずしも聡子に直接向けられたものとは言えないかもしれない。だが、(2)のような振る舞いを行うからには、(1)は当然その前提となるので、聡子に内面化されているとみてよいだろう。いずれにせよ、これらは、実の父親が娘に期待することとして一般的でないのはもちろん、当時の性規範からみても破格である。

大正二年から数えて八年前、明治三六年当時といえば、明治三一年公布の明治民法の影響下にあった時代である。明治民法は、「戸主権」「男系長子相続」などの規定により、家制度を確立させた。そして、まだ近世には日本の村々に散在していた、おおらかな性の慣習は消えていき、「結婚は親がきめるものがあたりまえとなり、嫁したからには子を産んで家の血統を守ることが妻たる女性のつとめとされた[*11]」。そうした「貞操」の役割について、小倉千加子は次のように端的に述べている[*12]。すなわち、「女の貞操」が「男にとって財産的価値」があったのは、「男が私有財産を残すにあたって、正統で純血な子孫を残したい、他の男の血を混じらすことで、父系の秩序を乱されては困る、という男たちの強烈な欲求」によるもので、「女は正統で純血な子孫を作る道具」だとされたと言う。いわゆる「胎は借りもの」の認識が生じ、「貞操」「貞淑」は、女が産んだ子の父親をはっきりさせるために必ず守らねばならない規範となったのである。

また、女は、貞操を守り、夫の子どもを生んで、家の血統を存続させる者だという「家」制度の理念は、未婚女性にも拡大され、結婚前の娘たちは「傷もの」であってはならない・未婚女子は処女でなければならない、という新たな規範も作られ、明治後半頃から次第に処女性がクローズアップされるようになってきた。その結果、女性に不必要な性知識を与えることは性道徳を乱すものだとされ、生殖につながらない性は認められなくなっていった。[*13]

成田龍一は、荻野美穂の言葉を借りて、一九〇〇年前後の時期の女性は「ヴィクトリア時代的感覚」である「無知もしくは無自覚」の身体感覚であったと述べている。[*14] そして、上野千鶴子は、「ヴィクトリア朝下の性モラルでは、女性は自分の性器を見ることもさわることもなく、自分の身体でありながら自分にとってもっとも疎遠なもののように扱うことが求められた」と言う。[*15] なぜなら、「家父長制のたくらみは、あげてこの子宮という再生産手段の支配とコントロールのためにあった」からである。女性を自分自身の身体について無知なままにおき、その管理を男性に任せることが、「家」制度を守るために是非とも必要だったのだ。

こうして見ると、綾倉伯爵が蓼科を通じて聡子に施した教育が、この時代の女性に対する性の規範と比べると、いかに破格のものであったかが理解されよう。〈結婚相手以外の男性と性関係を結べ〉という命題は、まさに「家」制度を守るために家父長制の堅持者たちが強く抑圧したものであった。どの男の子かわからない子どもを女が孕むことは、男系長子（長男）によって家督という絶対的な権力が相続・継承されていく家父長制にとって、もっとも忌み嫌うべきことであったからだ。また、〈自分の身体を性的に自己所有せよ〉という命題も同様である。女性は、夫の子を生んで、家の血統を存続させる者であるのだから、また人口増加の国策にそうためにも、生殖につながらない性は認められず、女性が自分の身体を自由にすることも許されなかった。女の身体は、父親や夫といった男性、ひいては国家が管理するものであり、そのために女性は自身の身体や性について無知であることが望まれたのである。聡子が受けた教育は、そのいずれにも反するものであり、良妻賢母を規範とする当時の教育の対極にあるものであった。期せずして、聡子は、「家」制度そのものに抵抗する機略を身につけたのである。

日本の「家」制度は天皇制を支える基盤として存在し、天皇を宗家とするいわゆる〈「家族国家」イデオロギー〉によって、明治国家は発展していった。その意味で、聡子の結婚相手が宮家であり、その結婚には天皇の許可（勅許）を必要としたことは、聡子が抵抗したものを考えるときに極めて象徴的である。したがって、結婚相手以外の男性と性関係をもちつつ、「生娘」と「生娘でない娘」を演じわけることは、女性に「処女」性を守らせようとした男性、家父長制、ひいては国家を、翻弄し、混乱させ、操ることに通じる。

とするならば、綾倉伯爵が、聡子に独自の性教育を施すことで、松枝侯爵にささやかな抵抗を企てたこともうなずける。なぜなら、松枝侯爵の父親は、明治維新の功臣であり、明治国家を作り上げた人物そのものだったからである。二十七代もつづいた和歌と蹴鞠の家、堂上の家でありながら、現在は傾いてしまっている綾倉一族が、明治維新とともに新興した松枝一族に、ささやかで優雅な反抗を行ったというわけであった。[*16]

對馬勝淑も言うように、松枝侯爵は、全くの善意だけで、清顕が世話になった綾倉家を再興するために、聡子と宮家との縁談を進めたわけではない。[17] 無力な綾倉伯爵に代わって、聡子の縁組を取り決めることで、自分の権力を見せつけ、その後の勢力拡大を計ったのである。だから、この縁談には聡子の意志は反映されなかった。松枝侯爵は、自分の息子の清顕にこそ、聡子の縁談を進めてもよいかと確認したが、聡子本人には有無を言わせず、「どうしても断れない話」(五)としての、綾倉家再興のエサを投げつけている。そこにあったのは、あくまで、国家・家・男の論理である。

また、松枝侯爵が、家父長制や明治国家の体現者であることは、妾や遊女の存在によっても知られる。彼は、妾を門外にかこい、女中のみねを愛人にし、遊里で遊び、柳橋芸者をあげて園遊会のもてなしをする人物であった。

家父長制は、女性の処女性・貞操は重視したが、男性には妾が黙認され、姦通罪も、有夫の女性には適用されたが、既婚の男性には問われず、不平等なものであった。[18] また、公娼制度のもとで遊蕩が許され、むしろ非童貞であることで一人前とされた。いわゆる〈性の二重規範《ダブル・スタンダード》〉が存在したのである。[19]

> 父の妾は門外の何軒かの家作の一軒に住んでゐた。(略)
> 母家の玄関から正門までは八丁あつて、清顕が子供のころ、妾のところへゆく父が、よく手を引いてそこを散歩し、門前で別れて、召使に連れ戻された。
> 父は用事で出るときには必ず馬車を使つたから、徒歩の時の行先は決つてゐた。子供心にも清顕は、さうやつて父に伴はれてゆくことに居心地の悪さを感じ、本来母のためにも、ぜひ父を引

戻さねばならぬ義務をそれとなく感じながら、さうすることのできない自分の無力に怒つてゐた。母はもちろんさういふ折に、清顕が父の「散歩」のお供をすることを好まなかつたが、父は故《こと》らさ彼の手を引いて出るのであつた。清顕は父が、自分に母を裏切らせようと暗々裡に望んでゐるのを察した。（五）

新河男爵によれば、松枝侯爵はもともと「妻妾同居」させていたが、「外国遊学以来、ハイカラになつて、妻妾同居をやめて、妾を門外の貸家へ移した」（一八）のだという。こうした侯爵の女性関係に対して、妻である侯爵夫人は「良人の粗雑な楽天主義と放蕩に馴れるやうに自分を育」て、「現実的」で「鈍感」になっていることが示されている（三）。夫の遊蕩に対して、そういうものだとあきらめ、感情の動きを殺して生きているのである。また、侯爵の母である姑のご機嫌伺いに、毎朝隠居所を訪ね、姑に言われるままに髪型を変えるような従順を示しても、なお姑（清顕の祖母）は「何かにつけて母の悪口を言ひたがる」（一六）。権勢をほこる夫の庇護の下、洋装で横浜に買い物に行くといった、当時、最も華やかな行為ができる代償として、侯爵夫人は、夫の放蕩や家の縛りを甘受しているのである。そして、松枝侯爵は、息子の清顕に母親を裏切らせ、自分と同じ男の道を歩ませようと導く。幼時には妾の家に通う途上を「散歩」と称して同道させ、長じては芸者をあげて遊ぶことを勧めるのである。ここには、家父長制によってもたらされた「社会道徳上ゆるされた、公然たる男のたのしみ」（六）を当然のものとする考え方がある。

聡子は、こうした当時の〈性の二重規範〉—男性にのみ許される遊蕩—に対しては強く抵抗している。清顕は、聡子への対抗意識から、自分は父に勧められるままに芸者と一夜を過ごし、その結果、女性に対して軽蔑心をおこした、と架空の手紙を出したことがあった。聡子は、火中にするとの約束に反して、その手紙を読み、内々に清顕の父・侯爵を詰問する。書生の飯沼は、そのときの様子を次のように語っている。

『清様から伺つたところでは、お父様が実地教育を遊ばして、清様を花柳界へお連れになり、それで清様は遊びをお覚えになつて、これで一人前の男になつたと威張つておいでですが、小父様はそんなに不道徳な実地教育を本当に遊ばすのでございますか』

と、まことに言ひにくいことを、あの調子ですらすらとお訊きになつたさうであります。

侯爵様は呵々大笑され、

『これは手きびしい質問だ。まるで貴族院の質問演説に矯風会が立つたやうだ。もし清顕の言ふとほりなら、それはそれで私も弁解のしやうがあるが、実はその教育は肝腎の本人から斥《しりぞ》けられてしまつたのだよ。あれはあの通りの、不肖の倅《せがれ》で、私に似ない晩稲《おくて》で潔癖だから、いかにも私は誘ひをかけたが、一言の下にはねつけて、怒つて行つてしまつた。それでゐながら、あなたには見栄を張つて、そんな嘘の自慢話をするところが面白い。しかし、いかに心安立てとはいひながら、貴婦人に向つて遊里の話をするやうな男に、私は育てたおぼえがない。早速呼びつけて叱

つてやりませう。さうしたらあいつも奮発して、お茶屋遊びの味をおぼえる気になるかもしれない』(二〇)

聡子が恐れているのは、清顕が、男性に公然と許された遊びを覚え、手軽に手に入る性を享受することで、父・侯爵のような家父長制の守護者にとりこまれてしまい、ひいては女性を嫡出子を生むための道具だとみなして、男女の対等な関係をもてなくなってしまうことである。そういった男女の地位を象徴しているのが、妾の存在であり、遊里の存在であった。[*20] 聡子は、松枝侯爵夫人のように、夫の放蕩に慣らされ、男女の関係に鈍化していく気はまったくなかった。そして彼女は、侯爵の口から清顕の潔白が証明されると、有頂天になって、酔いにまぎらせて清顕に恋の告白をし、雪の日の朝に雪見に誘い、接吻を促すといった大胆な行為に出ることになる。

三

ところで、注目したいのは、侯爵が、こういった聡子の詰問を「まるで貴族院の質問演説に矯風会が立つたやうだ」と評していることである。明治一九年に矢島楫子が創設した日本基督教婦人矯風会は、日本で最も歴史の古い女性団体であり、キリスト教の倫理観で一夫一婦制の家庭をつくることを目指して活動し、早い時期から買売春を社会悪として遊廓廃止に取り組んでいた。[*21] また、矯風会は、創設の翌年に男女の貞操問題を決議して、「純潔」にこだわっている。こうした矯風会のキリスト教的倫理観は、〈貞操にこだわるな〉という規範を内面化している聡子とは異なっている。だが、彼女が、清顕に対して求めているものは、たしかに矯風会の理念と類似しているのであり、遊里での遊びを批判する聡子の口調から、侯爵が矯風会を連想するのは自然であっただろう。

さらに、『春の雪』には、明治末から大正にかけての、女性運動の旗手『青鞜』の名前も何箇所か見える。

清顕が聡子に書いた贋の手紙には、「そこでは芸者と貴婦人、素人と玄人、教育のない女と青鞜社の連中との区別も一切ありません。女といふ女は一切、うそつきの、「みだらな肉を持った小動物」にすぎません」（傍線は引用者・以下同じ）（六）という一節がある。『青鞜』発刊は、明治四四年であるから、翌大正元年のこの手紙は、時代のトピックをうまく取り込んでいると言える。

また、松枝邸での園遊会に招待された新河男爵夫人は、「このごろ平塚らいてうなどと親しく、「新しき女」たちのパトロンのやうになつてゐたので、異彩を加へることになる筈であつた」（一七）とされている。

> 夫人は平塚らいてうの一派を家に招き、狭野茅上娘子《さぬのちがみのをとめ》の名歌から名をとつた「天《あめ》の火会」といふ月例の会を持つてゐたが、会合のたびに雨が降るので、「雨の日会」だと新聞にからかはれた。

思想的なことは何一つわからぬ夫人は、女たちの知的な目ざめを、何か断然新らしい型の卵、たとへば三角の卵を生むことをおぼえた鶏たちを見るやうに、昂奮して眺めてゐた。(一八)

当時のゴシップ的な『青鞜』の取り扱われ方そのままに、揶揄まじりの調子ではあるが、テクストの中には、『青鞜』、「平塚らいてう」、「新しき女」が、同時代に存在していたことが、はっきりと語られているのである。鈴木貞美は、「それぞれの作品から浮かび上がってくる時代相を読むことこそが『豊饒の海』全四巻のもつ意味を解くことになる」と述べているが[*22]、昭和初期の戦争に突入していく空気が濃密に背景にある『奔馬』などと違って、『春の雪』には、日露戦役の写真などを除いては、さほど「大正初期」という時代が描きこまれているわけではない。その中で、こうした新しい女性の動きが何度も書かれていることは注目に値しよう。

聡子も、『青鞜』の活動を知っていたことは、鎌倉からの帰途、本多に語った覚悟の言葉から知られる。

「……いつか時期がまゐります。それもそんなに遠くはないいつか。そのとき、お約束してもよろしいけれど、私は未練を見せないつもりでをります。こんなに生きることの有難さを知つた以上、それをいつまでも貪るつもりはございません。どんな夢にもをはりがあり、永遠なものは何もないのに、それを自分の権利と思ふのは愚かではございませんか。私はあの『新しき女』などとはちがひます。……でも、もし永遠があるとすれば、それは今だけなのでございますわ。……本多さんにもいつかそれがおわかりになるでせう」（三四）

ここでは、相手と自分との差異をあらわにする形で、「新しき女」の名が使われているが、実際には、聡子のとった行為自体は、「新しき女」と径庭があるわけではない。「新しき女」の代表である平塚らいてうは、明治四五年、年下の青年・奥村博史と出会って、激しく恋愛し、「家」制度の縛りのもとにある法的結婚を拒否して、風俗壊乱・野合といった批判をものともせず、両親の家を出て、大正三年には彼との共同生活を始めた。[*23] また、同じ大正三年には、『青鞜』を舞台に、貞操論争・堕胎論争もおきており、女性が自分の身体に目を向けはじめた時期でもあった。

こうして、『青鞜』によって種がまかれた「自由恋愛」の風潮は、その後、大正デモクラシーのもと、著名人や上流階級の恋愛事件を多発させ、大正期のジャーナリズムを賑わせた。[*24] 聡子と同じ華族階級の恋愛事件を二つあげてみよう。大正六年、枢密院副議長芳川伯爵の娘・鎌子は、強制的に結婚させられた放蕩児の夫から逃れ、お抱え運転手と列車に飛び込み心中未遂をした。[*25] 男は死亡し、鎌子は生き残ったが、家制度の論理によって家は婿養子の夫が継ぎ、鎌子は分家させられ、世間から不倫を罵倒された。また、大正一〇年には、柳原伯爵の娘で「筑紫の女王」と歌われた燁子（白蓮）が、財産のために結婚させられた九州の炭鉱王・伊藤伝右衛門に対して、「私の個性の自由の尊貴を守り培ふために」と新聞に離縁状を発表して、若い法学士のもとへ走った。[*26] この事件は、白蓮が大正天皇の従姉であり、いわば家制度の頂点にある天皇の身内から家制度への反逆者が出たということで、話題をよんだ。押しつけられた貞淑な良妻賢母の規範に疑問をもった人々に、『青鞜』の女たちの自由で果敢な恋愛実践は、大きな影響を及ぼしたのであった。

聡子と清顕の勅許をも犯した激しい恋愛も、こうした『青鞜』以降の、女性が恋愛の主体となる「自由恋愛」の時代の流れと無縁ではなかったはずであり、その先駆とも言えるのである。もちろん、聡子の恋愛は、綾倉家の「優雅」の伝統と無関係ではあるまい。ことに和歌に歌われた激しい恋が背景にはあるだろう。だが、それればかりではなく、同時代の女性たちの動き、時代の空気が彼女をつき動かしたと言えるのである。[*27]

四

実際、聡子自身、ささやかながら、家父長制にとりこまれることへの違和感を示している箇所がある。洞院宮家へ見合いに行く馬車の中で、硝子《ガラス》窓の汚れが聡子の頬に映じたのを埃《ほこり》だと間違えた母親が拭おうとした場面である。

聡子は母のこんなまちがひに興ずるでもなく、静かに笑つてみせただけであつた。今日に限つて自分の顔が念入りに注意され、羽二重の引出物のやうに検《あらた》められるのがいやだつたのである。

（一二一）

自分が宮家に輿入れすることが、綾倉家再興につながるということ。そのために、宮家の人々と面会する日だということで、自分が母や父から細心の注意をはらわれ、「羽二重の引出物のやうに」点検される。自分がまるで「商品」「交換材料」のように見なされることに、聡子は反発したのであった。

また、妊娠がわかった日の朝、隠密裏に堕胎を勧める蓼科に対して、聡子は、「私は牢に入りたいのです」、「さうなつても清様が好いて下さるかどうかを知りたいの」と、「激しい喜び」を目に横切らせて言い出す（三七）。結婚と違い、恋愛にはもともと反社会的な要素が秘められているが、ここで、彼女は、世間を敵にまわしてもかまわない、むしろ入獄することで清顕との愛を確認したいという、激情を見せているのである。

だが、「私はあの『新しき女』などとはちがひます」という言葉でわかるように、聡子にはそれ以上の力はなかった。自身の愛を貫き、勅許を破って、最愛の清顕と肉体関係をもつことはしたものの、それ以上の抵抗はなしえなかった。

『青鞜』の同人たちや柳原白蓮が自ら私生活を隠さず、公にしてきたのに対し、聡子と清顕の禁忌を犯した恋愛は、聡子の妊娠という土壇場になるまで表面に出ることはなかった。この原因は、主に清顕の側にある。彼は、「勅許を犯しても、結婚してしまふ気はないのか。たとへば二人で外国へ逃げて結婚するとか」と尋ねる本多に対して、「……貴様にはわかつてゐないんだ」と答える（二八）。清顕にとっては「絶対の不可能」に仕立てあげた聡子の「禁忌を犯す」ことが目的なのだから、この恋愛が表に現れてはならないのである。

そのため、この恋愛はどうしても「禁忌を犯す恋の高揚を歌うはずのドラマは、なにやらこそこそと薄汚い逢引きの小説に転する危機を常にはらんでしまうのだ」（鈴木貞美）ということになる。[*28] 世間の厳しい指弾を受けながら、『青鞜』の同人たちが周囲の家父長制社会に果敢に抵抗していったのに対して、同じく反社会的な行為でありながら、表に現れなかったことで、二人の恋愛は社会への真正面からの抵抗にはなりえなかった。その主な原因は、前述したように清顕の感情にあるのだが、その他の要因として、大正初年には、『青鞜』が厳しい指弾を受けていたように、まだ大正デモクラシーの成熟期には間があったこと、聡子が女であることで「自己抑制」せざるをえない部分があったこと、[*29] また、彼女の受けてきた天皇を大切にする教育と自分の恋愛感情を重視する教育とが矛盾するものであったことなども考えられる。ダブルバインドな状況に引き裂かれてしまったのである。さらに、蓼科は「露《あら》はれないことは存在しないも同様だといふ哲学」（三七）の持ち主であり、聡子は蓼科の影響下にあった。何ごとも曖昧にすることで、対人関係を支配していったのである。そして、聡子が蓼科から学んだのは、社会に真正面から抵抗する術ではなく、「生娘」と「生娘でない娘」との差異を曖昧にする性のテクニックであり、いわば、家父長制を側面から混乱させるゲリラ的な戦法に過ぎなかったことも大きい。

また、学んだことが性技のみであって、肝心の彼女自身の身体を守るための避妊の知識ではなかったことも、聡子にとっての不幸であった。「子《やや》さんを始末遊ばすのでございますよ、一刻も早く」と堕胎を勧める蓼科に対して、「何を言ふの、懲役に行かなければならなくてよ」（三七）と聡子が驚いたように、当時中絶は禁止されていた。富国強兵、殖産興業の発展のため、明治国家は、人口を増やすことを急務と考え、明治元年の太政官布告「産婆ノ売薬世話及堕胎等ノ取締方」、明治一三年制定・一五年施行の刑法堕胎罪により、堕胎を罰していた。[*30] 近代国家を目指したこうした国策のため、江戸期には行われていた民間の中絶法や避妊法も制限されたのである。本格的な産児制限は、この後、大正一一年のサンガー夫人の来日に始まるわけで、聡子の生きた明治末から大正初年は、日本における産児制限の空白期であった。

そして、彼女の周囲にいる〈「家族国家」イデオロギー〉の信奉者たちは、禁じていたはずの堕胎を聡子に迫る。松枝侯爵は、建前は「大御心を安んじ奉るために」、本音は「松枝の家」を守らねばならないために、産婦人科の大家・森博士を操って、聡子に極秘裡に手術を受けさせる。堕胎を禁ずるのも、強制するのも、強大な力で女性の身体を支配するのが、現実世界であった。

聡子は、蓼科から受けた教育を応用して、自分の恋愛感情のままに、許婚者以外の相手と性的結合を果たした。それは、「新しき女」のように意識的なものではなかったにせよ、結果的に、女の性を管理しようとした家父長制を混乱させるものだった。しかし、最終的には、周囲の動くままに身を任せざるをえない。二十七代続いた堂上の家の出身とは言え、明治維新後、松枝侯爵家のような新興貴族におされておちぶれてしまった綾倉の家では、彼女の意志を通すのに何の力にもならなかったのである。また、頼みに思っていた清顕も、對馬勝淑が指摘しているように、「手前勝手」で「自己本位な性格と行動」だけの人物であって、聡子の意図を汲んでくれることはなかった。[*31]新橋駅での別れの日、聡子は、「溺れる人が救ひを求めるやうに、まつしぐらに襲ひかかつて来る」目で清顕を見つめ、最後の救いを求めるが、清顕は「聡子に謝罪したいやうな気持」こそ起こすものの、「なす術《すべ》もなく見送つてゐるほか」はなく、彼女の願いはかなえられない（四二）。松枝侯爵に象徴される家父長制社会に屈したことになる。

だから、月修寺での剃髪を望んだのは確かに聡子自身であったが、そこへ追い込んだのは、強大な力をもつ男性が女性とその肉体を管理した当時の社会のイデオロギーであり、清顕すら、その社会の一員であった。聡子は、清顕の子どもを中絶したあと、女の身体と心を抑圧し支配する、そうした俗なる世界を捨てて、根底から自己を再生することを求めて、アジールとしての月修寺に引き籠もったのだった。そして、聡子が剃髪したことで、田中美代子が言うように、「松枝侯爵家が、その権力と富の限りを尽くし、皇室の権威と自己保全のためにする数々の弥縫策は、結局、何の効力も発揮しえないでおわる[*32]」。自らを異世界におくことで、聡子は家父長制のしがらみを断ち切ったのである。

おわりに

以上、『春の雪』の恋愛を、同時代の中において、聡子を中心に見てきた。バタイユ的エロティシズムの追求といった、従来言われていた清顕の側から捉えるのとは異なった「恋愛」像を提示しえたと思う。聡子にとって、勅許を犯してまで最愛の清顕と恋愛したことは、彼女の周囲に強大な網をはっていた家父長制に対抗するものであった。規範を破り、曖昧にすることで、家制度の下で女性の性を管理するシステムそのものを混乱させ、抵抗していったのである。

そうした意味で、男性主人公を中心にしてみれば、聡子の行為は、男を悲劇へと導く忌まわしい存在に映るかもしれない。澁澤龍彦は、聡子が「その表面の純情とは裏腹に、徐々に悪をかもし出す不吉な存在としか見え」ず、「その無意識の特性によって、男たちを無倫理の泥沼に引っぱりこむのは、つねに女であるかのごとくである」と述べている。[*33] だが、圧倒的に強い力をもっていたのは、松枝侯爵に象徴される家父長制社会の男性たちなのであって、聡子は、その中で何とか自己の願望をかなえようと努めていたのにすぎまい。『春の雪』の中で、聡子は、ただ一人、強大な力をもった男性社会に対して果敢に立ち向かっていったのである。

注

＊1　『三島由紀夫論―失墜を拒んだイカロス』朝日出版社、一九七三年

＊2　「物語の構造―『豊饒の海』四部作を読む」『国文学』一九九三年五月

＊3　清水徹「ジョルジュ・バタイユと三島由紀夫」（『国文学』一九七〇年五月臨時増刊号）、田坂昂『三島由紀夫入門』（オリジン出版センター、一九八五年）など、『春の雪』とバタイユとの影響関係を指摘する論は多い。

＊4　『三島由紀夫『豊饒の海』論』海風社、一九八八年

＊5　「春の雪」『鑑賞日本現代文学23　三島由紀夫』角川書店、一九八〇年

＊6　久保田裕子が、当時の華族制度を通じて、『春の雪』の「雅び」の世界を検討している（「『春の雪』研究ノート―〈公〉と〈武〉の拮抗」『福岡教育大学国語科研究論集』三七、一九九六年一月）。

＊7　数字は『春の雪』の章段を示す。以下同じ。

＊8　この聡子の決意を、對馬は、「この罪は自ら二度と犯してはならないものだ」という決意だと解釈しているが、逆に、清顕との関係をもつ決意ととった方がよいのではないか。清顕は、聡子の決意を知って「その刹那に勇気を得て」次の逢瀬を言い出すし、聡子は、怒る蓼科を即座に制して、清顕の要求に答えている。

＊9　この二人の関係について、田中美代子は、「主従としての鞏固な絆で結ばれ、同じ運命の光と闇、魂の純潔と俗世の汚濁、信義と裏切りとを、それぞれの局面において、演じ分けているのである」と説明している。（＊5に同じ）

＊10　この伯爵の依頼に関しては、非常に早い時期に長谷川泉が注目しているが、作品の中の「反逆・転換」の「手法」として以上の意味は与えられてきていない（「豊饒の海」『現代のエスプリ』一九七一年二月→『三島

由紀夫の知的運命』至文堂、一九九〇年)。しかし、こういった導きを聡子が受けていたことには、もう少し深い意味があるように思える。

＊11 総合女性史研究会『日本女性の歴史―性・愛・家族』Ⅳ―三(金子幸子)角川書店、一九九二年

＊12 『セックス神話解体新書』学陽書房、一九八八年

＊13 ＊11に同じ

＊14 「衛生環境の変化のなかの女性と女性観」(女性史総合研究会『日本女性生活史4 近代』東京大学出版会、一九九〇年)

＊15 『家父長制と資本制』第六章、岩波書店、一九九〇年

＊16 野口武彦は、「だいたい歴史的にいっても、そもそも公家の娘が処女であるわけはないということもありますね」と語っている(「共同討議・三島由紀夫の作品を読む」『国文学』一九八一年七月)。聡子は、隠微な性の指南を蓼科から受けていたのである。

＊17 對馬勝淑は、この結婚話が「女性本人の意志をほとんど無視した形」であり、松枝侯爵が聡子の縁談を押し進めるのは、綾倉家への恩返しとともに、名目的権力の中枢への影響力を計算してのことだと述べている。(＊4に同じ)

＊18 ＊11に同じ

＊19 リサ・タトル『フェミニズム事典』(渡辺和子監訳、明石書店、一九九一年)は、「double standard(二重基準)」を、「社会・文化的性であるジェンダーによって、異なった行動基準を定めた家父長制的な道徳規範。二重基準によると、女性の場合は非難される行為も、男性の場合には容認され、称賛される。(略)二重基準は『男性のすべてを許し、女性のすべてをとがめる』のである」と説明している。

＊20　清顕や本多の学友の中には、「祇園のお茶屋で、座蒲団をボール代りに丸めて、大ぜいの舞妓たちとお座敷ラグビーに興じたといふ」自慢話をする人物もいた（七）。

＊21　発足時の「東京婦人矯風会」から、「日本婦人矯風会」、「日本基督教婦人矯風会」と改称。なお、矯風会の活動については、『日本キリスト教婦人矯風会百年史』（ドメス出版、一九八六年）に詳しい。矯風会は、一夫一婦の確立と廃娼を求めて、議会に度々請願しており、ちょうどこの時期は吉原遊廓の全焼（明治四四年）を受けて、遊廓再建反対運動を繰り広げていた。当時の矯風会の活動には、ブルジョワ夫人が高みから娼婦を哀れんでいるといった趣もないではないが、「廓清会」の母体の一つとなるなど、廃娼運動における功績は非常に高く、その後も、婦人選挙権獲得運動などを展開した。

＊22　「『豊饒の海』について」『国文学解釈と鑑賞』一九九二年九月

＊23　堀場清子『青鞜の時代—平塚らいてうと新しい女たち』岩波新書、一九八八年

＊24　江刺昭子（「時代を拓いた自由恋愛」『思想の海へ⑳　愛と性の自由』社会評論社、一九八九年）は、芳川鎌子・柳原白蓮以外に、次のような自由恋愛事件をあげている。
明治四五年、北原白秋が隣家の人妻の夫の告訴により姦通罪で入獄。
大正四年、作家岩野泡鳴に対して、別居中の妻清子が同居請求訴訟を起こす。
大正五年、日蔭茶屋で元婦人記者神近市子が大杉栄を刺す。
大正七年、島村抱月のあとを追って、女優松井須磨子自殺。
大正一〇年、妻子のある東北帝国大学教授石原純、職を辞して歌人原阿佐緒と同棲。
大正一二年、軽井沢で有島武郎と『婦人公論』記者波多野秋子が心中死。

＊25　村上信彦『大正女性史　上巻』理論社、一九八二年

＊26　永畑道子『恋の華・白蓮事件』新評論、一九八三年

＊27　本多は、自分たちがいくら嫌悪しようとも、「剣道部の精神」が後世から清顕や本多の「時代の共通性」と見なされるのだ、と語っていたが（一三）、同様に、聡子の時代は、「自由恋愛」を生み出した時代だと見なされるはずである。

＊28　＊22に同じ

＊29　對馬勝淑（＊4に同じ）

＊30　田間泰子「中絶の社会史」『変貌する家族1　家族の社会史』岩波書店、一九九一年

＊31　＊4に同じ

＊32　＊5に同じ

＊33　「輪廻と転生のロマン」『波』一九六九年四月（→『三島由紀夫おぼえがき』立風書房、一九八三年）

2　烈婦／悪女と男性結社

『豊饒の海』の第一巻『春の雪』と第二巻『奔馬』は、種々の点で対になっている。『春の雪』は、作者自身によって、「絵巻き物風の王朝文学の再現」・「王朝風の恋愛小説で、いはば「たわやめぶり」あるひは「和魂《にぎみたま》」の小説」だと自解された。大正初期の華族社会を舞台に、明治維新に功績のあった松枝侯爵家の嫡男・清顕と年長の幼なじみである綾倉伯爵家の娘・聡子の恋愛が描かれている。

それにしても、清顕はなぜ死なねばならなかったのか、ストーリー上では実にわかりにくい。隠遁した聡子に会うために病をおして奈良・月修寺に赴き、門跡に面会を断られた末に亡くなってしまう。あっけなさすら感じられるほどであって、いわば物語展開上の必要性から帰結した死だと言わざるをえない。清顕は、勅許の禁をまとった聡子と関係したことで、『お上をお裏切り申上げたのだ。死なねばならぬ』（『春の雪』五〇）と思念する。禁忌の女性に会うために命を賭けることにより、最高のエロスを味わうとともに、死によって逆説的に禁忌の大きさ・天皇の権威を証明づけることになるのだ。

一方、「激烈な行動小説で、「ますらをぶり」あるひは「荒魂」の小説」だと自解された『奔馬』は、昭和初年の日本が十五年戦争へと向かっていく時代を舞台とする。飯沼勲は「純粋」を信条とし、彼の人生の目的は「日の出の断崖の上で、昇る日輪を拝しながら」「かがやく海を見下ろしながら、けだかい松の樹の根方で」「自刃すること」(『奔馬』一一)に収斂する。天皇親政をめざしたクーデターを画策するが失敗、裁判後の猶予期間に財界の重鎮を暗殺して自刃する。ここでも、主人公が仰ぐ「日輪」・「太陽」とは「天皇」の喩であり、「天皇」は主人公の行動の指針となっており、勲は死ぬことによって、天皇の権威を究極の高みに押し上げる物語構造となる。

このように、二つの小説に生きる男性主人公二人は生きる時代も印象も全く異なるのだが、「天皇」への忠誠を伏流させた二人が「転生」によって結ばれるという設定により、二人が強いエロスを感じつつ殉じた「恋愛」と「忠義」とが等価なものとなる。ここで三島が『奔馬』連載中に書き下ろした『葉隠入門』の、よく知られた次の一節が想起されよう。

日本人本来の精神構造の中においては、エロースとアガペーは一直線につながつてゐる。もし女あるひは若衆に対する愛が、純一無垢なものになるときは、それは主君に対する忠と何ら変はりはない。このやうなエロースとアガペーを峻別しないところの恋愛観念は、幕末には「恋闕の情」といふ名で呼ばれて、天皇崇拝の感情的基盤をなした。いまや、戦前的天皇制は崩壊したが、日本人の精神構造の中にある恋愛観念は、かならずしも崩壊してゐるとはいへない。それは、もつとも官能的な誠実さから発したものが、自分の命を捨ててもつくすべき理想に一直線につながるといふ確信である。(「葉隠」三つの哲学)

この一節は、作者による『春の雪』と『奔馬』の男性主人公の二つの死の絵解ともなっている。[*1] 優雅な恋愛に殉じた清顕と血なまぐさい自死を遂げた勲とは、どんなに対照的に見えようとも、「純一無垢な」「恋闕の情」という点でつながっているというわけである。

ここに「天皇」の項を入れれば、奈良崎英穂が説くように、『春の雪』と『奔馬』という『豊饒の海』前半の二巻は、「天皇（皇族）から比較的近い位置に主人公たちを置き、その厳格な禁忌に死を賭して関わらせることで、決して到達し得ない〈絶対者〉を垣間見んとした物語」、「和歌から剣道にまで至る、日本文化の「菊と刀」の両義性を横断する「文化」論的テクスト」であったということになる。[*2] あるいはジェンダーの側面からは、高原英理が概括するように、「完璧な「男性」の様相を描きたい」という「〈作者〉の欲望の物語」のもと、第一巻・第二巻の男性主人公の二人の造形は「女を犯し、はらませる者」と「敵を殺し味方を守る戦士」という「近代日本の政治状況によって用意された「男性」ジェンダーの持つ二つの面に対応している」とも言えよう。[*3]

だが、ここまでの概括は、清顕と勲という男性主人公に沿ってなされたものである。本書の前節Ⅲ—1において、『春の雪』の恋愛を、それまで語られることなく空白に置かれていた聡子の側から捉えることにより、バタイユ的エロティシズムの追求といった、従来言われていた清顕の側からの恋愛とは異なった読みを提示した。では、『奔馬』における、その人物自身によって声が発せられることなき〈副次的人物《サバルタン》〉とは誰なのか。言うまでもなく、鬼頭槙子である。槙子は、勲が思慕していた年長の女性であり、勲たちの企ての庇護者かと思われたが、密告により勲たちの決起を阻止し、裁判で平然と偽証をしてのける人物であった。このため、これまで勲の「純粋」の発露を妨害する悪女として遇され、また、『春の雪』の聡子が、『豊饒の海』大尾において月修寺門跡として本多と対峙する人物として特権化され聖化されて語られてきたのと対照的に評価されてきた。*4

本節では、槙子のとった行為について検討し、時代のなかに意味づけていきたい。その際、勲たちの昭和神風連との関係を見ていく。『春の雪』は、清顕と聡子の個と個の恋愛が描かれ、「対幻想」がモチーフとなっていた。対して、『奔馬』では、勲は同志を募ってクーデターや要人暗殺といったテロを企てており、男性たちによる「共同幻想」が重要なモチーフとなる点で、『春の雪』と異なっている。そこで、まずは『奔馬』に登場する男性集団の性格を再検した上で、男性集団とそこに帰属する男性に対して女性がどのように関わり、どのように評価しうるのかという観点から、考察を進めていきたい。

一　ホモソーシャル／ホモエロティックな男性結社

昭和七年夏、飯沼勲は、二十人の「同志」を勧誘する（『奔馬』一八）。「これぞと思ふ一人一人から、命を貰はねばならない」と、「志操は高く口が固い学生だけ」を、言葉や思想などではなく、「深く、ひそやかに、目を見交はすことによつて」選抜した。集会では三カ条からなる「誓ひの言葉」を唱和し、互いに強い絆で結ばれた同志が命を賭して国難に赴くことを確認し合う。宣誓のあと、感極まった「同志」たちは互いに手を握り会う。

闇のなかから握手の強い緑の蔦がたちまち簇生して、その一葉一葉の、あるひは汗ばみ、あるひは乾いた、あるひは固く、あるひは柔らかい触感が、力をこめた一瞬に纏綿して、お互ひの血と体温を頒ち合つた。勲はいつか闇の戦場で、声もなく瀕死の同志が、かうして別れを伝へ合ふところを夢みた。事を成しとげたあらたかな満足と自分の体から流れ出る血潮とに身をひたし、最後の苦痛とよろこびの紅白の糸を縫ひ合はせたやうな神経の尖端に意識を託して……。（『奔馬』一八）

肉体的な触れ合いに触発されて、互いに命を投げ出す「誓ひ」を交わした「同志」とともに死ぬ場面を、勲は甘く夢見る。強い紐帯で結ばれた男同士の死と、その最期の時に生じるであろうエロス。それは「お互ひの血と体温を頒ち合つた」同志のなかで、「最後の苦痛とよろこびの紅白の糸を縫ひ合はせたやうな」、死に至る究極の濃密なエロスなのだ。

勲が規範とするのは、神風連の志士たちである。いわゆる「神風連の乱」とは、明治九（一八七六）年、明治政府の開明政策に反対した不平士族たちが熊本で蜂起した反乱である。神風連（敬神党）は、太田《おほた》黒伴雄《ぐろともを》、加屋霽堅《かやはるかた》など、攘夷を旨とする敬神家・林桜園門下の志士たちの郷党であり、宇気比《うけひ》と呼ばれる神慮によって行動を決した。廃刀令を期に、一〇月二四日深夜に約一七〇名が決起し、熊本鎮台や県令宅等を襲った。しかし銃を持たず刀のみの戦いは即座に反撃を受け、太田黒、加屋などは戦死。敗残した志士たちの多くは金峯山山頂や立ち戻った自家で自刃し、残りも捕縛されて、乱は一日にして鎮圧された。

渡辺京二は、神風連の乱は「無計画的反乱の典型」であり、「この反乱は太田黒らにとって思想的行為以外の何ものでもなかった」と総括する。*5 神風連の乱は、銃器を持つこともせず、一種の占いである宇気比によって行動を諮り、成功を目的としていないことで、「政治的行為」たりえず、渡辺の言う「思想的行為」を「純粋に一貫したものとして提示する」。勲たちの行動理念も、まさに神風連そのままである。軍の援助が見込まれた当初の計画書ですら、「戒厳令施行を以てわれらの任務は終り、成否に不拘、翌払暁にいたるまでにいさぎよく一同割腹自決するを本旨とす」(『奔馬』二四)というものであり、行動の後については一切関与しないことにより、彼らの「純粋」性を担保しようとしていた。いわば最初から行動の帰結は敗北・死だと定められていたのだ。

勲が規範としているのは、正確には、山尾綱紀著『神風連史話』という小冊子に描かれた神風連の行動原理である。『神風連史話』は、その全体が『奔馬』第九章に取り込まれ、分量的にも『奔馬』のおよそ一割を占めている。ただし、これは実在する本ではなく、三島由紀夫が熊本での調査や種々の文献によって創作した作中作(偽書)である。

三島は、昭和四一(一九六六)年八月、『奔馬』の取材のため、奈良・大神神社、広島・江田島、熊本へ取材旅行をおこなっている。熊本では、福島次郎とともに郷土史家・荒木精之《せいし》に会って取材・調査し、神風連関係の書籍を購入した。[*6] 今日では、諸氏によって、『定本三島由紀夫書誌』（島崎博・三島瑤子編、薔薇十字社、一九七二年）所収の神風連関連書の探求がなされ、作中作『神風連史話』を創作する際の典拠となった数種の文献が明らかになってきている。[*7]

山口直孝は、典拠文献と比較検討した上で、『神風連史話』は、「乱後自刃をせずに生き延びた者に対する関心を持って」おらず、「自害者の最期を描くことにのみ熱意を傾けて」いるなど、「神風連を理想化する傾向が顕著」であり、「純化された物語」だと概括する。[*8] そして、勲は危険な物語である『神風連史話』の魅力に取り憑かれ、「勲の目論んだ決起とは、単に神風連の精神を継承するだけでなく、『神風連史話』を具象的な層も含めて再現することを志向するものであった」と述べている。以下、山口論を前提に論述していこう。

『神風連史話』後半は、挙兵した神風連の志士たちが、熊本鎮台兵の最新式銃器による反撃に次々と倒れ、あるいは自刃する死出の様相が陸続と記述されていく。

来国光《らいくにみつ》の一刀を提《ひつさ》げて、深水栄季が沼沢春彦と共に、弾雨の中へ駈け出したとき、沼沢がまづ右の腕を撃ち抜かれた。沼沢は物影へ身を屈して、歯で衣を噛み裂いて、すばやく手傷を縛つた。なほ七、八間走り込んだ深水は胸に一弾を受けて倒れた。駈け寄つてこれを抱き起した福岡応彦は、すでに深水が緈切《ことき》れてゐるのを知つて、悲憤の叫びをあげた。そのまま一刀をふりあげて敵陣へ飛び込み、身に数弾を被つて斃れた。手当をすませるが早いか、沼沢もこれにつづいて、斬り込まうとして起ち上つたが、一弾が左の顳顬《こめかみ》から斜めに貫ぬいて、再び起たなかつた。（『奔馬』九、「神風連史話」その二　受日《うけひ》の戦）

宣誓後の同志たちとの握手のさなか、「勲はいつか闇の戦場で、声もなく瀕死の同志が、かうして別れを伝へ合ふところを夢みた」という空想は、このような『神風連史話』の記述に由来する。最初から敗北は決定しており、同志たちとともに横たわる瀕死の血潮のなかで生じる受苦の濃密なエロスを、勲は予感するのだ。決起した同志たちの志を「……いかで手弱女《たをやめ》のごときふるまひあらんや」と述べて『神風連史話』は閉じられるが（『奔馬』九）、「同志」とは明瞭に「男性」に限られる。死へと傾斜する男同士の絆によって生じる強い肉感が、そこには存在している。[*9]

田中純は、三島の『文化防衛論』・『葉隠入門』・『英霊の声』などを、審美的な「男性結社」の観点から分析し、「カリスマとなる男性への帰依によって結成された若者の集団がもつ同性愛的な関係性」、「右翼テロリズムに通底している、天皇（制）をめぐるエロティシズムの美学」を抽出する。[*10] そして、男性結社の人工性の要因として「男性性の脆弱さ」をあげるとともに、「そこに潜在していたのは、セジウィックが分析したホモフォビアを通じてホモソーシャルな結合をかたちづくる近代ヨーロッパ男性とは異なる、ホモエロティックな欲望の体制」だと言う。

また、海妻径子・細谷実は、戦後社会・戦後家庭批判を分析し、それらへの抵抗運動は「精神主義的・禁欲的な男性の姿、女性を排除したホモソーシャルな男性集団の形象をとる」が、それは非セクシュアルな紐帯である「ホモソーシャリティ」とは異なった、「セクシュアルなホモソーシャリティ」（＝「セクシャルな感情を介在させながらの同性間の社会的つながり・集団性」）だとする。[*11] その上で、「三島が獲得しようとしていたものは、共同体におけるエロティシズム、つまりセクシュアルなホモソーシャリティ」であり、三島の言葉が今なお人々の心を刺激するのは、「私的領域に回収されないセクシャルなソーシャリティの可能性という夢を紡いでいるからではないだろうか」と述べている。

いずれも、『奔馬』には触れられていないが、三島が描く男性共同体が、セジウィックの分析する西洋的な「ホモソーシャル」概念とは異なり、エロティシズムをまとう審美的なものであることを指摘している。神風連について徳富蘇峰は「一種の神秘的秘密結社」だと指摘したが（『近世日本国民史』「神風連の事変篇」）、『奔馬』の勲にとって、彼が行動を共にしようとする同志集団も、まさにそのような共死の憧憬によるエロスを濃厚に漂わせた、男性だけの秘密結社なのである。[*12]

二 「男らしく生き、男らしく死ぬ」―「日本男児」の時代

さて、勲が『神風連史話』を信奉し、その物語の「再現」を志したのは、靖献塾という右翼団体の家庭に生育したことも要因の一つだろうが、加えて時代が「日本男児」称揚の空気のただなかにあっ

たことも大きかろう。『奔馬』の作中時間である一九三二（昭和七）〜三三（昭和八）年は、日本が十五年戦争へと突入していく時期に重なる。一九三一年九月の柳条湖事件（満州事変のはじまり）、翌三二年一月の上海事変。国内では、小説の冒頭で五・一五事件がおきて政党政治は終焉に向かい、軍部の発言権が増大する。こうした国内外の情勢にあって、メディアは民衆の軍国熱を煽り立てていく。

『奔馬』序盤の時点で大きなブームになっていたのは、「爆弾三勇士」であった。上海事変下、三二年二月の戦闘で鉄条網突破作戦をとる日本軍の三名の一等兵が点火したままの爆弾を抱いて鉄条網に突入し、爆死した。生還を期待しない「壮烈無比」な死を新聞は連日報道し、レコード・映画・演劇化が相次ぎ、いずれも大きなヒットとなった。中川雄介・加藤千香子は、この「爆弾三勇士」ブームによって、昭和初期のモダニズム文化は、「エロ・グロ・ナンセンス」や「モダン・ボーイ」から、「大和魂」・「日本男児」といった、「勇猛さや義侠心などの「男らしさ」を鼓舞し称賛する言説」へと転換したと指摘している。[*13]

こうしてメディアや教育といったさまざまな誘惑・イデオロギー国家装置によって、作られた「男らしさ」のコードが一方的に内面化されていく。『神風連史話』の設定上の刊行時期は不明であるが、[*14]十五年戦争へと踏み入っていく日本の、「忠烈」な「大和男児」称賛の空気のなかで、この神風連を理想化する小冊子が出版された、あるいは再発見された可能性は大きいだろう。勲が本多に「先月友達にすすめられて買つた本で、もう三回読み返しました。こんなに心を搏たれた本はありません」（『奔馬』八）と話したのが一九三二年六月一七日。つまり、五月に購入した書物に強く感応し、夏に同志を募って計画を練り、同年一二月三日にはクーデターの決起を予定したのだ。『神風連史話』がいかに「純粋」な少年に急激な影響を与えたか驚かされるが、少なくとも「先月友人にすすめられて買つた」という発言からは、実効性の希薄な戦いに死を賭して行動していく「大和男児」を称揚する『神風連史話』の精神が、広く少年たちに受け入れられる土壌が同時代に醸成されていたことを示しているだろう。

勲は、自らが募った男性集団にあって同志とともに死ぬことを希求する。その内側にあるのは、自身が「男」であること、「男らしく」行動することへの、強い拘泥である。計画が発覚して捕縛された後、彼は、留置場の中で「女に変身した夢」を見て、慄然とする。

勲は一度だつて女になりたいと思つたことはなく、男であり、男らしく生き、男らしく死ぬことのほかに願ひはなかつた。そして男であるとは、不断に男であることの確証を要求されることであり、今日はきのふよりもより男らしく、明日は今日よりもさらに男らしくなることであつた。男であるとは、不断に男の絶顚《ぜつてん》へ向つて攀《よ》じ登ることであり、その頂きには白雪のやうな死があつた。

しかし、女であるとは？　はじめから女であり、永遠に女であることらしかつた。（『奔馬』三三二）

ジュディス・バトラーは、「ジェンダーとは身体を繰り返し様式化していくことであり、きわめて厳密な規制的枠組みのなかで繰り返される一連の行為」だと言い、また、「アイデンティティは、その結果だと考えられている「表出」によって、まさにパフォーマティヴに構築されるものなのである」とも言う。*15 ここで勲の視点から語られているのは、たしかに男性ジェンダーが身体の「様式化」であり「行為」であることだ。勲は、『神風連史話』という物語に自己を投企する。「男らしさ」とは本質的に勲に備わっているわけではなく、「忠烈」な男の物語とされる『神風連史話』を再現することにより、行為遂行的《パフォーマティヴ》に構築されていくのだ。*16

そして、勲は男性ジェンダーのみを「不断に男であることの確証を要求されること」だと言い、女は「はじめから女であり、永遠に女であることらしかつた」と断定口調で推測する。男性のみが崇高な行為に関与することができるという認識が見て取れるが、むろん女性ジェンダーも同様に身体の様式化によって構築されるものであって（ボーヴォワール「人は女に生れない。女になるのだ」）、ここには、男女の二項対立のうち女性を劣位におくことで、男らしさの価値を高めようとする意識が横たわっている。男性性はイデオロギーとして機能しているのだ。

しかし、釈放後、勲は、同志とともにテロルを志した自分の行動が阻止されたのは、最も身近にいて理解されるべき父親の密告によるものであったことを知らされる。昭和神風連たらんとした勲と、行動表現は違えども国を憂い行動を志すことでは同じであったはずの父親が、こともあろうに新河男爵から金を受取り、蔵原武介を護ろうとしていた衝撃。「僕は幻のために生き、幻をめがけて行動し、幻によつて罰せられたわけですね。……どうか幻でないものがほしいと思ひます」と語る勲は、「……

さうだ、女に生れ変つたらいいかもしれません。女なら、幻など追はんで生きられるでせう、母さん」とつぶやく（『奔馬』三八）。

突然、寝返りを打ちながら、勲が大声で、しかし不明瞭に言ふ寝言を本多は聴いた。

「ずつと南だ。ずつと暑い。……南の国の薔薇の光りの中で。……」（『奔馬』三八）

こうして勲の死後、第三巻『暁の寺』のジン・ジャンへと『豊饒の海』の輪廻転生譚は接続していくわけだが、勲の女性への変身願望について、「奔馬」創作ノートには次のようなメモが残されている。

主人公のうは言、「南で、ずつと南で会はう。男は飽きた。男であることハ　苦しい」（決定版全集14巻702頁）。

「男は飽きた。男であることハ　苦しい」というメモは、男性がジェンダー化された存在であること、行為によって不断に男性性を誇示しつづけなければならない苦しさを伝えている。[*17] 男性性とは歴史的文脈において形成された一種の型なのであり、「男である」とは、その時代に要請される男性性の型を行為遂行的《パフォーマティヴ》に見せ続けていくことなのだ。勲は、「男であり、男らしく生き、男らしく死ぬ」ために、「不断に男の絶頂へ向つて攀じ登る」ことを志していた。このように過剰に男性役割を遂行しようとする緊張は強かったであろうし、男性性の規範による抑圧も大きなものだったに違いない。[*18] 逮捕されて行動が挫折したことにより、勲は、以前と変わらず男性性に強く拘泥するとともに、男性性を回避したい・そこから脱出したいという心理との二重性に置かれる。表層での拒絶が激しいほど、深層では実は女性性に愛着し、希求しているとも言えようか。勲の女性への転生願望は、このような男性性のゆらぎの表出であろう。

このように、勲は、夢のなかで「男らしさ」の苦しさを吐露しながらも、最終的には、蔵原武介の暗殺に赴き、自刃する。[*19] 「殺すほどのことではない」(『奔馬』三八)蔵原の過失を表向きの理由として殺す勲の行動からは、とにかく行為することが重要だった、暗殺し、自刃することによって、男性性を実現すること自体が目的だったと言わざるを得ない。[*20] かくして蔵原暗殺とその後の自決は、それまでの男性としての自己のアイデンティティをかけた戦いであり、「純粋行為」による男性性の誇示であり、その結果としてナルシスティックな死を迎えるのであった。

三　鬼頭槙子と阿部以幾子

それでは、男性結社における男性的な行為と死とが主人公の行動原理をなす『奔馬』において、女性はどのような存在として描かれ、物語中に構造化されているのだろうか。

『奔馬』の鬼頭槇子は、歌人として名高い鬼頭謙輔中将の娘で、自身も歌をよくする。[*21]飯沼によれば、槇子は「三十二、三歳」で、「出戻り」である。父の中将が飯沼の靖献塾と親しく、勲を可愛がることから、槇子も若い勲やその友人たちに食事をふるまうなど、庇護者として接していた。勲は槇子に「母性的な慈愛」(『奔馬』一三)を感じ、同志たちは「一人一人、槇子にもらつた神の笹百合の一片を身に着けて、死地へ赴く覚悟」で、「槇子はいはば、百合戦争、この神意の戦ひを司る巫女」(『奔馬』二九)だと目される。男性集団の紅一点、集団からやや外れる位置に特別な精神的支柱として、一人だけ存在が許される女性だと言えよう。

ところが、現実の槇子は、勲の命を助けるために裁判で大胆な偽証をして勲を驚かせるばかりではなく、勲たちが逮捕されるべく決行寸前に密告していたことも後に判明する。初対面の本多が槇子から受けた、「整つた顔立ちに、どことはなしに、遠々しい愁ひがあつて、引締めすぎる唇の端が、冷笑とも諦らめともつかぬ表情を泛《うか》べるのが気がかりだが、目にはいかにもやさしい受容的な潤みがある」(『奔馬』七)という、シニカルな諦念と母性的な受容の二重性としての印象が裏付けられたわけだ。『奔馬』において、槇子は、作中作『神風連史話』に描かれる阿部以幾子と対比されるように構造化されている。捕縛後の勲は、獄中で槇子からの手紙を受取り、政治性の欠如と官能的な魅力を潜ませた闊達な書きざまに、「時折槇子は、勲の入獄をたのしんでゐるかのやうに思はれ」、「それにしても文面にあらはれてゐる槇子には、良人《をつと》が放つた蜂起の火を遠眺めして、姑と共に雀躍《こをどり》したといふ、あの神風連の阿部以幾子の面影と似通ふものが、あまりにも乏しかつた」と感じる(『奔馬』三五)。決起に失敗するまでの勲は、槙子に「阿部以幾子の面影」を重ねていたのである。槙子は、誰を殺したら日本が清浄になるかといった血気さかんな若者たち同士の「聞こえよがしな」会話に対して、「悪い血は瀉血したらいいんだわ。それでお国の病気が治るかもしれない。勇気のない人たちは、重い病気にかかつたお国のまはりを、ただうろうろしてゐるだけなのね。このままではお国が死んでしまふわ」(『奔馬』二三)と、勲たちの行動に理解を示し、むしろ促しているかに見えた。勲が、槙子に烈婦・阿部以幾子の「面影」を見たのも当然だろう。

阿部以幾子は、神風連の志士・阿部景器の妻である。本意ではない最初の結婚から一夜で逃れ、望み通り「国士の妻」となる。一挙が迫ると司令部となった自宅で姑とともに客をもてなし、断食をして武運を祈るが、戦が敗北に終わると、落ちのびてきた夫を自家にかくまい、逃しきれぬことがわかると、夫とその同志とともに自害した。

『神風連史話』は、「その一　宇気比」・「その二　受日の戦」・「その三　昇天」の三部からなるが、全編にわたって神慮の儀式や戦いに臨む神風連の男性たちが描かれ、女性たちは、「その三　昇天」の後半に至ってようやく、敗北した夫や息子たちを迎え、その自害を看取る母や妻として、わずかに触れられるのみである。阿部以幾子も「その三　昇天」で初めて登場するが、彼女のみは、『神風連史話』という徹底してホモソーシャルな集団の歴史物語のなかで、夫のために腹巻を購ったという山内一豊の妻のごとき挿話も含めて、その事跡を自死にいたるまで細かに語られ、別格の扱いとなっている。

以幾子は委細を直ちに阿部と石原に告げたが、先程の馬場の報告をきいたときから、両参謀は、ここに全く再挙の望みを絶つて、死を決してゐた。

二人は恭しく皇大神宮の軸前に再拝黙念した。以幾子は白木の三宝に三ツ組の土器を載せて、最期の一盞をすすめ、自らも盃を受けた。阿部と石原は諸肌を押し脱いで、短刀を構へた。以幾子も帯の間からしづかに懐剣を取り出した。

阿部はもとより、石原もおどろいて、これを押し止めたが、以幾子の決心は渝《かは》らない。子供のない身でもあるから、どうしてもお伴をさせてくれ、と一歩も退かないので、阿部も敢て妻の志を斥けなかった。

両士が腹一文字に掻き切ると同時に、以幾子は懐剣をわが喉に突き立てた。

陰暦九月十四日の亭午をやや廻つた頃である。阿部は享年三十七。以幾子は二十六。石原は三十五。(『奔馬』九)

以幾子が夫・阿部景器とその同志・石原運四郎とともに自害する場面である。夫と共に死ぬことを申し出て、果敢に自害する女性の姿に、三島作品の読者ならば『憂国』(『小説中央公論』昭和三六年一月)を想起させられるかもしれない。二・二六事件に加わった僚友たちを討たなくてはならない事態に陥り、それを避けるために切腹した武山信二中尉と、夫とともに自害した妻・麗子の最期の時が描かれる『憂国』は、作者によって「私のすべて」がこめられている作品だと自賛され、昭和四一年には三島自身の脚本・監督・主演によって映画化もされた。エロスと大義のための死の融合とが書かれる『憂国』に対して、淡々と叙事されていく『神風連史話』の違いはあるが、夫に殉死する妻というモチーフでは一致している。明らかに三島好みの素材であろう。[*22]

『神風連史話』には、神風連の乱以前に、夫の景器が脱獄した同志をかくまって投獄された際にも、「盛夏、良人が獄中にあるあひだ、以幾子は朝に食を絶つて、良人の雪冤を神に祈り、夕に蚊帳を斥けて、板の間に丸寝して、良人の苦難を偲んだ」ことが記されている。同様に獄中にあった勲が、平凡な日常を淡々と写生し和歌を添えた槙子からの手紙を読んで、「あの神風連の阿部以幾子の面影と似通ふものが、あまりにも乏しかつた」と失望するのも無理からぬことだろう。

山口直孝は、『神風連史話』の「物語の再現を阻んだ槙子は、『神風連史話』の世界に最も無縁な人間であると言えよう。そのことは『神風連史話』で印象的に描かれる阿部以幾子と比較することで一層明瞭となる」と述べ、「勲を牢屋に入れることで独占しようとする槙子は、戦闘中「断食をつづけて、夫の神佑を祈」り、乱後は共に自害する以幾子と対照的である」と指摘する。[*23] 阿部以幾子は、神風連の一同の決起に助力し、挙の失敗後は夫に殉じて自決した。一方、槙子は、若い行動家たちを援助するかに見せて、密告し、決起を失敗させた。山口が指摘するように、槙子は勲が希求していた『神風連史話』の「物語の再現」を阻んだのである。

しかしながら、槙子と以幾子とは、彼女たちがとった表向きの行為ほど、隔たったところに立っているのだろうか。槙子のとった行動が「国士の妻」の期待を裏切るものであったという物語の結末まで知った上で、『神風連史話』を再読してみると、以幾子の挿話にもかすかな違和感を覚えさせられる。ホモソーシャルな男性結社の物語である『神風連史話』のなかにあって、あまりにも紅一点として特権的に美しく描かれているゆえのノイズを発しているように思えるのだ。そのノイズの正体は、『神風連史話』の典拠となった文献における阿部以幾子の記述と比較することによって、明確になるだろう。

四 「烈婦」の殉死の内側

阿部以幾子の自決や経歴は、『神風連史話』の典拠と目される諸文献にも記述され、「烈女」・「烈婦」として遇されている。だが、典拠文献には、以幾子以外の女性たちも描かれている。阿部景器・以幾子夫妻とともに自裁したのは石原運四郎であるが、例えば、福本日南『清教徒神風連』（実業之日本社、一九一六年）では、「一方、石原の妻女安子も亦以幾子に劣らぬ一個の女丈夫」と評価し、以幾子の自死を語ったあと、「而うして安子は良人今はの遺嘱に、当時三歳の一子醜男の養育を託されたので、惜しからぬ命を存《なが》らへて、其兒をおほし立てたのが、今の濟々黌教諭石原君である。自分は二女の為に言はんと欲する。『存ふも果つるも同じ夫《つま》のため、一つ心に世や隔てけん』」と語る。安子は、夫から子の養育を託されたため生き残ったのであり、夫と共に死ぬのも生き残るのもいずれも夫のためだとして、生き残って子を育てた女性をも称賛するのだ。

その安子が育てた一子・石原醜男が著したのが、『神風連血涙史』（人日社、一九三五年。以下『血涙史』と略記）である。『血涙史』は、大部で配慮がゆきとどき、構成や内容も含めて三島が『神風連史話』創作の際に最も参照した文献だと目されている。

『血涙史』でも、「幸ひにその事なく、心のどかに自刃を遂げたのは、安子の急報与つてよく、二人の最期を潔うせしめたとも謂はれよう」と、捜索隊が到着する前に阿部・石原の二人が自刃できたのは急を知らせた安子の手柄だと評価する。また、『血涙史』では、以幾子の死を聞いた安子が「あゝわれも夫に従はんか、良人「今は」の遺嘱を空しうせねばならぬ」と煩悶した様も語り、「勤労自ら服し、貞操かたく守り、女手の只一人、あらゆを《ママ》艱苦を嘗めつくして、一子の教養に専ら心を注いだ」安子のその後を語る。そうして養育された醜男が神風連の遺績の顕彰に尽くしたことに安子は満悦し、天寿を全うしたというのである。だが、『神風連史話』には、夫の死後の安子に関する記述は全くない。

典拠本『血涙史』でも、むろん以幾子は「貞烈無比の最後」として称賛されるものの、複雑な感覚も伏流している。石原安子の急報こそが「二人の最期を潔うせしめた」とあって、以幾子を加えた「三人の最期」とは書かれないし、享年も、『神風連史話』が阿部・以幾子・石原の順に書かれるのに対して、『血涙史』では阿部・石原・以幾子の順である。また、後年、阿部景器の母・清子が、「景器が事は最うちつとも思ひませぬが、お以幾が生きてゐてさへくれましたらと、それのみ愚痴に忘れかねます」と「老後のさびしさを喞」つことも触れており、以幾子は主亡き後の老母を支えるという「嫁」としての役割は果たしていないことが暗示される。こうしたことから、『血涙史』からは、阿部景器・

石原運四郎の「二人」の死こそが正式な神風連の志士の死であり、女性が夫とともに自刃することが必ずしも称賛の声ばかりではなかったこと、男性集団の共死に参入しようとする以幾子に対するかすかな違和・批判の心理が潜在することを窺わせる。

『血涙史』では、以幾子の妹・登幾子の夫がやはり同志で生死不明の際に、以幾子自身が登幾子に、「よしや堅造さんがどうなられたとて、御身には可愛い子供がある。決して短慮など出してはなりませぬ。立派に子供を育て上げ、お父さんの志嗣がせますのが、取りも直さず御身の務でございまするぞ」と、妹が夫に殉ずることを戒めて、子育ての重要性を繰り返し言い聞かせ、登幾子も「どうぞその儀は、御気づかひ下さいまするな。キツとこの子を育て上げまして、親のなきあと立派に継がせまする」と応えている。母性を称賛される当時にあって、「以幾子は望みどほり、国士の妻になつた。しかし児を得なかつた」(『神風連史話』)。『血涙史』には、以幾子は「まけぬ気のともすればうち出でようとするのを彼女は深く韜んで人に見せなかつた」とも書かれている。子がなく勝気だった以幾子にとって、過去や未来にわたる負の評価を一挙に覆す起死回生の一挙が、子を持つ女性には決してできない殉死——夫とともに死ぬことだったとも解釈できるのだ。

他にも、『血涙史』には、先立つ不孝をわびる息子に安心して立派に死ぬように言い聞かせる母親や、男たちの自刃を機転をきかせて助けた妹、夫の死後、貞操を守り子どもを育てた女性などの挿話が溢れている。渡辺京二は、しかし、こうした志士の家族の女たちの挿話から、「母や姉たちの心事として伝えられるひとつの特徴は、彼らの息子や弟が死におくれて見苦しいさまにおちいりはせぬかという恐怖の念」を読み取っている。[*24]「家から卑怯者を出したといわれたくない、あるいは縄つきのものを出したくないというエゴイズムを近代主義的視点は容易にかぎつけるであろう」と。だが、こうしたエゴイズムは志士たる男性家族の「士としての本分の達成を願う純粋な愛情とほとんど一体」だと言うのだ。渡辺は、そもそも「神風連の女たちが神風連の信仰からは、良人や息子そのものによって疎外されていた」とも述べる。

女たちは夫や息子の思想的意識領域に立ち入ることを許されなかった。また彼女らには立ち入る意志もなかった。そこには男と女の領域の画然たる界面の分離があった。そしてそのかわり、彼女たちは、自分の見知らぬ世界で何ごとかをしでかした夫や息子たちが、その生涯の終りの日に家に立ち帰ったさいに、自分の男たちの死を自分たちの了解可能な世界にしっかりとからめとったのである。「いつものお集まり」で論議されている観念に無縁な彼女たちではあったが、いったん男たちが観念の世界から家へ立ち帰れば、彼らをどう受けいれたらよいか、判断に迷うことはなかった。彼女らは観念からの帰還者を身についた日常原理、すなわち士族の生活倫理によってうけとめた。彼女らは日頃皇国の精華をしゃべり立てる男たちに、武士としての最期をかざらせてやればよかった。母は息子が武士としていさぎよい死をとげることを期待し、妻は夫のみごとな最期をさまたげぬつつしみを保った。この女たちの前に誰かみごとに死なぬものがいよう。彼らは日本古来の武士として死んだ。

阿部以幾子はわずかな例外である。彼女は神風連の女というより、女の神風連というに近い。

既に述べてきたように神風連とは、女性は立ち入ることが禁じられたホモソーシャルな男性結社だった。男たちは観念的な思想行動の領域にあり、女たちは日常原理のなかに生き、男女は画然と分かたれた性別役割分業の世界にあったのだ。[*25]

『血涙史』をはじめとする典拠文献でも、女性の本分は家を継続させること、すなわち子を産み育て、夫の老親を支えることだという認識がほのみえる。このため、戦い敗れた志士たちの死を、女たちが看取って葬り、残された子を育て、老親を支え、家を保持して男たちの遺志を世に伝えることをも描いていく。渡辺は、「阿部以幾子はわずかな例外である。彼女は神風連の女というより、女の神風連というに近い」と認定する。他の志士の妻たちが、「夫のみごとな最期をさまたげぬつつしみを保った」のに対して、以幾子は男女の境界を越えて、男性結社のなかにある夫と共に死ぬことを望んだのだ。

ところが、『神風連史話』では、家族の男の死を看取り、戦後も生きて家を守り子育てをする数多の女たちには触れることなく、夫とその同志とともに命を絶った阿部以幾子という例外的存在だけが紙数を割いて記述され、特権化される。家を存続させたり、遺志を後世に伝えたりすることより、とにかく自ら命を絶った者にのみ関心を示し、自刃を美風と見なすべく、あるいはそこにエロスを感じ取るべく、作られたテクストなのだ。だが、それにしても、『神風連史話』では、以幾子以外には女性が登場することなく、ほぼ男性たちのホモソーシャルな紐帯が描かれるだけに、「美談」であるはずの以幾子の挿話は、逆にかすかなノイズとして響いてくる。子を持たず、当時の通常の結社の女たちの性役割を果たせないだけに、共に死ぬことによって男たちの連帯に入り込もうとする以幾子の強い欲望が浮かび上がってくるのだ。

＊　＊　＊

ありえたかもしれない内面は知られることなく、「烈婦」としての美談だけが伝わり、同時代や後世に大きな影響を及ぼす。こうした例は、『奔馬』の作中時間の時代にもあった。

近代戦争は組織力と物量がものをいう総力戦であり、実際に兵士が武力で衝突する「前線」（男性）だけではなく、消耗した物や人を補給する「銃後」（女性）の経済戦・思想戦が重要となった。こうした観点から、「銃後史」の分野を開拓し、女たちの戦争協力の様相をもあぶり出してきた加納実紀代は、一九三二年三月に大阪で「国防婦人会」が発会して白いかっぽう着の女性集団が活発な戦争協力活動を始めることになる契機となった一人の女の死を紹介している。[*26] 井上千代子自害事件である。

一九三一年一二月、大阪歩兵第三七連隊の井上清一中尉の新妻・千代子夫人（数え年二一歳）が、夫を励まし「後顧の憂を絶つ」ために、夫の出征前夜に懐剣で喉をついて自害した。遺書には、「明日の御出征に先立ち嬉しく此の世を去ります」、「何卒後の事を何一つ御心配御坐居ますな」、「御国の御為に思う存分の働きを遊ばして下さい」とあった。十五年戦争開始直後に発生したこの事件は美談として大々的に報道され、映画化もされ、千代子は、「武人の妻の鑑」・「昭和の烈婦」として絶賛された。井上夫妻の仲人であった主婦・安田せいが、この事件に感銘を受けて、女性たちの銃後の奉仕活動団体としての大阪国防婦人会を作ったのだった。

　しかし、加納が安田せいの長女ほか当時の状況を知る女性たちにインタビュー調査したところ、井上夫婦は「夫婦仲もあまりいいように見えなかった」し、「結婚して一年以上たっても妊娠しないので、夫に申し訳ないと思ったのではないかという女性もいた」という。さらに、「後顧の憂を絶つ」とは「夫をして心おきなく戦死させる」ことであり、「みずからの死の演出にかける千代子のなみなみならぬ熱意が感じられる」ことなどから、加納は、千代子の死は、「夫の「後顧の憂」を絶つための「昭和の烈婦」の自刃、とのみは考えにくく」いとして、「「殉国」を特権化する男社会への抗議」の可能性も読み取っている。ところが、そうした内実にかかわらず、千代子の死は「出征将士の意気を鼓舞」し、「一般人を感動せしめ」、夫の井上中尉は、「大陸の前線で苛烈な指揮官ぶりを発揮して」「平頂山事件」と呼ばれる中国人虐殺事件にかかわったとされる。

　加納は、「「お国のために」死ぬのは男の特権だった。井上千代子は「殉国烈婦」としてそこを突破した。男並み平等をフェミニズムと考えれば、井上千代子はフェミニスト（！）ということになる」と皮肉まじりに総括している。通常の女性役割が「銃後」の守りにあるとすれば、たしかに井上千代子のとった行動は、自害によって男女の境を越えたことになるだろう。

五　「母」ならざる女たち

では、以幾子・千代子を補助線として、鬼頭槇子の行為からは何が読み取れるだろうか。

槇子は、はじめは、勲たちの同志集団に対して「一視同仁の態度」を崩すことなく「母性的な慈愛」で見守っていた（『奔馬』一三）。計画決行の数日前に勲が槇子に最後の別れを告げた夜までは、槇子は『神風連史話』物語に同化する勲が期待する女性像と重なっていたかに見える。ところが、第二回公判において、槇子は大胆きわまりない偽証を平然と行って、勲と読者を驚かせる。勲と槇子が最初で最後の接吻をした直後に、槇子は、裁判に備えて日記を書き、あの美しい夜の思い出を、勲が心弱く変節を告白したという贋物の夜に塗り替えてしまったのだ。

このような行為にいたる槇子の心理的な必然性や葛藤は、『春の雪』の聡子以上に語られることはない。槇子が勲の命を救おうとしたことは確かだが、『奔馬』には槇子に内的焦点化して語られる箇所は皆無であるため、読者は槇子の内面を正確に伺い知ることはできないのだ。槇子の偽証を聞きながら、勲は、「考へられる動機は愛」、「何といふ愛！　自分の愛のためなら、槇子は勲のもつとも大切にしてゐるものを泥まみれにして恥ぢないのである」と憤る（『奔馬』三七）。その後、佐和が勲に密告者は槇子だと告げるとともに、槇子の以前の結婚の失敗は夫の「道楽」によるものであったこと、「矜りの高い」彼女は、「惚れた男をたとへ手許に置けなくても、男に会へないといふ無限の苦しみに耐へ抜いても、彼を自分一人のための男にしてしまひたいといふ気持」になり、だからこそ勲を「男が決して浮気のできない場所、女にとつて一番安心できる場所」である「牢屋」に入れたのだと解説した（『奔馬』三九）。この佐和の解釈が正しいのかどうか、テクストは語ることはない。

ところで、「奔馬」創作ノート四冊目の末尾には、次のような記述が残されている。

△中年の中将の出戻り娘、マドンナとなる。
[母]としての　母とテロリズムの関係。母の溺愛と、母の嫉妬。嫉妬において、父母、密告に同意。（略）
飯沼の気持①青年の純粋に対する嫉妬　②息子の命を助けたい、③実業界との腐れ縁
父の密告を知り父子の劇しい対立。息子純粋を貫ぬき　たつた一人で重臣を殺して自刃。（決定版全集14巻760頁）

この部分は奈良大神神社でのスケッチの後にあり、次の五冊目は熊本での神風連関連のメモが書かれている。つまり、『奔馬』連載前の昭和四一年八月、執筆準備のための調査旅行の途次に書かれた、ごく初期の構想メモだと推測される。このメモに書かれた「母」のモチーフは、最終稿に生かされたのだろうか。『奔馬』テクストでは、勲の母みねは、おどおどと飯沼に追従するだけの存在として描かれており、この構想による「母」像が生かされたとするならば、みねの代役を務めたのは槙子だとい

うことになろう。「△中年の中将の出戻り娘、マドンナとなる」というメモが直前にあるからだ。「母性的な慈愛」で勲の同志たちの庇護者であった槙子のなかに、「母」を見ることは可能だろう。最終稿において、勲たちの行動を直接警察に密告したのは飯沼であり、その情報を与えたのは槙子であった。だとすれば、「父母、密告に同意」の部分も、創作ノートに沿って作られていることになる。三島由紀夫は、中村光夫との対談で、次のような発言をしている。[*27]

三島 ぼくは自分の小説はソラリスムというか、太陽崇拝というのが主人公の行動を決定する、太陽崇拝は母であり天照大神である。そこへ向かっていつも最後に飛んでいくのですが、したがって、それを唆かすのはいつも母的なものなんです。なぜそんなことを考えたかというと、ずいぶん右翼のいろんな手記を読んだりしたけれど、おふくろがみんないいおふくろで、息子の行動を全部是認している。おやじは心配しますね。たとえば中村さんなんか父性愛で心配するが、おふくろは心配しながらも、息子が人殺しをするというと、いいよいいよといって是認してしまう。おふくろの力というのはとても大事なんです。右翼のあれを読むと、みなおふくろ好きなんです。

（略）

三島 日本人の行動性の裏にはおふくろがべったりくっついている、それを発見するのです。ぼくの小説の場合には、第一巻では非おふくろ的な女性がヒロインになって、彼女は主人公と恋愛して、ちょっとおふくろ的な擬装をするけれども、完全な女になっちゃう。第二巻ではおふくろで通しちゃっている。ずいぶんいろいろな文献を読んで、そういうすじを考え出した。いくら女を締め出してもだめです。最終的におふくろが出てくる。

とくに『奔馬』を念頭に、「日本人の行動性の裏にはおふくろがべったりくっついている」と語り、男性主人公は、息子の行動を「全部是認」する「母的なもの」・「太陽崇拝」によって、行動へ促されると言う。たしかに、勲は「太陽」に向かって行動し、それはテクストにおいて明瞭に「天皇」を指しているのだが、三島は「太陽」とは「母であり天照大神」だと、すなわち女性ジェンダーなのだと言う。さらに、『豊饒の海』のヒロインのうち、『奔馬』の槙子については、「第二巻ではおふくろで通しちゃっている」と述べる。この対談は『奔馬』執筆中に四回にわたって行われたが、引用部分は昭和四二年七月の第一回目、まだ連載が三分の一ほどの時点での対談であって、裁判での槙子の変節が明らかになる前だ。槙子は果たして三島の言う通り、「母的なもの」として貫通されているのだろうか。

加納実紀代は、『英霊の声』の「われらの大元帥にしてわれらの慈母」といった叙述から、「三島にとって天皇はジェンダーで読み解くべき存在であり、両性具有の存在だった」と言う。[*28] そして、天皇には、大元帥として君臨する「父なる天皇制」としての側面と、すべての生命を慈しむ「大御心＝母心」としての「母なる天皇制」という二つの側面があり、「民衆のこころの底流にある〈母なるもの〉への共同幻想を結実体現したものが天皇であり、それを支配原理としたのが天皇制である」と述べる。[*29]

さらに加納は、「母性」の含意するものを、「母たるものは、子のためには我が身を犠牲にすることもいとわない、子がなにをしようと無限に許し、見守る存在である」「自己犠牲と無限抱擁」にみるが、[30]「無限抱擁」については、三島が対談で話した「息子の行動を全部是認している」「おふくろ」像と一致していよう。

しかしながら「自己犠牲と無限抱擁」の母性は天皇制と癒着し、十五年戦争下において「母性」賛美の言説が露出することになる。先に紹介した「爆弾三勇士」の報道でも、子を思う情にあふれながらも、戦死を名誉なことと健気に語る、まさに「自己犠牲と無限抱擁」の「銃後の母親」像が美談として溢出していった。[31]「母性」は天皇制国家にからめとられ、十五年戦争を支えていくのである。しかし、こうした母親像は虚構の産物でもあった。先に渡辺京二による神風連の志士の家族の女たちの「家から卑怯者を出したといわれたくない」という「エゴイズム」の読み取りを紹介したが、共同体のなかでの相互監視やメディアの加担によるブームによって、美談・虚像がつくられていき、イデオロギーとして内面化された「母性」は強烈に女性たちを束縛していく。

十五年戦争に入っていく時代に再発見された神風連を描いた、ホモソーシャルな男性結社の歴史物語『神風連史話』。夫とその同志と共に自害した阿部以幾子は、『神風連史話』にただ一人特権的に描かれた女性であった。そして、夫の出征前夜に「激励」のために自害したとされる皇軍兵士の妻・井上千代子。人々を殉国行動へと突き動かした「烈婦」の美しい物語の裏には、現実に生きた女性の内面が秘かに存在する。二人の「烈婦」が懐剣で喉をついて自害する行為からは、子を持たない女性が男性の領域に入り込もうとし、そのことによって同時代社会が要求する母親役割を果たせない負の評価を一挙に覆そうとする、強い欲望が潜在することを見てとることができた。

ならば、『奔馬』の鬼頭槙子は？　槙子も、最初の結婚に破れ、阿部以幾子や井上千代子と同じく、子をもたない、「母」ならざる女性であった。本書Ⅱ―2で検討したように、『豊饒の海』は、子どもがいないことや一人っ子であることが重要な動機となって展開する物語である。

以幾子は男と共に自害し、槙子は男が行動（死）に向かう邪魔をする。二人の行為は一見すると全く対極的だが、当時の「母性」イデオロギーから逸脱している点で共通する。男と女の境界をわきまえ、男を励まして行動を促し、男の死の悲しみに健気に耐え、天皇（お国）のために男が死んだことを喜んでみせる女（母）、といった「軍国の母」美談に同化することを、槙子も以幾子も決然と拒否している。むしろ男たちの世界・男性集団に憧れ、割り込もうとする欲望がほのみえる。行動する男たちの連帯・友愛は、女性を魅了する物語なのだ。

槙子の行為の背後に、「創作ノート」に書かれた「母の溺愛と、母の嫉妬」が潜在していた可能性も捨てきれない。行動する男たちへの愛情と、そこに参加できないことから生じる嫉視。煩悶の末に、槙子は勲を自分の手中に収めようとして、「牢屋」に閉じ込めた。

こうして見ると、三島の「第二巻ではおふくろで通しちゃっている」という発言はもう一度捉え直す必要がある。「おふくろ」は「息子の行動を全部是認している」という三島の発言とは裏腹に、三島的テクストの「おふくろ」（母）は、天皇制と癒着して自分の分身である子（男）をお国に差し出す軍国美談のなかの「母」ではない。『血涙史』などの典拠文献には数多紹介されていた「銃後の母」的な女性たちは、勲の行動の規範となる『神風連史話』にはあっさりと触れられる程度であって、女性として焦点化されるのは、男と共に自害することを選んだ「母」ならざる女・阿部以幾子であった。一方の槙子は、偽証罪の危険を冒しても、勲の命を救おうと画策する。槙子は男を戦いに送り出し、戦死するのを黙って耐える「母」ではない。槙子も神風連の阿部以幾子も「母」ならざる女なのである。昭和神風連を志し、『神風連史話』の物語を再現しようとした勲は、「爆弾三勇士」・「日本男児」がブームとなった当時の世相にそった「男らしさ」を遂行しようとしたが、槙子は、時代が要請する自己犠牲と無限抱擁の「軍国の母」から外れたところに行動規範を定めている。

天皇と男女両性の葛藤というテーマでは、「天皇の問題」を「一番自分では書いたつもりでゐる」作品だと自解された『朱雀家の滅亡』(『文芸』一九六七年一〇月)を参照することができよう。『奔馬』連載中に発表・上演され、太平洋戦争末期を時代背景とするこの戯曲でも、母や婚約者は息子の危険な任地行きを阻止しようと画策するが、息子は父に認められるために自ら死地へ赴き、「男らしさ」を示そうとする。[*32] 母や妻に相当する女たちは、男を行動の末の死へと送り出すことはせず、男が死んだ後は嘆き悲しみ、男の死を止めなかった父を責め抜くのである。

このように、『朱雀家の滅亡』でも、「軍国の母」は描かれていない。三島自身の発言とは裏腹に、三島作品は、息子を死へと唆す「母的なもの」を書いてはいないのだ。そこには、男性だけが「不断に男であることの確証を要求され」(規範にそって行為遂行的に男性ジェンダーを構築し)、女は「はじめから女であり、永遠に女であるらしかつた」(本質主義的に存在する女には規範などなく、感情のままに生きている）という勲のジェンダー感と同様の、本質主義的な女性観がテクストの底に潜んでいるのかもしれない。しかし、結果的に、テクストの中の女性たちは、同時代の女たちを呪縛していた制度としての「母性」からは免れている。

＊　＊　＊

槙子は勲が釈放された後の祝いの席に招かれるが、姿を見せない。裁判で偽証した自分を勲が拒絶するのはわかっていたからだろう。その後の勲の自刃によって、槙子のとった彌縫策は最終的には失敗に終わる。次に読者の前に姿を現した槙子は、歌人としての名声をきわめ、息子が戦死して悲嘆にくれる弟子の椿原夫人に男性との性行為を求め、それを冷徹な目で観察して感興を汲み上げて作歌するような人物となっていた（『暁の寺』第二部）。本多は、「性こそちがへ、槙子が自分と全く同じ人種に属する」（『暁の寺』二七）と覚る。自らは行為することなく、見ることにより一つの世界を作り上げエロスを満足させる認識者という点で、本多と槙子は重なり合う。それと同時に、死に向かって行為する男を救おうとして果たせず、無力感をしたたかに味わう経験をもつ点でも、本多と槙子は重なり合うだろう。本多が輪廻転生を見続けることを自らに課したように、槙子は、虚無のなかで、他者の悲嘆の感情を媒介として、美的に結晶化させた歌を作りつづけていく。[*33]

『春の雪』の綾倉聡子と『奔馬』の鬼頭槙子。最愛の男性の死のあと、残された女性がどのように生きていくか。奈良の月修寺に籠もって空の境地に達した聡子と、枯渇しかかる感情をよびさましつつ歌をつくる槙子。『豊饒の海』には、男性とは異なった欲望をいだく女性たちが描かれ、語り手が焦点をあてようとしないにもかかわらず、女たちの声は漏れてくる。[*34]
「母」であることを許されなかった／「母」になることを拒否した女たちの、各々の生が、そこにはある。「母的なもの」は、それを求める国家やホモソーシャルな男性結社の共同幻想でしかない。それを決然と拒絶した槙子は、語り手や男性結社に同化した読者によって、男の純粋性を疎外する邪悪な存在・悪女としてマイナスに評価されてしまうのだ。
ただ一人聡子のみが、六十年ものあいだ空白におかれることにより聖化される。次節Ⅲ—3では、その聖化の様相を見ていこう。

注

＊1 松本健一は、『奔馬』の勲の恋闕は『春の雪』の清顕の恋愛を引き継ぐものであり、「『葉隠』における忍恋が、主君へのロイヤルティへと通じてゆくのと、同じ仕組み」だと述べている（「恋闕者の戦略」『ユリイカ』一九七六年一〇月→『三島由紀夫亡命伝説　増補・新版』辺境社、二〇〇七年）。
＊2 『豊饒の海』における「天皇」—欲望される〈絶対者〉」『日本近代文学』五八、一九九八年五月
＊3 「『豊饒の海』を読むという物語」『ユリイカ』二〇〇〇年一一月
＊4 松本徹は、槙子は「現世の自分に徹底して執着しとおす」女であり、男にとって、「聡子は、生命を燃焼し尽くしても悔いない輝かしい憧れの対象であり、かつ、心底から共鳴することができるが、槙子にはこころを許してはならず、退けなければならないのだ」と総括する（『三島由紀夫　エロスの劇』「第二章　裏切る女—『奔馬』『暁の寺』『天人五衰』」「第三章　女への変身—再び『奔馬』そして『春子』」作品社、二〇〇五

年）。

＊5　『神風連とその時代』葦書房、一九七七年→洋泉社MC新書、二〇〇六年

＊6　この熊本調査旅行については、荒木精之が、三島の神風連に対する真摯さと勉強に感動したことを記している（『回想の三島由紀夫』「三島由紀夫氏の神風連調査の旅」行政通信社、一九七一年）。一方、福島次郎は、熊本での三島と自身との性的関係を告白するとともに、神風連の志士の遺体すべてを一人で検視した松山守善の日誌に三島が異様な関心を示したことから、「臆測」だと断りながら、「三島さんの神風連傾倒の深層心理には、一種の加虐と被虐と流血との三位一体になるエロスへの関心が、地下水のように流れていたのではあるまいか」と述べている。荒木・福島の記録を併せ読むと、三島の神風連や熊本の地への関心が、憂国の情とエロティシズムが渾然となったものであることが窺われる。

＊7　『神風連史話』の典拠に関しては、左記の論文等があり、三島の神風連への関心の形成に蓮田善明がかかわっていた可能性も指摘されている。
許昊「『奔馬』論―「神風連史話」を中心に」（『日本語と日本文学』一七、一九九二年九月）、乾昌幸「三島由紀夫の旭日コンプレックス」（『明治大学教養論集』二六一、一九九三年一二月）、井上隆史「『豊饒の海』における世界解釈の問題」（『国語と国文学』一九九四年九月）、山口直孝「『奔馬』の構造―『神風連史話』の解体と再生」（『昭和文学研究』三二、一九九六年二月）、永田満徳「三島由紀夫と〈熊本〉―「奔馬」をもとにして」（『熊本の文学　第三』審美社、一九九六年）、柴田勝二『三島由紀夫　魅せられる精神』「第四部　Ⅱ模倣する行動―『奔馬』のなかの〈劇〉」（おうふう、二〇〇一年）

＊8　「『奔馬』の構造―『神風連史話』の解体と再生」『昭和文学研究』三二、一九九六年二月

＊9　永吉雅夫は、『葉隠入門』を引きながら、「三島にとっての武士道とは、一面ではもちろん行動原理である

が、他面また、「衆道」と共有されるエロティシズムの要素が不可欠であった」と概括する。「戦場を究極とする場にあって「互いに命を捨つる後見《うしろみ》」としての「念友」の中に、三島は「恋愛観念」についての「日本人古来の精神構造」を認めていた」というのである（「武士道」『別冊国文学19　三島由紀夫』学燈社、一九八三年）。

なお、氏家幹人は、武士の衆道の歴史的変遷をたどり、「恋と忠」が不可分だった武士社会のメンタリティーが、時が下るにつれて「恋」が剝落して「忠」だけが肥大化していく様相を提示し、「わが国における男と男の関係、男どうしの絆のあり方を歴史的に振り返ろうとするとき、この問題はとても重要な示唆を含んでいるように思われる」と述べている（『武士道とエロス』講談社現代新書、一九九五年）。

＊10　『政治の美学』「Ⅲ　男たちの秘密―結社論」「序　男性結社のエロス―三島由紀夫と結社論の諸問題」東京大学出版会、二〇〇八年

＊11　『男性史3　「男らしさ」の現代史』「二　セクシャルなホモソーシャリティの夢と挫折―戦後大衆社会、天皇制、三島由紀夫」日本経済評論社、二〇〇六年

＊12　ただし、『英霊の声』などと異なり、『奔馬』の主人公は最終的には男性集団の中で死を迎えるわけではない。同志との決起は失敗し、第一審で刑の免除を受けた後に、単独で蔵原武介を暗殺し、自決するのである。むろん、勲の最期は、失踪した勲に猶予を与えた佐和の助力によるものであり、信頼しあった男たちの幾重にもわたる連帯がなせるものとも呼べようが、「正に刀を腹へ突き立てた瞬間、日輪は瞼の裏に赫奕と昇った」（『奔馬』四〇）と叙述される勲の死の瞬間の至福は、同志たちにも四巻にわたる視点人物・本多にも感知されることはない。あくまでも個人として完結した死であり、最終的にはナルシスティックな至福のエロスへと収斂されていくのである。

＊13　「「爆弾三勇士」と男性性―〈モダン・ボーイ〉から〈日本男児〉へ」『モダン・マスキュリニティーズ2003』細谷実・近代日本男性史研究会、二〇〇四年三月

＊14　勲は、『神風連史話』をつごう三冊購入している。最初に持っていて本多や堀に貸した本以外に、洞院宮のために二冊を買い求め、おそらくは最初は新刊本として、二度目は「古本屋」で入手している（『奔馬』一六）。

＊15　『ジェンダー・トラブル』第一章（竹村和子訳、青土社、一九九九年）

＊16　橋本治は、「三島由紀夫にとって重要なのは、「欲望」ではなく、「意志」」であり、「「するものだからする」という男の思い決めだけ」があると述べている（『「三島由紀夫」とはなにものだったのか』「第三章「女」という方法」新潮社、二〇〇二年→新潮文庫）。

＊17　イデオロギー化した男性性を遂行せねばならないジェンダーの苦しみは、『仮面の告白』で描かれて以来、三島由紀夫が生涯にわたって格闘した重要なテーマである。→拙稿「三島由紀夫文学における性役割―男性性を中心に」（『金城国文』六八、一九九二年三月）

＊18　こうした男性性の鎧からの解放を求めてメンズリブや男性学が生れたのだが、これに関しては、伊藤公雄「男性学・男性性研究の過去・現在・未来」（『新編日本のフェミニズム12　男性学』岩波書店、二〇〇九年）が簡要に解説している。

＊19　澁澤龍彦は、「純粋を守るために、必然的なデカダンスを避けるために、清顕も勲も、ほとんど強引に女から顔をそむけ（それは可能だろうか？）、女のあずかり知らぬ、自分だけの観念に殉じて死に急ぐ」と言う（『三島由紀夫おぼえがき』「輪廻と転生のロマン―『春の雪』および『奔馬』について」立風書房、一九八三年）。また、松本徹は、釈放されてまもない勲が一人で蔵原暗殺に踏み切ったのは、牢獄よりも「徹底して身

と心の自由を奪う、優しい牢獄」である「槙子の愛」に「深く囚われてしまう恐れが確実だったから」「そうなる前に、なにがなんでも行動に出なくてはならなかった」という興味深い見解を示す（＊4に同じ）。勲が忌避する「女性の愛」こそが、転生を希求する勲の内なる女性性であろう。

＊20　蔵原暗殺を含めて、勲の「純粋」な生き方にいくつもの「錯誤」がふくまれていることを、佐藤秀明が指摘している（「ある「忠誠」論―「昭和七年」の『奔馬』」『三島由紀夫研究』一、鼎書房、二〇〇五年一一月→『三島由紀夫の文学』試論社、二〇〇九年）。

＊21　村松剛は、名前は伏せつつも、槙子のモデルが斎藤史であることを示唆している（『三島由紀夫の世界』「集団という橋」新潮社、一九九〇年→新潮文庫）。

＊22　『憂国』と、榊山保の名で発表された『愛の処刑』（『APOLLO』五、昭和三五年）との関係も見逃せない。『憂国』とストーリーが酷似し、登場人物が男―女関係から男―男関係へと置換して作られた『愛の処刑』は、長く三島作と噂されつつ真偽不明であったが、近年、正式に三島の作品だと認定され『決定版三島由紀夫全集』補巻に収録された。

『神風連史話』の以幾子の挿話は、夫・阿部景器の側からみれば、神学の同志・石原運四郎と、性愛をともにした妻・以幾子と共に、三者で死を迎えたことになる。『憂国』と『愛の処刑』を総合したような、男―男―女による共死である。

＊23　＊8に同じ

＊24　＊5に同じ

＊25　これは明治初年・熊本の神風連のみの特徴ではない。戦前の右翼団体に関して調査した須崎慎一は、女性たちがこうした運動に参加することはまずなく、綱領等に「妻子眷属を捨て」ることが強調されるなど、「当

時の日本社会の状況を投影して、女性に対する無視・蔑視が、男たちの右翼・ファシズム運動の暗黙の前提となっていたことは間違いない」と述べる（『男性史2　モダニズムから総力戦へ』「四　男たちのファシズム―右翼・ファシズム運動と男性」日本経済評論社、二〇〇六年）。

＊26 「白の軍団「国防婦人会」―女たちの草の根ファシズム」（『女たちの戦争責任』東京堂出版、二〇〇四年）。ほかに「〈銃後の女〉への総動員」（『女たちの銃後　増補新版』インパクト出版会、一九九五年）や、この件についての加納の講座資料（家族社「ひろしま女性学講座」二〇〇〇年四～八月、於・エソール広島）も参照した。

＊27 『対談・人間と文学』「I男性行動の根源」（講談社、一九六八年→講談社文芸文庫）

＊28 「天皇の像をジェンダーで読む」（『女？　日本？　美？　新たなジェンダー批評に向けて』慶応大学出版会、一九九九年→『天皇制とジェンダー』インパクト出版会、二〇〇二年）

＊29 「大御心と母心―靖国の母を生み出したもの」（『思想の科学』一九七七年九月→前掲『天皇制とジェンダー』）

＊30 「「母性」の誕生と天皇制」（『母性から次世代育成力へ』新曜社、一九九一年→前掲『天皇制とジェンダー』）

＊31 中川雄介・加藤千香子は、「爆弾三勇士」ブームの特徴として、「三勇士」の姿の語り手として「母」が登場することをあげ、「「純情無垢」で子を思う情にあふれながら、戦死を名誉なことと語り健気にふるまう母を「日本の母性の典型」と称え、それとの一対として、身体丈夫でたくましく「勇猛果敢」な男性性を体現する「勇士」の姿を浮かび上がらせるのである」と言う（＊13に同じ）。

＊32 拙稿「三島由紀夫『朱雀家の滅亡』論―神と男女の関係劇」『近代文学試論』四二、二〇〇四年一二月

＊33 柳瀬善治は、歌人である槙子は、「言語の二重性＝政治性の象徴」であり、「美の世界を和歌という言語作

品に結晶させて永遠化する」し、「知らず知らずのうちに純粋さを踏みにじってしまう」「「無意識」の政治性」を発揮するという（「『豊饒の海』論（2）―『奔馬』を中心にして―「優雅」の政治学とその臨界点」『三重大学日本語学文学』六、一九九五年六月）。

＊34　ここに示したのは、従来の「女性蔑視」な三島由紀夫像とずいぶん距離があるだろうか。伏見憲明は、三島作品は「けっこうウーマンラビングにも解釈することができて、ミソジニーばかりでしか語られないのはかわいそう」だと述べている（柿沼瑛子・西野浩司との座談会「三島由紀夫からゲイ文学へ」『QUEER JAPAN』二、二〇〇〇年四月）。

3　「沈黙」の六十年

『豊饒の海』の結末部は、不思議な場面である。そこでは、登場人物の一人である本多繁邦が空に直面させられるばかりではない。本多の認識にそって、松枝清顕—飯沼勲—月光姫《ジン・ジャン》—安永透と四巻にわたる生まれ変わりを見続けてきた読者も、「記憶もなければ何もない」ところへいざなわれ、いままでの読書行為そのものが朧化させられてしまう。

そうさせたのは、言うまでもなく、今は月修寺門跡となっている綾倉聡子である。第一巻『春の雪』の末尾で落飾して物語の表舞台から姿を消した彼女は、六十年の空白の時を隔てて、再びテクストの中に姿を現し、認識者本多が営々と見続けてきた転生の世界をいとも軽々と否定して、本多を空無の世界につれ出してしまう。四巻にわたって繰りひろげられた輪廻転生譚の末に、それを無化してしまう人物が、「綾倉聡子」なのである。

ところが、管見では、結末部を問題にする論であっても、なぜそれが「綾倉聡子」なのか、については触れられていない。最終章の聡子の言葉の意味は考察されても、それを本多に語ったのがなぜ聡子という女性でなければならなかったのか、聡子と本多との関係がどうであったのかを扱った論はほとんど見あたらないのだ。*1 早く白石喜彦が、「『豊饒の海』全巻には、三種の生の時間が流れている。

第一は松枝清顕を起点とする輪廻転生の時間であり、第二は本多繁邦が生きる現実の時間であり、第三が綾倉聡子の生きる唯識論の時間である」と述べていた。[*2] しかし現状では、転生者たち、本多の認識、あるいは両者の関係を分析するものが大部分なので、いわば第一と第二の時間を個別に分析するか、両者の二重構造の間の関係を論ずるかであり、認識と行為という、いずれも男性が司ってきた世界のみを俎上に載せてきたといえる。

　だが、第一巻末尾から第四巻末尾までのおよそ六十年の間も、聡子は生き続けていた。第一巻『春の雪』は清顕と彼女の恋愛を中心にくり広げられ、[*3] また最終巻の大尾には、静謐の内に劇的ともいえる台詞が擁されている。こうしたテクストの中の中心人物であるべき、第三の時間構造を担っている人物・聡子の日常が記述されてこず、テクストが六十年もの間、聡子を空白においていたことは留意されなければならない。本来〈転生者—本多—聡子〉の三重構造で成り立っているはずの『豊饒の海』が、聡子が省かれる形での二重構造に見えてしまうカラクリが問われるべきなのだ。

　G・スピバックは、自らが発言する機会を与えられず真に周縁的な人々（特に、女性、都市の労働者階級、部族の人々）のことを、「副次的存在《サバルタン》」と呼び、彼らの作られた主体と沈黙の意味していることを読みとくとともに、なぜ沈黙させられるかを考えねばならないと主張している。[*4] こうしたフェミニズム批評の見地から、『こゝろ』の静、『新生』の節子、『雪国』の駒子、等々、男性主人公によって周縁においやられ「副次的存在」とされた女性たちの主体をすくいあげる読みが続々となされてきた。だが、『豊饒の海』の聡子は、彼女たちと同列には扱えない。静や節子・駒子らには、わずかとはいえテクストの中に描かれていた生の声や身ぶり・姿といったものが、聡子については、六十年もの間、完全にはぎとられ、ついに一度も書かれていないからである。我々には、聡子が、前門跡の死後、月修寺門跡を継ぎ、今も壮健らしいというごくわずかな情報が間接的に与えられるのみで、彼女自身がこの間、何をし、何を考えていたのか、その実像を知る手がかりは皆無である。テクストには、『奔馬』以降、『天人五衰』の最終場面にいたるまで、数回聡子の名前が記されるのだが、それらはすべて、四巻を通じての見者・本多の回想や認識というバイアスを介してである。

聡子は、その主体を再構築し意味づけることもかなわぬくらい、徹底して「空白」におかれている。『豊饒の海』論でなさねばならないのは、聡子が「副次的存在」としていかに作られているかの検討であり、彼女に六十年間の「沈黙」をさせているものの意味を読み解くことなのではないだろうか。

本稿では、こうした観点から、『豊饒の海』には聡子に関する「空白」の時間（聡子の「沈黙」の時間）があることを確認した上で、その要因だと考えられる本多と聡子との関係、さらに清顕を加えた三者の関係について考察していきたい。これまで周縁におかれていた「聡子」をコードとして、物語構造を解明する試みである。

一　聡子の抹消――「空白」の六十年

はじめに、聡子が『春の雪』の末尾で月修寺にこもってから、『天人五衰』の結末部で再び登場するまでの「空白」の六十年間が生じた理由について考えたい。聡子と視点人物である本多とは、なぜ六十年もの間再会することがなかったのだろうか。

聡子が出家し、清顕が失意の中で世を去った『春の雪』の末尾から五十六年後、『天人五衰』の開始早々に、本多が聡子に会おうとしない理由が長々と説明されている箇所がある（『天人五衰』七）。「よほどのことがなくては聡子の住む寂静の境を犯してはならない」という自戒の念だとか、いつまでも清顕の代理人として再会せねばならない気の重さなどがあげられているのだが、それらはみせかけの理由にすぎまい。本多自身も、月修寺を再訪しない理由が擬制のものであることはわかっている。

本多はいろいろわが身に言訳を言ひ、この世の言訳のありたけは、いつしか、月修寺を訪れない、といふことの言訳のやうになつてゐた。彼は身に破滅をもたらすことのたしかな美を拒む人のやうに、われしらずこれを拒んでゐた。（『天人五衰』七）

すべては、「月修寺を訪れない」ための「言訳」なのだが、では、なぜ聡子を訪ねることが彼の「身に破滅をもたらすこと」になるのだろうか。

実は本多は、第二巻『奔馬』において、初めて勲が清顕の生まれ変わりだと確信した直後、「若々しい心逸《はや》り」のうちに、一度は彼女を訪ねる決意をしていた（『奔馬』六）。だが、やがて「堅固な分別」が生じ、「あの人の住む世界にとつては、奇蹟といふものはもはや存在しない」、「たとへ清顕が何度生れ変らうと、それはあの人がすでに見捨てた迷界の出来事で、あの人にもう関はりがないことでは同じである。たとへどんな確実な転生の証拠をさし出しても、あの人はそれをすげなくしりぞけるにちがひない」からと、訪問を控える。

出家して唯識を知悉した聡子にとって、転生とは「迷界の出来事」であること、だから彼女は清顕の生まれ変わりを拒否することを、本多は知っていた。彼は、聡子が、転生を「すげなくしりぞける」ことを恐れて、彼女を訪問しなかったのだ。

この事実は、「転生」が、本多にとってそれほどまでに失いがたいものだったことを示していよう。テクストにおける「転生」の意味については、すでに本書Ⅱ—2で述べたが、簡単に確認しておく。『豊饒の海』では、主要な登場人物たちが一人っ子であり、かつ子どもが生まれないために、血縁によって物語が進行しない。母が子を生むという通常の通時的人間関係ではなく、本多という男性が、産む力をもった女性を排除する形で、想像＝創造力によって「転生」を見つづけていく。「転生」とは、いわば父ならざる男・本多によって、清顕と聡子との間の堕胎された胎児を引き継ぐ形で産み落とされた「妄想の子どもたち」なのだ、という趣旨である。

転生を見た本多は、「よみがへつたのは清顕だけではなかつたのではないかといふ想ひ」にとらわれる。「もしかすると、よみがへつたのは本多自身であつたかもしれないのだ」（『奔馬』六）。認識者として、また男性としての本多自身の存在証明であった「転生」を延命させるために、彼は、転生を容認しない人物を消し去らなければならなかった。自分の見つづけてきた転生が否定されることを恐れて、本多は、唯識を知悉した女性・聡子を「空白」におき、回避し続けたのである。

こうした聡子の「空白」化は、『豊饒の海』の中で徹底している。

例えば、三島が残した「創作ノート」には、第三巻『暁の寺』の「お姫様」（月光姫《ジン・ジャン》に相当する）に関して、次のように記されている。*5

「聡子とそつくり同じ顔の女に惚れる。レスビアニズム。（略）本多は、尼の聡子に会はせぬやう配慮する」

「姫日本へやつてくる。聡子 or 第二巻の女とよく似た女と Lesbian Love」

「聡子にそつくりな女性の出現。月光姫これに惚れる。（略）月光姫と聡子そつくりの女のベッドシーンを見てしまひ、黒子の出現を見る」

この部分は、その日付から、昭和四二年一〇月に書かれたことが分かっている。つまり、第二巻『奔馬』が完成したあとでも、作家の構想では、聡子の登場回数はもっと多かったことが予想されるのだ。

「聡子にそつくりな女性」ということではあっても、聡子についての話題は作中でもっと出てきたはずである。また、本多が月光姫を「尼の聡子に会はせぬやう配慮する」ためには、当然、聡子と連絡を取らざるをえないだろうし、少なくとも、彼女の日常生活くらいは調べなければならなかったはずだ。「創作ノート」の段階では、聡子と本多との接触が想定されていた。

ところが、現『暁の寺』テクストにおいて、月光姫と「ベッドシーン」を演ずるのは、「久松慶子」という新たな女性であった。月光姫が同性愛者だという設定こそ残されたが、その相手が「聡子とそつくり同じ顔の女」という構想は捨て去られてしまい、聡子が月光姫関係でテクストの上に現れることはなくなってしまったのである。

こうして、本多は聡子と決して再会しようとはせず、『奔馬』から『天人五衰』結末までのテクストの中で、本多が数度回想する以外、聡子の存在は、徹底して抹消され、ごく慎重な操作の上に「空白」におかれていった。本多は、男性としての自己の証である「転生」を否定されることを恐れ、六十年もの間、聡子という女性を回避しつづけていく。

二　聡子への深層心理──本多と女性

しかし、本多は、深層において、聡子を忌避してばかりいたわけではない。テクストには、聡子への、彼自身も気づかない感情がほのめかされている。

戦争末期に元松枝侯爵邸の焼け跡で、本多は、聡子のかつての侍女・蓼科と邂逅したことがあった（『暁の寺』二二）。九十五歳の凄まじい老いを示す蓼科に、「聡子さんには会はれますか？」と「思はず本多は胸のときめきを覚えて」訊く。蓼科は、最近の聡子のますますの美しさを語ったあと、本多に向かって、「本多さんもお姫様には思し召しがおありになつたのでせう。わかつてをりましたよ」と告げる。

本多も聡子に恋愛感情を寄せていた、との驚くべき情報が提示されたのだが、このとき本多は、「話頭を転じよう」とし、聡子に関する話はここで打ち切られる。テクストは、これ以上、聡子に対する本多の感情には深入りしていかないのであった。

蓼科の科白は、単なる思わせぶりなのだろうか。だが、蓼科は、いわば男女関係の専門家であって、綾倉伯爵に依頼されたとおりに聡子に性のテクニックを丹念に教え込み、聡子と清顕の密会の手引きをし、松枝家の書生飯沼と女中みねの情事を世話するなど、『春の雪』の中で裏方として八面六臂の大活躍をしていた。このように色事の世界に長けており、また聡子の側に常に控えて、彼女に近づく人間を観察しつづけていた老女・蓼科の言には、一定の信憑性があろう。少なくとも、蓼科の言葉に触発されて、この後、本多が聡子のことを強く意識していくようになったのは確かであり、蓼科の口を借りて、本多の聡子に対する以前からの意識下の感情が露わにされた可能性は強い。

もちろん、その確認は難しい。『春の雪』は、清顕と聡子の恋愛を中心に叙述してあるため、本多が聡子をいかに認識していたのかを示す情報は極めて少ないからである。本多と聡子が直接会っているのは、『春の雪』の中で、わずか三回にすぎない。中で最も本多が聡子に近づいたのは、清顕と聡子の禁忌の恋愛の進行中、清顕に頼まれて、豪商の息子で友人の五井の車を借りて、聡子を鎌倉まで帯道した、その往復の道中であった（『春の雪』三四）。そのとき、本多は、「友人の女と二人でかうした深夜のドライヴをすることの、ふしぎな味はひを知」る。聡子は、「他人の女」であり、「しかも無礼なほどに聡子は女だつた」。本多は、聡子の「女」性を感じつつも、「いささかも心の乱れのないことを誇りにし」、また彼女との会話の中で「この女を理解したいといふ一種ふしぎな衝動」を起こす。ここには「女」である聡子に対して、「見る」こと・「理解する」ことで「男」として関わろうとする本多の、認識者としての誇りが示されていよう。この「人生に又とないふしぎな一夜」は、十九歳の若き本多に、強烈な忘れえぬ体験をさせたと同時に、女性に対して「行為者」としてではなく、「認識者」として接する本多の原体験ともなったのであった。

もう少し、本多と女性との関係を見てみよう。

『春の雪』で清顕と聡子の恋愛が悲劇に終わったあと、『奔馬』の冒頭では十八年の歳月が流れて、本多は三十八歳の有能な裁判官として再登場する。このときすでに、亡父の親友の裁判官の娘・梨枝とおそらくは見合いによる結婚をしており、平凡な家庭での淡々とした日常生活が示されている。また、妻以外の女性との恋愛なども書かれてはいない。戦後、僥倖によって大金を手に入れ、悠々自適の生活を送るようになった後も、彼は、女性から現世的な快楽を得ようとはしない。『暁の寺』で、本多は月光姫《ジン・ジャン》に惹かれるが、それもきわめて屈折したやり方であり、彼女と直接肉体関係をもつことは避け、快楽に耽って忘我の状態にある月光姫の姿を「覗き」見ることを求めていく。書斎での覗き見に止まらず、彼は、後には「見ることの快楽」「陶酔」(『天人五衰』二十八)を求めて、夜の公園を徘徊し、睦み合う男女の姿態を覗き見ることまで行う。求める対象と直接関わるのではなく、対象から距離をおき、見ることで同一化を果たし、陶酔を得る—それが、本多の認識のあり方なのであり、男性としての自己証明の仕方なのであった。こうした本多の男性的な認識のあり方は、すでにⅡ—1で検討したとおりである。

このように、本多は、女性に対して「行為」するのではなく、「見る」ことに拘り続けるが、その意識下には聡子が存在している。

妻の梨枝は、腎炎のため、疲れると軽い浮腫が出た。浮腫に気づいたとき、梨枝はそれをはばかって厚めに化粧をしたが、「若いころの良人は、さういふ梨枝の顔を、お月様と呼んでからかつた」。そして、「お月様と呼ばれた晩は、良人の愛もとりわけこまやかで」、「たしかに交りも密だつた」という(『暁の寺』三八)。本多は、「交りも密」であったという「お月様」の梨枝に何を見ていたのだろうか。「若いころ」のことなので、『暁の寺』(本多は四十七～五十八歳)で初めて登場する「月光姫」ではありえない。とすれば、『豊饒の海』の中で「月」といえば、あとは「月修寺」しか残されてはいまい。本多は、妻の梨枝の顔を「お月様」と呼び、意識下で月修寺にいる聡子を透視し、代役として「とりわけこまやか」に愛していたのである。

また、『春の雪』では、又従兄妹の「房子」との淡い体験が紹介されている。本多が十八歳の春のとき、本多の私室で房子が本多の膝に顔を伏せていたところを、母に目撃されて叱責をうけたというもので、堅苦しい本多の家では、これは大事件であった。そして、本多は、のちに清顕に頼まれて鎌倉に聡子を伴う際、運転手をはばかって、聡子に対して「房子」という偽名で呼びかけている。二人の間で「房子の名はちひさな架空の親しみのしるし」になった（『春の雪』三四）。自分のささやかな女性体験の相手である房子を、密かな憧れの人・聡子に重ねることで、聡子との恋愛を疑似体験していたのだ。

だから、本多は転生を否定されることを恐れ、あたかも「身に破滅をもたらすことのたしかな美を拒む人のやうに」聡子との再会を忌避していた一方で、彼の心の中には、再会を待ち望む気持ちも存在している。

とはいへ、認識の不死はさておき、肉体の衰へを深く感じる朝夕には、今こそ月修寺を訪れるべき時が熟したのではないかと思はれたりした。死の直前に自分は月修寺を訪れ、聡子に会ふだらう。そもそも聡子は清顕にとつて、死を賭しても会はねばならぬ女性であつたのだから、その無残な不可能をしたたかに知つた本多が、命をも賭けずに聡子に会はうとすることは、本多の中に呼びかける遠い清顕の若い美しい霊が、これを禁ずるにちがひなかつた。死を以て会へばきつと会へるのだ。ともすれば聡子も亦その時をひそかに知り、ひそかに時の熟するのを待つてゐる

のかもしれない。さう思ふと、えもいはれぬ甘美な想ひが老いた本多の胸奥に滴つた。(『天人五衰』七)

この聡子と月修寺へ思いを寄せる部分は、本多が少年時代の記憶を反芻し、夢見ていた回想場面に続いている。もう六十年も前のこと、ある雪の日、学校から腹をすかせて帰ってきた中等科五年生の本多に、若かりし母がホット・ケーキを焼いてくれたという挿話である。本多は、「そのときのホット・ケーキの忘れられぬ旨さ」・「炬燵にあたたまりながら喰べたその蜜とバターが融け込んだ美味」に、「自分が老耄であることも忘れて、母の温かい胸に顔を埋めて訴へたいやうな気持が切にする」。ところが、今は、妻の梨枝に先立たれ、老いた身体は痛み、家政婦や女中たちの「今風の容儀や言葉づかひ」に耐えられなくなるなど、すべてに不如意を感じているというのが本多の現実である。こうした母への甘い追想と現在の鬱屈が記されたあと、本多は、月修寺にいる聡子に思いを寄せていく。母への追憶と聡子との再会への期待とが甘く重なり合っていくのだ。

現実には、六十年もの間、転生を否定されることを恐れ、「身に破滅をもたらす」かのように聡子との再会を拒みつづけながら、死を前に一度だけ月修寺を訪問することを、本多は強く願っている。「死と交換されるエロス」という物語、「聡子と再会するのは最期の時だ」という物語を本多はつむいでいるのであり、そのため聡子との再会を死の直前まで延引しつづけていく。本多には、聡子が、死を前にして訪ねていく自分を全的に受入れ、甘く温かく抱きしめてくれる、あたかも母のような像として感じられるのだ。憧憬しつつ、排除すべき存在—本多の中で、聡子は両義的な姿をして立ち現れている。[*6]

三　本多・聡子・清顕—『春の雪』を起点として

先の引用からは、本多が、聡子との関係において、松枝清顕の存在を強く意識していることも読み取れる。清顕こそは、聡子のかつての恋人であり、若き日の本多の親友であり、本多が生涯をかけて認知しつづけてきた転生の発端となる人物であった。病身をおして月修寺に行き、命を落としてしまった清顕にならって、本多自身が聡子に会うのも「死の直前」でなければならない。—本多が、これまで聡子に会うことを頑迷に拒否しつづけていたのは、清顕の行為を繰り返そうとしたためでもあった。

七十六歳の本多が、二十歳だった清顕の行為の反復・模倣を目指したのは、清顕との強い結合によるる。先に、「転生」とは、清顕と聡子の間の堕胎された胎児を引き継ぐ形で、本多が幻想によって産み出していったものだと述べたが、本多自身も「転生」を、清顕との「共同の聯関のよみがへり」（『奔馬』六）だと意識していた。昭和神風連事件にあたって、本多が判事の職を辞してまで勲の弁護にあたったのは、勲が清顕の生まれ変わりであればこそであり、また、月光姫《ジン・ジャン》への思慕も、彼女が清顕の生まれ変わりであったからで、いわば、本多の清顕への愛と言ってもよい。同性愛的と言ってもよいほどの、これほど強い結びつきであったから、本多は清顕の死を悼み、清顕と同一化して、彼の遂げられなかった思いを果たすために、死の直前に聡子を再訪することを希求した。

「転生」とは、そのための装置でもあった。死を賭しても聡子に到達できないままに終わった清顕の人生を、「転生」によって未完のままに存続させ、本多が清顕になり変わって彼の願望を遂げさせようとした。『春の雪』では未完であった「死と交換されるエロス」の物語が、こうして完成されることをめざしたのだ。

さらに、本多は、「死を以て会へばきつと会へるのだ」とも望んでいる。それは、死を賭して聡子のもとへ赴いた清顕の行為を単に模倣するだけではない。清顕が果たせなかった「聡子と会う」ことを果たすことで、いわば清顕をのりこえようと心に期しているのだ。清顕と本多とは、決して単純な友情によってだけ結ばれていたわけではない。「今にして本多は思ひ起した。清顕や勲に対する本多のもつとも基本的な感情は、あらゆる知的な人間の抒情の源、すなはち嫉妬だつたのだと」（『天人五衰』二三）。本多にとって清顕とは、ほとんど同一体と意識されるほど強く結ばれた存在であると同時に、情熱や美といった自分にない資質を所有する嫉妬の対象でもある。聡子がそうであったように、本多にとっては、清顕も相反する二面をもって意識される存在であった。

こうして、清顕と同一化して彼の未完の生を完結させること、それにより清顕の生を乗り越えることをめざして、本多は、あたかも清顕の悲劇を模倣するかのように、命を賭けて月修寺に赴くことを夢見ていく。そして、模倣のあまり、「命を賭けなくてはあの人に会へないといふ思ひが、あの人を美の絶頂へ押し上げるだらう」(『春の雪』五二)というかつての清顕の感覚を透写して、本多は、月修寺とそこにいる聡子を「聖なる」存在として意識するにいたる。

まるでヒマラヤ雪山《せつせん》の寺のやうに、切に想へば想ふほど、記憶が追ひ求めれば追ひ求めるほど、月修寺は今や白雪の絶巓《ぜつてん》に在るかのごとく思ひなされ、その優美は峻厳に、その柔和は仏威に変つたのであつた。能ふかぎり杳《はる》かな寺、この世の果ての果てに静まる月の寺、そこに老いてますます小さく美しい聡子の紫の袈裟姿を一点ちりばめて、およそ思考の極、認識の極に住するごとく、寺は冷光を放つやうになつた。(『天人五衰』七)

本多は、聡子、あるいは月修寺を、はるか遠くにある雪山のように純白に美しく輝いているというイメージで追想する。これは、それより五十八年前、月修寺にこもった聡子を「冬の深まる遠山《とほやま》の雪」「遠い絶顚《ぜつてん》に輝く白」(『春の雪』四八)とみなした、大正二年の清顕のイメージと相似形である。ほとんどこの世の外にあるほど理想化された月修寺と聡子の像は、初めは、恋愛の当事者である「清顕の目にだけ映り、清顕の心だけを射当ててゐた」はずであった。本多は、こうした清顕の思いの吐露までをも我がものとし、自らも聡子を理想化していく。すなわち、死の直前の一度きりの出会い以外には、決して会えない(会わない)存在と規定することによって、彼女と月修寺とを他の場所とは一線を画す、この世ならぬ場所・彼岸の聖なる世界に祭り上げていったのである。

自分の見つづけてきた転生を否定する恐れのある女性・聡子を回避しつづけること。忌避だと感じないように、逆に、遠い雪山の「白雪の絶巓」にあるかのごとく聖化し、純白の沈黙のうちに巧妙に封じ込めておくこと。それが、聡子の登場しない六十年間の本多の方法だった。[*7] 同時に、「空白」の六十年間とは、本多が、清顕の聡子への思いを自らのものとして血肉化していく過程でもあった。現実の聡子に決して会わず「空白」に保つことによって、自分の思うままの姿に想像していく。例えば、聡子と房子を重ねることで、清顕の劇的な恋愛体験を代理し、模倣したように、また、当時を知る蓼科の言葉に触発され、清顕と聡子の恋愛に自らも参画できるかのように思いなしていったのである。

こうした本多の認識の仕組みについて、もう少し確認しておこう。これまで述べてきたように、『豊饒の海』というテクスト全体が、本多の視点にそって描かれ、彼の男性的な認識の力によって創作されていく。ところで、本多の認識世界は、何もないところに世界を作るような完全な虚構の世界ではない。かならず現実に存在しているものについて、それをずらしていくことによって作られるという特徴をもつ。現実世界に自分の認識をかぶせて、世界を作り上げていくのである。そうした本多の認識の機構は、例えば、『暁の寺』に頻出する富士山の見方によって知られる。

かうした濃紺の夏富士を見るときに、本多は自分一人でたのしむ小さな戯れを発見した。それは夏のさなかに真冬の富士を見るといふ秘法である。濃紺の富士をしばらく凝視してから、突然すぐわきの青空へ目を移すと、目の残像は真白になつて、一瞬、白無垢の富士が青空に泛《うか》ぶのである。

いつとはなしにこの幻を現ずる法を会得してから、本多は富士は二つあるのだと信ずるやうになつた。夏富士のかたはらには、いつも冬の富士が。現象のかたはらには、いつも純白の本質が。

(『暁の寺』四二)

富士は、タイの「暁の寺」と同一視されており、聖なる場所となっているのだが、富士を仰ぐ際、本多は、必ず、目をすぐ横に移して、残像による純白の富士の幻を見る。それを本多は、夏富士という現象の横に、冬富士という本質を見ているのだと言う。これこそが、彼が認識の変換によって、転生を見ていく仕組みなのである。例えば、現実に生きている勲という夏富士の横に、転生者・勲という冬富士を見るわけで、当然、彼が見ている実像と彼の認識によって作られた「本質」との間には齟齬がある。

本多と聡子との関係にも、こうした二重透視の仕組みが関係している。彼は、聡子に決して会おうとはせず、実像としての聡子の本当の姿は知らない。だが、聡子と月修寺を極めて美しいものとして祭り上げ、その不在の聡子に美しい像を被せて、拝跪する。『春の雪』から『天人五衰』の結末部にいたるまでの聡子像は、本多が認識によって作り上げた像なのだ。ただ、その幻想の聡子像は、物語の周縁におしこめてしまった聡子の実像によって否定される不安に、常にさらされつづけている。そのため、ますます強固に、本多は月修寺を聖化し、「この世の果ての果て」という周縁におかざるをえないのである。

『豊饒の海』は、清顕と聡子の恋の物語から始まった。禁じられた恋愛の当事者である清顕と聡子、もともとの主人公たちの消えた「空白」の六十年間を、本多は、死んだ友人・清顕になりかわって聡子への思慕を発酵させつづけ、自分だけの認識の物語に組み換えながら生きていく。そして八十一歳を迎えた時、おそらくは末期癌の身体をかかえて聡子のもとに向かい、聡子と対面するのである。

だが、清顕の場合は、月修寺にいる聡子と「会わなかった」のではなく、周囲に引き離されて「会えなかった」。また、無理をしなければ死ななくてもよい状況の中で「死を賭して」聡子に会おうとし、「無残な不可能」な結果になってしまったのであった。ところが本多は、自ら好んで会わずにいた聡子に、病気を得て死が確実になった上で会おうとしている。果たして、こんな作為的な行為が、「命をも賭け」ると言えるのだろうか。──こうした本多の甘さは、『天人五衰』の最終場面で無残に打ち破られることになる。

四　「沈黙」が破られる時

『豊饒の海』結末部（『天人五衰』三〇）。本多は、月修寺の門前で、「どうしても六十年前の清顕の辛苦を、わが身に味はねばならぬ」と、車を排する。暑熱の中、山門まで向かう老いの一歩一歩は、春の雪の中を病を冒して歩む、かつての清顕に同化していく過程であった。ようやく辿り着いた山門で、「自分は六十年間、ただここを再訪するためにのみ生きて来たのだといふ想ひ」が本多に募る。清顕の未完の生の完成、という本多の男性のロマンの物語がついに実現する時がきた。ところが、『春の雪』結末以来三巻ぶりに姿をあらわした門跡・聡子は、こうして訪れた本多に向かって、かつての恋人であり、本多が必死に延命をはかってきた転生の始源でもあった清顕の存在を知らないと言う。

「その松枝清顕さんといふ方は、どういふお人やした?」(『天人五衰』三〇)

聡子の意外なことばに、本多は「呆然と目を瞠《みひら》」き、次に「怒りにかられ」、最後に「雲霧の中をさまよふ心地」がする。本多ばかりではない。ここまで、四巻にわたる輪廻転生の物語に同伴してきた読者も、これまでの読書体験そのものが信じられなくなるような思いに向き合わされる。

しかし、この結末は予想されたことでもあった。初めて清顕の生まれ変わりを認知した『奔馬』の時点で、すでに本多は、唯識を知り尽くした聡子が転生を否定することを知っていたからだ。それを恐れて、本多は、月修寺を訪ねることを拒絶しつづけていた。否定されることを知りながら、なおも彼は、最後に一度だけ、聡子を訪ねなければならなかった。「空白」の六十年の間、清顕の聡子への思いを自らのものにしていった本多は、かつての清顕そのままに、死を賭して聡子に会いに行かなければばならなかったから。聡子に会いに行くという行為を模倣・再現することで、清顕と一体化し、さらに、清顕が会うことのできなかった聡子に対面することで、清顕を乗り越えるために。

「松枝清顕さんといふ方は、お名をきいたこともありません。そんなお方は、もともとあらしやらなかつたのと違ひますか？」（略）

「しかしもし、清顕君がはじめからゐなかつたとすれば」と本多は雲霧の中をさまよふ心地がして、今ここで門跡と会つてゐることも半ば夢のやうに思はれてきて、あたかも漆の盆の上に吐きかけた息の曇りがみるみる消え去つてゆくやうに失はれてゆく自分を呼びさまさうと思はず叫んだ。「それなら勲もゐなかつたことになる。ジン・ジャンもゐなかつたことになる。……その上、ひよつとしたら、この私ですらも……」

門跡の目ははじめてやや強く本多を見据ゑた。

「それも心々ですさかい」（『天人五衰』三〇）

聡子は、清顕の存在を「知らない」し、もともとなかった存在ではないか、と言う。転生の始源である清顕の存在自体が否定された以上、本多が認識してきた「勲」や「ジン・ジャン」も聡子によって空無化され、自らが生み出した幻の転生を見つづける認識者として生き永らえてきた本多自身の生も否定される。「女」である聡子は、ここで「転生」という「男」の物語を否定し、また、死を賭して獲得される至高のエロスの物語や、聖なる者・母なる者との一体化といった本多の「男」の幻想に利用されることも拒絶する。

さらに、ここは、本多と読者へ、三巻ぶりに聡子の生の声が発せられる場面でもある。『天人五衰』三〇章のことばは、それまで周縁におかれ、本多に聖なるものの像をかぶせられて、「沈黙」させられつづけてきた聡子が、本多という「男」によってつくられた擬制（みせかけ）の虚像としてではなく、初めて実在として発した肉声であり、六十年間の空白を破って、主体を回復した証なのである。

男としての存在証明である転生を否定され、自らの存在もおぼつかなく「消え去ってゆく」本多に対して、聡子の目は、「本多を見据」えていた。『暁の寺』以降、ほぼ唯一の視点人物として物語の主体としての立場を独占しつづけ、転生を「見る人」であった本多が、ここで初めて「見られる」側に回っている。聡子は、テクストの中で六十年ぶりに、言葉と同時に「見る」ことをも獲得した。そして、本多は、聡子の目にさらされ、「見る―見られる」相対的な関係の中に、再び投げ込まれていく。

二人が対峙した永い沈黙のあと、聡子門跡は、「折角おいでやしたのやし、南のお庭でも御覧に入れませう。私がな、御案内するよつて」と、本多を庭へと導く。夏富士を冬富士に転換するように、本多は、これまで自分の見たいものを、見たいように見ていた。しかし、これからは聡子によって示されたものを見せられることになるのだ。「この庭には何もない。記憶もなければ何もないところ」へ、本多は連れ出される。聡子によって示されたのは、言うまでもなく唯識の究極―空無の世界―であった。

六十年間の「空白」は、ここで終わる。本多が月修寺を訪ねることで、聡子は「沈黙」を破り、主体を回復した。清顕を起点とする輪廻転生の時間、本多の生きる現実の時間、聡子の生きる唯識の時間が最後にようやく一つになって、物語世界は閉じられる。

謝辞　成稿にあたり、遠藤伸治氏から貴重なご助言をいただきました。深謝申し上げます。

注

＊1　小林康夫「歴史と無の円環—三島由紀夫『豊饒の海』」（『出来事としての文学』作品社、一九九五年）に、本多にとっての聡子の意味についての解釈がある。

＊2　「『豊饒の海』覚え書」『国文学解釈と鑑賞』一九八〇年三月

＊3　『春の雪』における聡子については、本書Ⅲ—1で検討した。「禁忌の犯し」といった形で、ほぼ清顕の側からのみ論じられてきた『春の雪』の恋愛は、聡子の側から見れば家父長制社会に対する抵抗であったと指摘したものである。主体としての聡子を発掘する試みであった前節に対して、本節では、テクスト中で聡子がいかに空白におかれているかということと、その背景を考えてみたい。

＊4　『文化としての他者』鈴木聡他訳、紀伊國屋書店、一九九〇年

＊5　「『豊饒の海』ノート」『新潮』一九七一年一月臨時増刊→『決定版三島由紀夫全集』一四

＊6　女性は、男性によって排除されつつ依拠される両義的存在だとする思想は多い。例えば、山口昌男は、中心／周縁理論からそれを言い（『文化と両義性』岩波書店、一九七六年）、クリステヴァは、「アブジェクシオ

ン・母性棄却」の理論を構築した（『恐怖の権力』枝川昌雄訳、法政大学出版局、一九八三年）。

＊7　西川直子は、クリステヴァ、マラルメを論じる中で、沈黙・空白に見える「白」（他者）が、実はおびただしい色彩と饒舌にあふれていることを述べている（『〈白〉の回帰―愛／テクスト／女性』新曜社、一九八七年）。

Ⅳ　典拠からみる物語のジェンダー性

1 『竹取物語』典拠説の検討

『豊饒の海』は、作者である三島由紀夫自身が「『浜松中納言物語』を典拠とした夢と転生の物語」であると注記しており、おもに第一巻『春の雪』と『浜松中納言物語』との比較考察が諸家によって行われてきた。また、藤井貞和によって、物語の最終場面『天人五衰』の聡子は「俗界の人々と次元のちがう時間と場所とへ「飛翔」する「老浮舟」なのだとの見方が提示されて以来[*1]、『源氏物語』との関連が探られるようにもなった。[*2] そして最近、小林正明[*3]と小嶋菜温子[*4]によって、『竹取物語』を典拠とする説が浮上してきている。

ほかにも『狭衣物語』や『更級日記』などとの関連も指摘されており[*5]、こうして古典との関係が続々と解明されていくことで、三島自身が「王朝文学と現代文学との伝統の接続を試みた」（「『春の雪』について」）と述べていたように、『豊饒の海』が、古典、なかんずく王朝文学との対話によって成立するポリフォニー的性格をもつことが明らかになりつつある。クリステヴァのいう「相互テクスト性《インター・テクスクュアリティ》」が示されるものだとも言えるだろう。[*6]

このような『豊饒の海』と古典文学との対話関係のうち、本節では『竹取物語』との関係に限定して検討してみたい。もともと『浜松中納言物語』は、構成やテーマを、『源氏物語』（とくに「宇治十帖」）から影響を受けているとされ、その『源氏物語』は『竹取物語』の引用が明らかになっている。いわば、『豊饒の海』の典拠検討は、浜松―源氏―竹取と、古典の原点・深部へとさかのぼりつつあるわけなのだ。

その『竹取物語』と『豊饒の海』との相互関係は、先述したように、小林正明と小嶋菜温子によって提唱されてきた。小林は第三巻『暁の寺』に注目し、『竹取物語』の基本資料の一つである都良香の「富士山の記」が出てくること、ジン・ジャンにかぐや姫の面影があることなどを指摘した。この小林の読みを受けて、小嶋は、不可知論・不死といった哲学が両作品に見られることや、月の世界と地上の世界との対比を示し、さらにかぐや姫の面影をジン・ジャンだけではなく綾倉聡子にも敷衍して、「かぐや姫―ジン・ジャン―聡子」という系譜を示した。

本稿は両氏の論考に強く触発を受けており、両論を継承しながら、『竹取物語』をコードとして『豊饒の海』を見ていく。[*7]具体的には、月・富士・女性といったモチーフをとりあげ、これまで主に古典文学研究者によって開拓されてきた典拠説を、『豊饒の海』研究の流れの中に位置づけながら考察したい。[*8]従来、認識者・本多と清顕ら転生者が注目されていた『豊饒の海』だが、『竹取物語』をプレ・テクストとみなすことによって、聡子や月光姫など女性たちに焦点があたり、物語の読み換えが可能になってくる。また、『竹取物語』を読みのコードとして導入し、聡子をかぐや姫とみなすことによって、大きな空白と謎とをはらむ『豊饒の海』結末部の解読の進展が期待できるだろう。[*9]

一　月

はじめに「月」について検討したい。

三島が『豊饒の海』という題名は「月の海の一つ」によったと付記したように、テクストには月のイメージがいたるところに現れ出ている。とくに聡子と月光姫《ジン・ジャン》には「月」の喩が頻出し、かぐや姫に付与されたのと同様に光や美しさが与えられており、二人がかぐや姫につながるとする小林・小嶋の論が裏付けられる。

また、『春の雪』末尾から『天人五衰』末尾までの六十年もの間、本多は、聡子がひきこもった月修寺を再訪しないのだが、「一縷の月光のやうな寺」と位置づけられる月修寺は、「強ひて訪れれば、そのとき月修寺はわれわれから身を退《ひ》いて、一時《いつとき》光りの霧のなかへ融け消えてしまふのではあるまいか？」と本多にイメージされる（『天人五衰』七）。一方、『竹取物語』では、かぐや姫を帝が無理に連れ出そうとされたときに、〈かぐや姫、きと影になりぬ〉と描写される（『竹取物語』の引用は小学館『新日本古典文学全集』により、その本文は〈　〉で示している）。〈きと影になりぬ〉の〈影〉については、「光」「影」「幻影」と三様に説明されてきているようだが、「実体が存しないにもかかわらず、なんとなく姿が見える」状態だとか、「急に影のようになって姿を消してしまった」（『新日本古典文学全集』）といった注釈を採用すれば、「光りの霧のなかへ融け消えてしまふ」月修寺の描写は、〈きと影に〉なったかぐや姫の姿と重なりあおう。

このように、月光姫と聡子・月修寺には、かぐや姫と同じ超越的な月のイメージが重ねられている。もちろん、古来、「月」には女性のイメージが重ねられているのではあるが、それにしても、月光姫は生まれ変わりの人物、聡子は唯識を司る人物、と、本来この二人の女性は物語の中での系譜が異なっているはずだ。にもかかわらず、二人に共通して月のイメージがかぶせられてるのはなぜなのだろうか。

こうした観点から、つづいて、そもそもの生まれ変わりの起源であり、聡子の恋人であった『春の雪』の松枝清顕についても検討してみよう。

清顕は、美青年として造型され、その目は「艶やかなほどの黒い光り」を放つ（『春の雪』二）。清顕の書生の飯沼が「若様の躰といふものを、……私は、まぶしくて、ただの一度も直視したことがなかつたのです」（『奔馬』八）と述べるなど、彼は、他者の目から、光・輝き・眩しさといったイメージに統一されて描写されている。[*10]

さらに、清顕の異人性の現れであり、四人の生まれ変わる人物に共通して現れる転生の証拠が、左の脇腹のあたりの「三つの黒子」である。この黒子が、初めて読者の前に提示されるのは、清顕が、「月の冷たい光りに浴さなければ納まらない気がしてきて」半裸の体に月光を浴びたときであり、「三つの黒子」は「月を浴びて」現れる（『春の雪』五）。民族学者N・ネフスキーは、「種々の民族は、月の斑点も、不死の思想と何らかの関係を有するものと考へた」（『月と不死』）と指摘しているが、[*11]清顕の転生＝不死の証拠である黒子は、月の斑点のメタファーと見なせるかもしれない。月の超越的な力は、聡子や月光姫のみならず清顕にも浴びせられている。
とはいえ、『春の雪』での聡子と清顕における月の関係は、微妙に異なっているようでもある。清顕が「御立待《おたちまち》」―十五歳の年の八月十七夜の月を盥に映してその子の吉兆を占うという儀式―を行ったときのことである。清顕は、月が映るはずの盥の内側に「別の世界の入口」を感じ、盥の内の「丸い水の形をした自分の内面の奥深く、ずつと深くに、金いろの貝殻のやうに沈んでゐる月のみ見てゐた」（『春の雪』五）。次いで、いったん獲得した「月」を喪失するのを恐れる清顕の心理が語られるが、「十五歳の十七夜の御立待のことを考へてゐるうちに、いつのまにか聡子のことを考へてゐる自分に気づいて、清顕は愕然とした」とあるように、この「月」は聡子を象徴している。「天にかかる月の原像を仰ぐのが怖かつた」とも述懐されて、のちに洞院宮妃になる勅許を得ることによって高貴な禁忌として清顕に意識されることになる聡子の姿が、仰ぐことのできない月の原像にはこめられているとも言えよう。[*12] かつて、清顕は、親友の本多に、それが何かはわからぬが「何か決定的なもの」「光りかがやく『決定的なもの』」が欲しいと語った。（『春の雪』二、四）。「御立待」という鹿児島式の通過儀礼《イニシエーション》を通じて、「月」を得ることが、清顕の今後の人生の目標となっていくことを示しているのである。[*13]
また、御立待の回想からもう少し後の部分で、清顕は、「月の光りが玉の鸚鵡にだけ注」ぎかかり、「その煙るやうな青の裡に透明な光りがこもり、鸚鵡がそのまま幽かな輪郭だけを残して、融けかけてゐるやうな異象に」驚く（『春の雪』五）。〈きと影に〉なったかぐや姫を想起させる、月の超現世的な性格を示す場面である。そして、「浮薄なほどきらびやかに」見える月に、清顕は「聡子の着てゐた着物のあの冷たい絹の照りを思ひ出し」、「月に聡子の」「大きな美しい日を如実に見」た上で、前述したように、「月の冷たい光りに浴さなければ納まらない気がしてきて」月光に裸身をさらす。ここでも、「月」は「聡子」のメタファーとして清顕には把握されている。鸚鵡を融して見せる異象をつかさどる「月」の力に、年上で何事につけ自分よりも優れており自分を支配する現実の聡子が重ねられる。聡子を恐れつつも、内心で彼女に惹かれる清顕の姿が、月光に我身をさらす清顕の行為に表れていく。清顕にとって、聡子は「月」にたとえられる人物であり、自らも、その「月」を恐れつつも関わりを持とうとするのである。

では、聡子自身にとってはどうだろうか。

聡子に皇族との婚約の勅許が下りたあと、清顕と聡子が禁忌を犯して、鎌倉の海岸の月の下で愛し合う場面がある。月は清顕と聡子の二人を照らすが、このとき、聡子は「月を、空に炳乎と釘づけられた自分たちの罪の徽章だ」と感じる（『春の雪』三四）。貴種流離譚では流離に先立って罪が存在するが、聡子の感じた「罪」は、〈かぐや姫は罪をつくりたまへりければ〉、月世界からこの世界に送られてきたという『竹取物語』における天人の言葉と照合する。かぐや姫の〈罪〉については、月世界における性的な罪ではないかとの推定もなされているようだ。もっとも聡子の場合は、この世で罪を犯したことで、俗世から月修寺に移るので、月から俗世に降下したかぐや姫と流離のベクトルが逆にはなるが、月・罪・流離という点で、両者は共通する。そして、この場面は、聡子が本多に二人の逢瀬の模様を語る言説の場だとの制約はあるものの、清顕が「月光の下での罪」の意識を表出した箇所はなく、この罪意識は聡子に独特のものだと言える。この点で、かぐや姫の末裔としての資格は、聡子の方により強く存在している。のちに自ら剃髪して月修寺に引き籠もる聡子は、「月」の超現世性を近しく感じているのだ。

だが、もちろん清顕にも月は関係する。本多は、「清顕が聡子の手を引いて、月光の庭を木蔭づたひに、海のはうへ駈けてゆくのを見送つたとき」、二人に「罪」の美しい姿を見た。さらに、月に照らされるのは清顕ばかりではない。第二巻『奔馬』の主人公・勲にも、はっきりと月は浴びせられていた。本多は能の『松風』を観るが、月の下で汐汲車をまわす松風・村雨の二人の精霊に、彼は清顕と勲の姿を重ねて見る（『奔馬』一九）。従来、「たわやめぶり」の『春の雪』は「月」の原理で、「ますらをぶり」の『奔馬』は「太陽」の原理だとされていた。だが、太陽の原理につきうごかされていたかに見える勲にも月は照射している。満ち欠ける「月」は死と再生のシンボルだとされるが、『豊饒の海』の中でそれが転生や唯識へとつながっていき、太陽をも超えて、全てを照らし統合する超越的な原理として輝いているのである。

つまり「月」とは、異人としての聖痕ではないのか。この世からかけ離れたものとして、「月」は象徴的に現出する。清顕が主人公かつ主な視点人物である『春の雪』においては、清顕によって超越的な力をもつ「月」にたとえられるのは聡子である。だが、常人である飯沼や本多から見れば、清顕も光り輝く人物になる。とくに、本多が視点人物としてせりあがってくる『暁の寺』以降は、聡子も清顕も勲も月光姫《ジン・ジャン》も、月を浴びる人物・自らと違う次元にいる異人として、本多からひとしなみに扱われるようになるのである。ただし、聡子のみは、自ら「月」にまつわる罪を自覚し、月修寺に引き籠もっていくのであるが、このことは『天人五衰』最終場面とも関わってくるので、後述したい。

こうして見てくると、『豊饒の海』では、『竹取物語』と同じように、月の世界とこの世という二つの世界に構造化できるようだ。小嶋も、「地上の迷界が「もの思ひ」に侵食されるに対して、月界は唯識を前提としないということ。生老病死の人間界と、かたや不老不死の天上界と。その対立は竹取においてあざやかだ」と指摘している。『竹取物語』の世界は、〈月の都〉と〈この世界〉という対照的な二つの世界から成立している。〈月の都〉（もとの国・かの国・あの国）には天人が住み、〈きよら〉で〈老いもせず〉、〈思ふこと〉のない世界である。それに対して、地上＝〈この世界〉は〈穢き所〉であり、そこに住む人間たちは、老いや死を運命づけられ、〈思ふこと〉に満ちた生を送るのだ。また、天上での〈かた時〉の時間が、地上では〈二十年余り〉になるなど、時間の流れも二つの世界では異なっている。こうした『竹取物語』での二元世界が、『豊饒の海』ではどのように構造化されているだろうか。

その鍵を握るのが、四巻にわたって転生を見続ける本多である。本論文の第二章で述べたように、本多は、認識の力によって、世界を解釈しつくそうとする。有能な裁判官・弁護士として、社会的に「法」の側にたちつつ、俗世を超えた「法」をも希求しつづける。それが、親友・松枝清顕の残した夢日記と唯識の壮大な理論とによって紡ぎあげていった「転生」であった。清顕に代表される転生者に対して、本多は、強い憧れをもちつつも嫉妬を呼び覚まされる存在として知覚している。

一方で月修寺のことを、本多は、「能ふかぎり杳かな寺、この世の果ての果てに静まる月の寺」であり、「およそ思考の極、認識の極に住するごとく、寺は冷光を放つやうになつた」と、美しく理想化してとらえている(『天人五衰』七)。そして、その月世界のような場においた聡子を、母なるもののごとく遠くから憧憬し続けていく。だがそれは、逆に言えば、彼女を自分の住んでいるこの世とは別種の世界に隔離し、辺境の聖域に祭りあげていることでもある。六十年もの間、本多は「身に破滅をもたらすことのたしかな美を拒む人のやうに」聡子に再会することを拒みつづけるが(『天人五衰』七)、それは、自分が大切に育み続けてきた「生まれ変わり」の幻影を、唯識を知悉した聡子が否定するのを恐れていたからなのだ。本多にとっては、聡子も転生者たちも、月に象徴される異人たちは、思慕と排除のアンビバレントな感情を引き起こす人物たちだったのである。

実は、『竹取物語』の帝とかぐや姫の関係にも、そうした指摘がなされている。三谷邦明は、「帝にとってかぐや姫は、抹殺しなければならない人物であるとともに、常に脳裏を離れない者」であり、「竹取物語はこの世にかぐや姫を呼び出して、反秩序的なイデオロギーを背負わせて排除する物語なのである」と述べる。[*14] 三谷は、『竹取物語』を、地上の権力者である男性・帝が、かぐや姫という天上の女性を憧憬すると同時に排除する物語として読んでいる。また、小嶋菜温子も、「天と地の二つの圏界は相互にタブーの関係におかれていた」と指摘する。[*15]「帝とかぐや姫」「この世と月の世界」とは、相互に排除しあうタブーの関係だと言うのである。

三谷・小嶋が指摘するこうした二つの世界の排除と憧憬の構造は、まさに『豊饒の海』にも存在していた。『竹取物語』と『豊饒の海』、二つの物語は、テクストを支える世界構造のあり方でも類似するのだ。

二　富士

次に、「富士」のモチーフを見ていこう。「富士」は、『豊饒の海』の中で、認識に関わるコードだと考えられる。

『暁の寺』には、『竹取物語』のプレ・テクストの一つともされる都良香の「富士山の記」を本多が読む場面がある（『暁の寺』二八）。「白衣の美女二人有り、山の巓の上に双び舞ふ」といった記述から、本多は、「富士山」が「さまざまな目の錯覚《オプティカル・イルージョン》」を呼び起こすのは、「冷たさの果てにも眩暈《めまひ》がある」ようなものだと考える。これは、実生活では弁護士として法の世界を厳正に司る「冷静的確」な人間でありつつ、「眩暈」のようにめくるめく輪廻転生の物語を幻想し、見つづけていく本多のあり方と重なるものだと言えよう。また、「双び舞ふ」「白衣の美女二人」とは、聡子と月光姫《ジン・ジャン》の喩だともとれるし、『松風』観能の時のように清顕と勲の喩だともとれる。富士という特殊な場で、この世ならぬ特異な人物二人が本多の前で舞うのである。

本多自身も、富士を「ひとつのふしぎな極であり、又、境界であつた」と認識している。異界とこの世との境界にあって、幻想の許される場―それが「富士」なのだ。そして、本多にとっての「異界」が、月の法に則った世界＝聡子のいる奈良の月修寺であり、「この世」が本多の住まう東京だとするならば、「富士」は地図上でも二つの世界の「境界」に位置している。

また、小嶋が指摘したように、『暁の寺』以降、テクストには「不死」の問題が主題として浮上してくる。そして、『竹取物語』では、地上にもたらされた〈不死の薬〉が富士山の上で燃やされる。「不死」は、富士山の語源の一つでもある。

しかし、富士と『豊饒の海』との関係は、これらにとどまらない。

『春の雪』の冒頭で、「得利寺附近の戦死者の弔祭」と題される古びたセピア色の写真が提示される（『春の雪』一）。「数千人の兵士」が「中央の高い一本の白木の墓標」に向かってうなだれているという構図のこの写真は、清顕と聡子の恋の進行につれ繰り返し現れ、諸氏によって「死」という『豊饒の海』全体の主題を暗示するものだと、その重要性が指摘されてきた。だが、「死」を示すために、なぜ「数千人の兵士」が写された写真が必要なのだろうか。そこで『竹取物語』のコードを導入してみよう。『竹取物語』では、かぐや姫昇天のあと、残された帝は、〈駿河の国にあなる山の頂〉に行って、姫からの手紙（帝の手紙ととる解釈もある）と不死の薬を燃やすように命じ、〈士《つはもの》どもあまた具して山へのぼりけるよりなむ、その山を「ふじの山」とは名づけける〉と語られる。〈士どもあまた具〉すから、士に富む→富士という富士山の語源を解説して、『竹取物語』は閉じられる。とするなら、『豊饒の海』

の冒頭に「数千人の兵士」による弔いの写真が提示されるのは、このテクストは『竹取物語』の最終場面に続いていくのであり、物語内部に『竹取物語』のコードを組み込んでいるのだという、テクストの密かな宣言とは言えないだろうか。

テクストと富士との関係はさらに続く。同じく『春の雪』の始めに、先代の月修寺門跡が唯識の教えをやさしく説いた場面がある（『春の雪』四）。「唐の世の元暁《ぐわんげう》」は、野宿した夜にくらやみの中で側にあった水を飲み、たいへんおいしく感じた。ところが朝の光で見ると、それは髑髏の中にたまった水だったので、吐きもどしてしまったという法話である。[*16]「しかしそこで彼が悟つたことは、心が生ずれば則ち種々の法を生じ、心を滅すれば則ち髑髏不二なり、といふ真理だつた」と、本多は法話を振り返る。ところで、「不二」は、ここでは仏教用語として「ふに」と読むべきだが、この語は「ふじ」とも読め、「二つとない、並ぶものがない」の意で、「富士山」の当て字の一つでもある。

このように、「不死」、「富士」、「不二」と、テクストには、富士山を示すことばがコラージュのようにちりばめられている。そして、これらは、言葉遊びでありながら、いずれも認識・哲学に関わるという点で共通するのだ。

テクストにおける富士の意味を確認したところで、再度、元暁の挿話に戻りたい。「髑髏不二」の「不二《ふに》」（＝二ならず）は、次のように説明される仏教哲理である。

現実の世界には種々の事物や事象が生起しているが、それらは自他・男女・老若・物心（色心）・

生死・善悪・苦楽・美醜などのように、相対立する二つの枠で整理される。しかし、それら二つのものは、それぞれ独立・固定の実態（我）をもって存在しているのではなく、無我・空のもとで、根底は不二・一体をなしている。つまり、〈不二〉とは、〈空〉を関係の上に言い直したものである。*17

元暁は、同じ水をあるときは清らかに甘く感じ、あるときは穢れとして吐いてしまったのは、心の働きによると悟った。意識によって、一つのものが相対立する現象として見えたのだ。一切は、みな心の働きによって生じる。だから、諸現象の発生の原因となる意識の働きを止めれば、清濁二つに見えていたものは、髑髏ただ一つ（不二）となる。さらにつきつめれば、不二の髑髏すらも自己の心（識）の現れにすぎない、という「空」の思想へと収斂していく。現実世界で「二」に対立して見えるものも、真理としては「不二」＝空なのであり、それを知覚することが「悟」るということなのだ。このように、『豊饒の海』の開始早々に、聡子の前任の月修寺門跡によって、テクスト全体を司る唯識の基本が提示され、本多はこの段階では一応これを理解したかに見える。

だが、『暁の寺』には、本多によって「不二」とは全く逆の認識の仕方が示される。本多は、濃紺の夏富士を見るとすぐにわきの青空に目を移し、残像の力によって真白い冬富士の幻を見る見方を編み出し、「富士は二つあるのだ」「現象のかたはらには、いつも純白の本質が」と考える（『暁の寺』四二）。私見では、これこそが本多が生まれ変わりを見る見方を象徴するものなのである。彼は、認識の変換によって、例えば現実の勲の上に、生まれ変わりの勲の幻をかぶせていく。こうした見方は、「不二」ではなく、逆に「二」を見ていると言える。元暁が「心が生ずれば即ち種々の法を生じ、心を滅すれば則ち髑髏不二なり」と悟ったのとはうらはらに、本多は「心」＝自分の認識にこだわって、「種々の法」＝自らが作り上げた輪廻転生という現象を見ていくのである。若き日の本多は、悟る前の元暁は自分の「心象が世界を好き勝手に描いてゐただけ」（『春の雪』四）だった、と総括していた。だが、本多自身の輪廻転生に対する認識こそが、まさに彼の「心象が世界を好き勝手に描いてゐただけ」の幻想にすぎなかったのである。

本多の認識法は明らかに唯識の真理とは相反するものなのだが、彼自身には意識できていない。しかし、「富士」のコードを導入すると、「髑髏不二」による唯識の見方と、「二つの幻の富士を見る」ような本多の認識の仕方とが、根本的に異なっていることが明白になる。「富士」は、月世界とこの世の境界であるとともに、異世界をかいま見ようとする現世の人間の認識の限界を示す表象でもあるのだ。

三　『天人五衰』——聡子とかぐや姫

最後に、『天人五衰』の結末部について考察していきたい。

本多は六十年ぶりに、清顕の恋人であった聡子に会いに、奈良の月修寺を訪れる（『天人五衰』三〇）。末期癌の本多は、一生の終わりに聡子と二人で清顕のことをしみじみと語り合い、自分の見てきた転生を全的に認めてもらうことを期待していたと思われる。

しかし聡子は、「その松枝清顕さんといふ方は、どういふお人やした？」と、実に意外な言葉を発する。松枝清顕と聡子は、勅許による禁忌を犯して愛し合い、聡子は彼の子どもを身ごもりながら、堕胎し、月修寺にひきこもった。そうした劇的な恋愛の相手だった清顕のことを、聡子は「お名をきいたこともありません」と語り、その実在すらも否定してみせる。本多のみならず読者も、これまでの読書体験そのものが霧の中にかき消え、まさに〈きと影に〉なったように茫然とさせられてしまう。

ここでも『竹取物語』のコードを導入し、小嶋の指摘に従って、聡子にかぐや姫のイメージを重ねてみよう。かぐや姫が月世界に戻るときに、天人は〈天の羽衣〉と〈不死の薬〉を持参する。〈衣《きぬ》着せつる人は、心異《こと》になる〉のであり、人間界での〈物思ひ〉がなくなるのだ。

ところで、小林正明は、『源氏物語』における『竹取物語』受容を論じる中で、出家して薫からの遣いを断った浮舟はかぐや姫であると述べ、手習巻が『竹取物語』の吸収と変形だと指摘している。[*18]「尼衣」は「天の羽衣」であり、この二つは、「アマゴロモ」という音声だけではなく、「捨世の象徴という機能の面でも、軌を一にしている」というのだ。また、物語の中に『竹取物語』が「強圧的な構造として君臨」し、その「引用構造に後押しされる形で、浮舟は『かぐや姫』として再生し、『かぐや姫』として男を拒絶し、『かぐや姫』として俗世から離脱するだろう」とも述べている。

このきわめて興味深い指摘をふまえて、ふたたび月修寺の聡子を見てみると、聡子門跡は、まさに「白衣《びゃくえ》に濃紫《こむらさき》の被布《ひふ》」（＝尼衣＝アマゴロモ＝天の羽衣）を着て、本多の前に現れたのであった。また、「六十年を一足飛びに、若さのさかりから老いの果てまで至つて」「浮世の辛酸が人に与へるやうなものを、悉く免かれてゐた」ともあり、「不死」のイメージも所有している。〈天の羽衣〉と〈不死〉、この世と峻別される月世界にかぐや姫が昇天したときの属性を、聡子は二つながらもっている。さらに、「本多が閲《けみ》した六十年は、聡子にとつては、明暗のけざやかな庭の橋を渡るだけの時間だつたのであらうか」という叙述もある。『竹取物語』の中で、地上の〈かた時〉が、〈月の都〉では〈二十余年〉であったことを想起すると、月修寺にひきこもった聡子は、月の都に戻ったかぐや姫の末裔と見ることができよう。だとすれば、〈衣着せつる人は、心異に〉なり、〈物思ひ〉がなくなるのだから、聡子が『春の雪』にあった禁忌の恋をすべて「知らない」というのもうなずける。

ただし、「聡子はかぐや姫だ。だから、思うことのない世界にいるのだ」と言い放つだけでは、不十分である。それでは聡子の主体性を認めないことにもつながりかねない危険性をはらんでしまう。

本書Ⅲ―1で、『春の雪』の清顕と聡子の恋愛は、聡子の側から見れば家父長制社会に対する抵抗であったと述べた。これは、「禁忌の違犯」の対象といった形で、それまで清顕の側からのみ眺められて、副次的な存在だとされつづけていた聡子の主体を発掘する試みであった。この読みを発展させれば、結末部分についても、本多が男性として認識・幻想しつづけてきた転生の世界を否定する女性として、実体的にとらえることができる。また、森孝雅は、さまざまなモチーフを組み込みながらテクストの構造を的確に示した上で、聡子の「ある種巧妙な機略の匂い」をかぎ取り、最後の聡子のことばは「本多の自我のカルテを素早く見抜いた上での、対機説法という機略」だと読破する。[*19] さらに、最近、佐藤秀明によって、門跡が清顕の存在を否定したのは、「世界を無に陥れるために」に門跡に会おうとした「本多の「悪」に対する門跡聡子の全力の戦いだった」との極めて刺激的な読みも提示された。[*20]

物語の内側の論理からすれば、このように聡子の言葉の謎を一応説明することはできる。しかし、にもかかわらず、『豊饒の海』を読んできた読者は、なお割り切れない不可思議な気持ちに包みこまれたままなのではないか。清顕の存在を知らないと語る聡子の姿は、「いささかの衒ひも韜晦もなく、むしろ童女のやうなあどけない好奇心さへ窺はれて、静かな微笑が底に絶え間なく流れてゐた」と描写される。テクストは周到に、彼女の作為を否定する言辞を用意していたのであった。

田中美代子は、『天人五衰』結末部の聡子のことばについて、次のように言う。[*21]

それでも尚、聡子は実際はこれらの理屈を前提とした上でしらをきり、本多に謎をかけているのか、教えをたれているのか、突き放しているのか、或いはまた素直に清顕のことや悲恋のあげく自身尼となった経緯や昔あったそれらのことすべてを事実上忘れてしまっているのか、ははっきりしない。

現実がその余波をとどめている以上、おそらく半ばは本当であり、半ばは嘘であるのかもしれない。「それも心々」と彼女が云うとおりにちがいないだろう。

結末の聡子の言葉をめぐる解釈を列挙した上で、それらがいずれも相対的なものにすぎないことを述べており、重要な指摘だと言える。テクストの中に、聡子がこのように語った理由は書かれていない。また、そのことばを語った聡子自身、『春の雪』の結末部で出家してからは『天人五衰』の最終場面に登場するまでの六十年間、テクストの表層に登場することは全くなく、テクストの中の大きな「空白」になっている。彼女の生活・理念・感情を、読者は直接知ることはできず、これまでの彼女を根拠にして、最終場面の彼女のことばを読み解くことも不可能だ。だから、『豊饒の海』の結末においては、この解釈しかありえないという絶対的な読みはありえず、この「空白」部分を読者が埋めていくしかないし、どんな読みであっても、それは解釈の一つ、可能性の一つでしかない。

だがそれにしても、従来、管見では、田中のあげた解釈のうち、「しらをきり、本多に謎をかけている」、「教えをたれている」といった読みはなされているが、「素直に、事実上忘れてしまっている」という見方は、可能性として示されることはあっても、実際に論として提出されたことはないようだ。一定のリアリティが要請される近代小説では、例えば「記憶喪失」といった装置でももちこまないかぎり、登場人物が「すべてを事実上忘れてしまっている」ことなど、許されないからだろう。

しかし、『豊饒の海』には『竹取物語』が溶け込んでおり、「聡子はかぐや姫であった」との読みは、そうした『豊饒の海』の不可思議さに根拠を与えるものだと言える。聡子を実体化して読みを深めていくと同時に、そうした一元化した読みには収斂しきれない曖昧さ、〈物思ひ〉のない月の世界に帰還し、〈心異に〉なってこの世のできごとをすべて忘れてしまった者の言葉、という可能性を読むことで、本多の男性的な認識世界を否定する女性としての聡子の存在感・実在感がより重みを増し、『豊饒の海』結末部の不可思議な世界が高まっていくように思える。

聡子は、女性であることによって、清顕や本多といった男性主要登場人物から、他者=異人として見なされていた。清顕からは、「月の冷たい光り」にたとえられ、「別の世界」にある「何か決定的な」禁忌の対象とされた。その清顕の思いを六十年の間醗酵させていた本多からは、「この世の果ての果てに静まる月の寺」に住まう聖母のような存在に祭り上げられた。「月」は、こうした俗世の人物にとっての異界であり、思慕と排除の二律背反の象徴である。と同時に、聡子は、あたかもかぐや姫のように、月の下での「罪」を意識し、月修寺に自らを閉じ込めていった。他者から貼られたレッテルに抵抗すると同時に、月の法の世界に自らをおいて、俗世を超越した存在にもなりえたのである。

＊　　＊　　＊

以上、「月」「富士」「女性」の三点について、『豊饒の海』とプレ・テクストとしての『竹取物語』との関係を検討してきた。ジェンダーと物語の力との相関も浮かび上がってきたように思う。その吸収と変奏とはまことに柔軟に行われ、『豊饒の海』は、認識をめぐるきわめて近代小説的な哲学を『竹取物語』のモチーフの中に投げ込むと同時に、硬直化した近代小説を超越する手立てともしている。

「秘められたプレ・テクスト、竹取」―と評したのは小嶋だが、概略だけなら幼児でも知っているほど人々に親しまれている古物語を自らのうちに引用して、『豊饒の海』はより豊かな世界を築きあげていった。『竹取物語』のコードによるさらなる解明を、テクストは読者に求め続けているのである。

注

＊1　「三島由紀夫をめぐって」『国文学解釈と鑑賞』一九七八年一〇月

＊2　西村亘「『豊饒の海』論(1)」『共立女子大学文科紀要』23、一九八〇年。伊藤守幸「優雅の変質─『春の雪』への一視点」『弘前大学国語国文学』一九八九年三月。上原作和「女の言説／男の言説」物語研究会『物語─その転生と再生』有精堂、一九九四年。

＊3　小林正明「『竹取物語』と信仰─この縁はありやなしや」『国文学解釈と鑑賞』一九九二年一二月。（以下、特に注記しない限り、小林の論とはこの論考を指す）

＊4　小嶋菜温子「『豊饒の海』にみる転生と不死─『竹取物語』をプレ・テクストとして」物語研究会『物語─その転生と再生』一九九四年、有精堂→『かぐや姫幻想─皇権と禁忌』森話社、一九九五年。（以下、特に注記しない限り、小嶋の論とはこの論考を指す）

＊5　鈴木泰恵「『狭衣物語』と〈禁忌〉─『豊饒の海』への転生を視野に入れて」（前掲『物語─その転生と再生』）。竹原崇雄「三島由紀夫『春の雪』と『更級日記』─いま一つの『典拠』」（『国語国文学研究』三二、一九九七年二月）。また、橋本治が、『暁の寺』のジン・ジャンに関する部分は、四世鶴谷南北の『桜姫東文章』が種本ではないかと指摘し（『「三島由紀夫」とはなにものだったのか』第一章、新潮社、二〇〇二年→新潮文庫）、島内景二は、『源氏物語』『伊勢物語』『古今和歌集』の二条の后作の和歌など、種々の古典文学を援用しながら『豊饒の海』を読み解いている（「琥珀の中の虫─「女なるもの」との戦い」『文藝別冊　三島由紀夫』二〇〇五年一一月）。

＊6　「どのようなテクストもさまざまな引用のモザイクとして形成され、テクストはすべて、もうひとつの別なテクストの吸収と変形にほかならない」（『セメイオチケ1』原田邦夫訳、せりか書房、一九八三年）

＊7　本稿では、作家三島が『竹取物語』を意識して『豊饒の海』を書いたのかどうかについては触れないが、以下、三島と『竹取物語』との接点について、略述しておく。

(a)評論……古典文学に関する三島の著述は極めて多いが、『竹取物語』についてはほとんど触れられていない。少年期に書かれた「王朝心理文学小史」（脱稿は昭和一七年一月三〇日）には、「単に物語といふ型式を以て、源氏物語のはるかな祖となつてゐる点をのぞけば、さほど重視に値ひする作品ではないのではなからうか」と言い、一方で、「古事記、万葉集に於ける奔放不羈な野の娘」が「文明の発達と共に変化して、「近づきがたいもの」、「世にも高貴なもの」にかはつたことから、——さうした時代の風潮を描写するのに、悄々仏教的な影響も加味した「昇天」といふモチーフを使用し、以て泰西に発達した彼の「永遠女性」の典型の如きものを、日本文学に於て草始した点」を評価している。

(b)小説……習作「花山院」（脱稿は昭和一六年二月一六日）に、「竹取のむかしから、月をみて女性をおもひ出されるたとへは、繁くあつたことであらう」とある。

(c)加藤道夫『なよたけ』（昭和二一年）……『竹取物語』はかうして生まれた」との端書をもつ加藤の代表戯曲『なよたけ』に関して、三島は、「死の予感の中で、死のむかうの転生の物語を書く。芸術家が真に自由なのはこの瞬間なのである」（「加藤道夫氏のこと」昭和三〇年）と評しており、「転生」の視座から『豊饒の海』との関連もあるかもしれない。なお、加藤と三島との交友については、矢代静一『旗手たちの青春—あの頃の加藤道夫・三島由紀夫・芥川比呂志』（新潮社、一九八五年）が詳しい。

(d)折口信夫の「貴種流離譚」……折口は「小説戯曲文学における物語要素」において、『竹取物語』などから

「貴種流離譚」の概念を提示した。そして、三島は、自作『沈める滝』（昭和三〇年）は「貴種流離譚」であると明言している。また、『豊饒の海』執筆開始と同年には、折口をモデルにして短編『三熊野詣』を書いている。

(e)『美しい星』（昭和三七年）……空飛ぶ円盤と交感し、自分たちを火星・金星などから来た宇宙人だと自認する家族の物語。最終場面では、円盤が一家を迎えに着陸する。三島は、この作品の執筆前後、天体やUFOに多大な関心を寄せていた。そして、『竹取物語』は、日本におけるSF物語の先駆けとも言える作品である。

*8 本論では、「月」「富士」といったモチーフについて論述していくが、『豊饒の海』と『竹取物語』の関係はそれだけにとどまるものではない（ただし、『竹取物語』の「竹」のモチーフ、翁のコミカルな造型、求婚譚などは『豊饒の海』にはなく、もちろん、物語のすべてを摂取しているわけではない）。

(a)月光姫は、『暁の寺』第一部では七歳、第二部では十八歳と、一挙に加齢される。そして、この間、本多は、僥倖により財産を得て、悠々自適の生活を送るようになる。これは、『竹取物語』の「小さ子譚」「到富譚」の話型と類似する。

(b)月光姫は同性愛者で、本多や本多が手配した青年を拒否する。彼女が異性と触れない設定は、『竹取物語』のかぐや姫の結婚拒否につながる（「異類婚姻譚」の話型）。

(c)本多の「覗き見」（『暁の寺』『天人五衰』）は、『竹取物語』の「垣間見」の戯画的な継承とも考えられる。

(d)『天人五衰』（一・四・七・八）に頻出する「天人の羽衣の裂」、「羽衣の松」、謡曲『羽衣』、「天人五衰」「飛天」などのモチーフは、『竹取物語』が「天人女房譚」の話型をもつこととも関連する。

*9 本節の元稿の初出後に、中澤明日香が、小嶋菜温子論と小論との問題設定の差異について指摘した（「『豊

饒の海』論―『竹取物語』典拠説の再検討」『国文白百合』三一、二〇〇〇年三月)。中澤は、本多の存在をあげて「『かぐや姫』―(=)ジン・ジャン―(=)聡子」の系譜は否定せざるを得な」いと述べるが、小論においても、別系列であるはずの聡子と転生者に同様に「月」の喩がかぶせられた背景として、異人として彼らを見る本多の認識に触れている。

＊10 光かがやく美男子が禁忌の女性を犯すという清顕の姿からは、光源氏を連想せざるをえないだろう。高橋亨は、光源氏には「月」が喩えられており、そうした「月光の伝統をさかのぼれば」「かぐや姫をはじめとする『変化のもの』としての物語主人公たちにつらなっている」と指摘している(『色ごのみの文学と王権』一九九〇年、新典社)。清顕は光源氏の末裔であり、かぐや姫につらなる月光の異人性が、彼の生まれ変わりである月光姫に継承されていったと考えられる。

＊11 岡正雄訳、一九七一年、平凡社東洋文庫。初出は、一九二八年。

＊12 「月」に「皇后=中宮」のメタファーがあることが指摘されている(『国文学』一九九二年一二月臨時増刊号、久保田淳「古典イメージ」の「月」の項目)。

＊13 「オタツマツ(御立ち待ち)」という鹿児島市で行われていた成年式について、柳田国男『分類祭祀習俗語彙』(角川書店、一九六三年)と、松前健「月と水」(『日本民俗文化大系2　太陽と月』小学館、一九八三年)に記述があった。

＊14 「反転する竹取物語」「〈読み〉とテクスト」『物語文学の言説』有精堂、一九九二年

＊15 「『竹取物語』にみる皇権と道教―不死の薬の歴史から」『日本文学』一九八八年四月

＊16 元暁の法話については、井上隆史が出典と清顕・本多における意味の差異について指摘している(「『豊饒の海』における輪廻説と唯識説の問題」『国語と国文学』一九九三年五月→『三島由紀夫　虚無の光と闇』試

論社、二〇〇六年)。

＊17　中村元他編『岩波仏教事典』岩波書店、一九八九年

＊18　「最後の浮舟―手習巻のテクスト相互連関性」『物語研究』新時代社、一九八六年

＊19　「『豊饒の海』あるいは夢の折り返し点」『群像』一九九〇年六月

＊20　「夏の日を浴びた庭について―『豊饒の海』3」(『三島由紀夫の文学』試論社、二〇〇九年)

ほかにも最近、『天人五衰』の結末部を捉え直す論考が相次ぎ、聡子の言葉を唯識で解く論への疑義を呈している(大石加奈子「『天人五衰』研究―結末の謎　クローズアップの盲点」『阪神近代文学研究』三、二〇〇〇年七月。高松さなえ「綾倉聡子と『天人五衰』結末解釈―三島由紀夫『豊饒の海』研究(三)」『弘前大学国語国文学』二九、二〇〇八年三月。稲田大貴「『豊饒の海』試論(1)―聡子の言葉『天人五衰』から『春の雪』へ」『九大日文』一一、二〇〇八年三月など)。とくに、聡子が「清顕への復讐のため」「嘘をついた」とする高松論には興味深い指摘もあるが、『春の雪』四六の冒頭部分にみえる聡子の出家の「志の固さ」や、得度の際に、語り手が聡子に内的焦点化して、「新鮮で冷たい清浄の世界がひらけた」と語っていることなどにより反論もできそうである。

＊21　「解説」(新潮文庫『天人五衰』、一九七七年)

V

生成過程——創作ノート・直筆原稿から見えるもの

1 『天人五衰』の生成研究

このところ、日本近代文学研究においても、創作ノートや草稿などのプレテクスト、活字テクスト間の異同などを精査して作品の成立事情を検討する動きが加速してきた。いわゆる「生成論」・「生成研究」である。宮沢賢治のように、遺族によって原稿が保存され、錯綜する原稿の手入れの過程が整理された校本全集を擁して、テクストの生成研究の独自の実績をもつ作家もある。しかし、近年活発になってきた草稿研究は、吉田城や松澤和宏などの近代文学研究にも参入している仏文学者の仕事などを大きな刺激としつつ、主としてフランス文学研究の生成論の手法を参照して成長してきた。

松澤は、「作品の揺籃とも廃墟ともいえる草稿の異貌は、生成と消滅が溶け合う坩堝のなかに身を置いた作家の運筆のなずみを通して、書くことの本質を現在進行形の煌めきのなかに鮮やかに告知してはいないだろうか。（略）草稿は、同じことをめぐってつねに別様に書きうるという言語の無限性が、紙の白に刻まれる文字の黒として明滅する場になったのである」と言い、[*1]吉田は、「ある作品の成立事情を調べようとするとき、伝記的な事実や出版に至る状況などを探るだけでは十分とは言えない。なぜなら、作品とはあくまでも「書かれたもの」すなわちエクリチュールによって成り立っているものであるから、その起源に遡ろうとすれば、どうしても作家の過去ばかりではなく、原稿の中に分け入ってゆかなくてはならない。決定稿に先行するさまざまな草稿・原稿類を比較検討してこそ、作者がどのような意図的あるいは無意識的操作によって、最終テクストを作り上げたのかが明らかになる」と言う。[*2] 作家が書いた書き物を、草稿や創作ノートなどを含めて見ていくことで、それらを決定稿といった最終稿への過程としてではなく、ありえたかもしれない複数性そのものとして検討していく。作家が原稿を書いていく現場を、その息づかいも含めて復元することが提唱されている。

このように、生成論は、作家の伝記的事実や他の作品群といった外的事項から作品を見ていくのとは異なったテクストへのアプローチの仕方である。と同時に、テクスト論やそれを越えようとした文化研究をも相対化していく可能性のある方法でもある。渡部麻実がテクスト論、カルチュラル・スタディーズ、テクスト生成研究の位置づけについて、端的にまとめているので、以下要約したい。[*3] テクスト論は、テクストの新しい可能性を開いたものの、テクストを唯一絶対の分析対象とするストイシズムのためにある種の窮屈さを感じさせるとともに、読みの乱立を招いた。カルチュラル・スタディーズはその脱却路を開くものであったが、文化研究によって確立した既存の枠組の内部でテクストを矮小化して読んでしまいがちであること、エクリチュールの多元性を唯一収斂する場として読者を措定するため読みの暴走に歯止めはかからないという問題を抱えている。テクスト生成研究は、〈書かれたもの〉のみによってテクストを分析するという点でテクスト論を継承するとともに、創作ノートや草稿を問題にすることで、最終稿のみを問題にする場合よりも参照する文化研究の範囲が広まると同時に、読みの乱立にも歯止めがかかる、というのである。渡部が指摘するように、対象とするテクストを最終稿に限定せず、「流動するテクストの生成運動それ自体を研究対象に引き上げること」によって、文学研究に新しい可能性を開拓することができるだろう。

ひるがえって三島由紀夫研究の場合には、一九九〇年前後のテクスト論全盛期にも、テクスト論や語りの構造といった研究が少なく、そのほとんどが作家論だったという指摘がなされている。[*4]「「三島由紀夫」という作家が、まだまだ説かれるべき問題として屹立しているから」だとされるが、その状況は没後四十年を迎える今日もさして変わっていないかもしれない。新全集に書簡が収録され、関係者の証言も次々と出現して、少年期や死の前後など、作家の伝記的事実は精細に明らかになってきた。生身の三島由紀夫、世間に流布していた記号としての三島由紀夫の内実を埋めようとする動きは、ますます強まっている。一方で、テクストのみを対象とする読解がむしろ若い世代から出てくるとともに、同時代メディアやクィア・スタディーズなどを視野に入れた文化研究もようやく始まってきた。

こうした状況のなかで、最終稿だけではなく創作ノートや草稿も含めた生成研究を導入することにより、三島由紀夫研究に不足しがちであった「書かれたもの」だけを対象とする、実証的な研究の進展が期待できよう。

『豊饒の海』については、「創作ノート」を参照する研究が没後から行われてきた。「創作ノート」は、三島が『豊饒の海』執筆準備のための構想や取材メモを書きためたものであるが、そのごく一部が、自決直後に「『豊饒の海』ノート」として公開され（『新潮』昭和四六年一月臨時増刊号）、近年まではこれが参照されてきた。その後、遺族のもとにあった「創作ノート」は、一九九九年に山梨県山中湖村に設立された三島由紀夫文学館に収蔵され、翌年の没後三十年を機に刊行開始された『決定版三島由紀夫全集』の第一四巻（刊行は二〇〇二年一月）にいたって、ようやくかなりの部分が翻刻・収録された。しかしながら、決定版全集に掲載されたのはノートの全てではなかったため、現在、井上隆史・工藤正義・佐藤秀明によって、決定版全集に未収録の箇所が、研究誌『三島由紀夫研究』に翻刻・連載されているところである。したがって、『豊饒の海』創作ノートの全貌はいまだ明らかになってはいないが、三島が残した二十冊以上のノートのかなりの部分が活字化され、『豊饒の海』の成立過程が明らかになりつつある。

一方、「創作ノート」以外に、定稿以前の生成過程を追究するための貴重な素材として、草稿や刊行後の手入れなども考えられる。『豊饒の海』の直筆原稿は、やはり山中湖の三島由紀夫文学館に開設当初から収蔵されており、特別閲覧の申請により、原稿そのものではないものの、その白黒コピーを閲覧することが可能である。文学館開館以前には一般の研究者が直筆原稿にアクセスする機会などなく、「研究と普及」の理念のもとに関係資料を収集し公開する三島由紀夫文学館の開館は、三島由紀夫研究にとってまさに画期的なことであった。

三島は、「わが創作方法」（『文学』昭和三八年一一月）において、「私の方法的努力は、潜在意識の活動をもつとも敏活にするためのものである」と述べ、長篇小説の創作方法を四分して具体的に説明する。このうち、「**第一**に主題を発見すること」、「**第二**に環境《ミリユウ》を研究すること」、「**第三**に構成を立てること」の三つの段階で使われるのが、創作ノートである。例えば、第二の「環境《ミリユウ》を研究すること」では、「この段階で、私がもっとも力を入れるのは、風景や環境のスケッチである」と述べる。「読者がその環境描写を通じて、登場人物への感情移入ができるやうに、手助けしてやらなければならない」ため、「小説の背景となる場所をゆっくりと歩きまはり、どんなつまらぬ事物にも注意を向け、文字でスケッチをとる」と言う。『豊饒の海』の創作ノートにも、奈良や清水など、三島が作品の背景となる場所を訪ね、文字によるスケッチを精密にとった跡が残されているし、関係者に綿密に取材した内容も大量に含まれている。また、当初のアイディアがほとんど形を残さないまでに改変されているものも含めて、構想や構成に関するメモも数多く残されている。このように主題と環境と構成が創作ノートに描かれたあと、創作は最終段階に入っていく。


第四に、書きはじめること。

書きはじめるのと同時に、今までのすべての準備、すべての努力は一旦御破算になる。あれほど明確に掌につかんでゐた筈の主題は、再びあいまいになり、主題は一旦身を隠し、すべての細部に地下水のやうにしみ入つて行く。最後に滝になつてなだれ落ちるために。

しかし、書きだす前はあれほど容易にみえたすべてのことが、何といふ困難で充たされてしまふことか。今までの意識的な計算の裡には、たしかに自分の伎倆の範囲の計算も含まれてゐた筈なのに、これについては、われわれは計画中に、しらずしらず自分を夢みるといふあやまちを犯すものらしい。（略）

ここへ来てはもう方法論もクソもない。私は細部と格闘し、言葉と戦つて、一行一行を進めるほかはない。そして物語の展開に行き詰つたとき、いつも私を助けるのは、あの詳細なノオトに書きつけられた、文字による風景のスケッチである。

それは文字をとほして、それを見たときの感動を私の中によみがへらせ、今、私は再びその風景に直面して、そこから何か或る「具体的なもの」を収穫《とりいれ》るのである。それが、地下を流れながら監視してゐる気むづかしい「主題」を満足させたときに、小説はふたたび動きはじめ、呼吸《いき》を吹きかへし、……かうして、何十度、何百度となく、死からよみがへりつつ、一路、終末へ向つてゆくのである。

作家自身によって、創作ノートを使った準備段階と実際の執筆との相互関係と、執筆段階における苦闘のさまとが説明されている。刑事訴訟法的に結末部に向かって追いこんでいく形で創作するとされる三島ではあるが、しかしながら、常に作家の計算の通りに執筆が進むわけではない。執筆開始と同時に準備を重ねていた構想はいったん御破算になり、主題も表層からは姿を消す。当初の計算が合わなくなり、細部と格闘し、ときに前後の辻褄を合わせつつ、一行一行を書き進めていく。その際に、創作ノートに描かれた「文字による風景のスケッチ」から「具体的なもの」を取り込み、潜伏する「主題」を掘りあてていくというのである。直筆原稿には、そうした執筆時の格闘の様や、定稿とは異なった、ありえたかもしれない別のストーリーや表現の痕跡が刻まれている。執筆開始前の取材メモや構想が記された創作ノートに対して、直筆原稿には、定稿にいたるまでのたゆたいの痕跡も含めて、作品が成立していく動的な過程が残されているのである。創作ノートとあわせて、直筆原稿を分析し、『豊饒の海』の生成過程をたどることによって、従前とは異なった読解や従来の読解の補強ができる可能性があろう。

ただし、現在、三島由紀夫文学館で閲覧可能なのは、直筆原稿そのものではなく、原稿のモノクロコピーであり、電子コピーや写真撮影は許されていない。筆記具の別や細かい筆致などはわからないし、修正の時期や順序なども不明だ。さらに、削除箇所で判読不明の文字も多いし、すべての原稿が残されているわけではないため、新たな原稿用紙に移ったところで削除が消えている箇所もある。[*5]このように、現状では生原稿の解読には一定の限界が存するものの、しかしながら、直筆原稿から読み取れる情報もきわめて大きい。作家が書いている現場、書いたものを読み返し、手を入れていく現場の空気感をかぎとることができるのだ。多くの偶然によって廃棄を免れた原稿だからこそ、私たちは、残存している原稿によって、最終稿に生成していく過程を汲み取っていくべきだろう。

にもかかわらず、没後に一部が紹介され、新全集や研究誌にかなりの部分が翻刻・掲載されている「創作ノート」と違い、直筆原稿に残された加筆削除などの修正の跡は、新全集の校異等にも（一部を除いて）反映されておらず、写真アルバム類にも一定枚数以上がまとまって紹介されることはなかった。したがって、直筆原稿を用いての生成研究は、少数の短篇などを例外として、ほぼ手つかずの状態であり、今後の進展が最も期待できる分野であろう。

論者は『豊饒の海』全四巻の生原稿調査を志しているが、長大な作品の筆写には、さまざまな現実的な制約もあり、多大な時間と労力とを要する。このため、パイロット的に、まずは最も短い第四巻『天人五衰』の直筆原稿の調査を行った。*6

実際には、残されている三島の生原稿は、たとえば宮沢賢治や横光利一の原稿のように、判読不能と思えるほどの挿入や削除の推敲の跡のすさまじいものではない。端正な文字には乱れもない。とはいえ、三島由紀夫の原稿には一字の修正もない、といった一般に流布している伝説はやはり伝説であって、作品全体にわたって細かな手入れがなされており、なかには大幅な加筆や削除も見える。一例をあげてみよう。『天人五衰』で、本多が信号所に勤務する安永透少年に初めて会って、自分と同じ認識の機構を発見し、自分の生涯を振り返る場面である。〔 〕が削除、〈 〉が加筆。詳細は、後掲の「凡例」を参照のこと)。

……いつまでも海を眺めるふりをして、窓際の造りつけの机に片肱をつき、老人くさい陰鬱さの自然な装ひに隠れて、本多は時折少年の横顔を盗み見ながら、自分の生涯を一目で見渡すやうな考えに涵つた。

〔 その長い廊下。遠くのはうが窓の光りにかすかに光つてゐるが、手近のはうは暮る闇に筋目もはつきりしない。しかし、そこをずつと拭つてきた一枚の雑巾は、今本多の手にあつて、ほとんど水気も失ひ、埃とごみにまみれてゐる。廊下をきれいにしようとして拭つて来たのではない。

何かの機械的な義務感がさうさせたのである。そして七十六年の長い廊下を、腰をかがめて拭《ふ》いて来て、手に残つたものは、その溝鼠の死骸のやうな雑巾一枚きりである。その雑巾こそ本多の自意識だつた。だから当然ながら」〔もとは追込のところへ、改行マーク挿入〕〈その生涯を通じて、〉自意識こそは本多の悪だつた。〔もとは改行のところへ、追込マーク挿入〕この自意識は決して愛することを知らず、自ら手を下さずに大ぜいの人を殺し、〔悼〕すばらしい悼辞を書くことで他人の死をたのしみ、世界を滅亡へみちびきながら、自分だけは生き延びようとしてきた。しかしその間、窓から洩れる一縷の光りを浴びたこともある。それは印度だつた。彼が悪を自覚し、悪からつかのまでも遁れ出ようとして際会した印度だつた。自分があれほどまでも否定してきた世界を、道徳的要請によつて是非とも存在せしめねばならぬと教へるところの、決して自分がまだ到達する術《すべ》もないあの杳《はる》かな光明と薫香を包含する印度だつた。

しかし自分の邪悪な傾向は、こんな老年に及んでまで、たえず世界を虚無に移し変へること、人間を無へみちびくこと、全的破壊と終末へだけ向つてゐた。今や、それも果せず、自分一個の終末へ近づかうとしてゐるところで、もう一人、自分〔の〕とそつくりな悪の芽を育ててゐる少年に会つたのだ。(10:69オ::440-7)

本多が、自身の七六年の人生そのものである自意識を「溝鼠の死骸のやうな雑巾一枚」に集約して自己戯画化した部分、原稿にして十二行分が大きく削除されている。矮小な「雑巾」の喩の連続をまとめて削除して、「その生涯を通じて」とニュートラルな要約に置換することにより、インド体験や死を前にした透少年との出会いの方を強調しようとしている。しかし、のちに「覗き」により世間的には晩節を汚してしまう本多の自意識の行く末を先取りする箇所として、削除は惜しいようにも思える。

もう一つ手入れ箇所を紹介しておこう。

清顕―勲―月光姫《ジン・ジャン》―透をつなぐ転生の証は黒子《ほくろ》である。彼らの左の脇腹の、「左の乳首よりも外側の、ふだんは上膊に隠されてゐる部分」に「きはめて小さな三つの黒子」（『春の雪』三三）が存在するのだが、これら三つの黒子はどのような形で配置されているのだろうか。黒子は清顕―勲―月光姫―透をつなぐ転生の証であって、本多はそれを見ることで転生を確信するのであるから、四人の黒子の配列は同じはずだが、テクストからはどうも統一したイメージが浮かびにくい。私が訊ねた範囲でも、読み手によって、意外に脳裏に浮かぶ像が異なっているようなのだ。文字面では「三つの黒子」ですまされるが、二次元的にはどのようなイメージなのか。三つの黒子は一列に並んでいるのか（…）、三点に散っているのか（∴）、その配置が気になるところである。

「きはめて小さな三つの黒子が、あたかも唐鋤星《からすきぼし》のやうに」（『春の雪』五）、「昴《すばる》を思はせる三つのきはめて小さな黒子」（『暁の寺』四四）、「三つの黒子が昴の星のやうに」（『天人五衰』六）と、『豊饒の海』のテクストにおいて、転生者たちの黒子は、「唐鋤星」と「昴」と、二様の星（座）の直喩によって表現されている。

『春の雪』で使われた「唐鋤星」は、多くの辞書や星座解説書に示されているように、一般的にはオリオン座の中央に並ぶ三連星を指す和名である。つまり、小さな三つの黒子が直線状に一列に並んでいるイメージ（…）ということになる。私自身も、『豊饒の海』四巻の最初に記述された「唐鋤星」の喩によって、転生者の黒子は直線状だとイメージしていた。一方、『暁の寺』や『天人五衰』で使われた「昴」は、牡牛座にあるプレアデス星団の和名であり、肉眼でも五～七つ見え、日本では六連星（むつらぼし）、西洋ではセブン・シスターズとも呼ばれる。三つの黒子の喩には適さないようにも思えるが、「統（す）べる星の意で、古くから王者の象徴」（『日本国語大辞典　第二版』）とされる古来からの語感を採ったのかもしれない。「昴の星のやうに象嵌されてゐる」三つの黒子を、「いつからともなく、透はそれを自分があるゆる人間的契機から自由な恩寵を受けてゐることの、肉体的な証しだと考へてゐたのである」（『天人五衰』六）。ともかく「昴」の喩からは、三つの黒子は、一直線上に並ぶのではなく、三角に散っているイメージ（∴）が強いだろう。

『春の雪』中盤の鎌倉の海岸で本多が清顕の黒子を見つける場面（『春の雪』三二）、『奔馬』冒頭の大神神社の滝の下で本多が勲の脇腹に黒子を発見する場面（『奔馬』五）は、いずれも「ふだんは上膊に隠されてゐる部分に」三つの小さな黒子が「集まつてゐる」と記される。『天人五衰』で本多が透に黒子を見つける場面『天人五衰』一〇）では、「三つ並んだ黒子を歴々と見た。」と書かれている。どちらかといえば、「集まつてゐる」では「昴」のような塊（∴）として、「並んだ」では「唐鋤星」のような列状（…）としてイメージされようが、決め手にはならない。

ここで、『天人五衰』直筆原稿の手入れを見てみたい。

> そのときになると、透は左腕を高くあげて、腋窩に水を当て、三つの黒子が、急流の〔下の〕底の三つの黒い小石のやうに、水を透かしてかがやくのを見るのである。それこそはふだんは折り畳んで隠してゐる翼の斑紋、〔彼の天才のしるしだつた。その三つの描く絶妙の正三角形こそ、〕誰も気づいてゐない「選ばれた者」のしるしだつた。（『天人五衰』26:192ォ::574-4）

東大に入学し、本多を邪険に扱いだした透が、朝シャワーを浴びて自らの黒子を確かめる場面である。三つの黒子を「絶妙の正三角形」と換喩した部分が削除されている。透は自らを「神」に擬すなど、人間を超えた選民だと自認しており、したがって「天才のしるし」を破棄して「「選ばれた者」のしるし」に代替させ、その推敲により一文が続くのに伴って、主語が重複するために「絶妙の正三角形」が削除されたと考えられる。あるいは、これまでテクストのなかで明示していなかった黒子の形状を顕にするのを嫌ったのかもしれない。ともかくも、『豊饒の海』の連載最終回に至って、語り手が黒子の形状を「正三角形」と記していたことは注目に値するだろう。語り手にとっては、転生者の黒子は、「三角形」（∴）だったのだ[*7]。

そうなると、『春の雪』冒頭の「唐鋤星」の三連星のイメージとの齟齬が気にかかる。五年間を越す連載の間に、作者の中で黒子のヴィジュアル・イメージが変化してしまった可能性も消せないが、黒子は転生の最重要な証拠なのだから、そのようなケアレスミスは考えにくい。しかし「唐鋤星」は、一般には、オリオン座中央の三つ星を指すものの、オリオン中央部の大きな三つ星とその下部に並ぶ小さな三つ星をつなぐL字型を指すこともあるようなのだ。野尻抱影は、「からすき星」を、「三つ星を小三つ星に結んだL字形を犂《からすき》の形と見たもの」と説明している。[*8]『日本国語大辞典　第二版』でも、方言として「①オリオン座の中央にある三つ星」とともに、「②オリオン座の三つ星の第三の星を、その右下の星とつないだ星座」として掲げている。『決定版三島由紀夫全集』の付録DVDで検索したところ、三島由紀夫の全作品で「唐鋤星」が使われているのは『春の雪』だけなので、他作品から三島の「唐鋤星」の使用イメージを推定することはできなかったが、こうしてみると、「唐鋤星」を「三角形」に見立てることもできなくはなさそうだ。転生者たちの黒子の配置は、「三角形」(∴)だと同定してもよいのではないか。

このように、直筆原稿の手入れ跡は、作品解読やイメージ形成の補助線にもなしうる。『天人五衰』では、作品冒頭から頻出する海の描写など、手入れの跡は多いが、本書では、以下、安永透と絹江の関係と、大きな謎をはらむ大尾にいたる過程とを、原稿手入れの紹介をかねて検討していきたい。

凡例

(1)　推敲の跡は、次の記号で示した。

・削除……〔　　〕
・加筆……〈　　〉
・不明字……□

・書きかけの文字……□（　）※（　）内に、（しんにゅう）のように記述
・改行などの記号……（　）内に表記

(2)　補筆箇所の所在は、引用の後に（　）で示した。

章：生原稿の頁数：『決定版三島由紀夫全集一四』における頁数―行数

〔例〕（1:4ゥ:368-7）は、第一章、原稿の四頁裏、『決定版全集』の三六八頁七行目。

生原稿の頁数は、三島由紀夫文学館が付した整理番号による。オは表、ウは裏。

①引用が複数行にわたる場合も開始行のみ記す。
②章の見出しは一行に数える。
③本文中の行アキや「＊＊＊」などの区切り記号は一行に数えない。

(3)　『決定版全集』にあわせて旧字・異体字は新字に統一し、ルビは必要な箇所にのみ付した。

注

＊1　『生成論の探求―テクスト・草稿・エクリチュール』「第Ⅰ部第1章　闇のなかの祝祭」名古屋大学出版会、二〇〇二年

＊2　『『失われた時を求めて』草稿研究』「序論　テクストの起源」平凡社、一九九三年

＊3　『流動するテクスト　堀辰雄』「序章」翰林書房、二〇〇八年

＊4　佐藤秀明「解説―「三島由紀夫」という問題」（『日本文学研究資料新集30　三島由紀夫―美とエロスの論

理』有精堂、一九九一年）

＊5 猪瀬直樹『ペルソナ　三島由紀夫伝』（「第三章　意志的情熱」一九九五年、文藝春秋）に以下の挿話がある。（該当箇所について、岡山典弘氏にご教示いただいた。感謝いたします。）

緑が丘の梓は、雨の日を除く毎日、自宅前の道で書き損じの原稿用紙を燃やすのが日課となっていた。近所に住む井伊照子は、「売れっ子作家というのは、あんなにも書き損じるものか」と不思議に思った。訊くと「回収してどこかで高く売られると困るから焼くのです」という返答である。

『豊饒の海』執筆時（大田区馬込）以前の目黒区緑が丘時代のことであるが、この証言によれば、父の梓が出版社に渡す以外の書き損じ原稿を不要物と見なして焼却しており、三島の直筆原稿はすべてが保存されているわけではない。

＊6 三島由紀夫の他作品の直筆原稿の研究として、有元伸子・中元さおり・大西永昭「三島由紀夫『金閣寺』原稿研究―柏木、老師、金閣」（『広島大学大学院文学研究科論集』六八、二〇〇八年一二月）がある。この論考では、『金閣寺』が一人称の作品ということもあり、作家を完全に排除して、作品に内包された「作者」を想定して検討した。本書に収録している『天人五衰』研究では、そこまで作者としての「三島由紀夫」を導入することを禁欲的に抑圧していない。

＊7 映画「春の雪」（二〇〇五年　東宝、行定勲監督、妻夫木聡・竹内結子）でも、漫画『春の雪』（池田理代子・宮本えりか、主婦の友社、二〇〇六年→中公文庫）でも、清顕の黒子は三角形（∴）に描かれていた。

＊8『新版星座めぐり』誠文堂新光社、一九八七年。『日本星名辞典』東京堂出版、一九七三年

2　透と絹江、もう一つの物語

『豊饒の海』は、第一巻『春の雪』・第二巻『奔馬』については、各巻の主人公と目される松枝清顕と飯沼勲の側から、バタイユ的エロティシズムや天皇への忠義や純粋といった観点によって読解されてきた。ところが、副主人公だった本多が四巻にわたる転生を見続ける認識者として物語の主軸に位置することが明瞭になって以降の、第三巻『暁の寺』の月光姫《ジン・ジャン》と第四巻『天人五衰』の安永透は、主人公格であるにもかかわらず、彼らの側から論じられることが極めて少ない。

『天人五衰』では、透と本多と交互に焦点化されながら物語が語られていくものの、透については、認識者としての本多の雛型として扱われ、あるいは、転生の贋物かどうかといった問題設定によって論じられることが多いのだ。

しかし、もう少し透に即した検討が必要なのではないか。さらに、透と「狂女」絹江の関係も気になるところである。本節では、透と絹江について、直筆原稿の手入れを見ながら検討していきたい。

一 「マンテーニヤ〔とジョットオ〕です」

「さうさう、その調子。……かうつと、……それから突然、美術の話になる。〔イタリア〕イタリアの美術では何が好きかね」

「…………」

「イタリア美術では何が好きかね」

「マンテーニヤ〔とジョットオ〕です」

「〔十六才〕〈子供〉のくせにマンテーニヤなんてとんでもない。それに相手〔が〕はおそらく名前も知らないから、さう答へただけで不快な印象を与へて、お前は知つたかぶりの小才子と思はれる。かう答へればいいのだ。『ルネッサンスはすばらしいですね』。言つてごらん」（17:116ウ:491-13）

本多が、養子に迎えたばかりの透に向かって、洋食の作法とともに社交的な会話術を教えている場面である。イタリア美術の好みを訊ねられた透は「マンテーニヤです」と答え、本多に「子供のくせにマンテーニヤなんてとんでもない」とたしなめられる。聞き手である大人に「優越感と憐憫と可愛らしい感じ」を与えるために、『ルネッサンスはすばらしいですね』と答えるべきだと指導されるのだ。

透の芸術的な好みが瞥見できる貴重な箇所であり、三島と美術という新しいテーマを提示した三島由紀夫文学館レイクサロンにおいて、この箇所が話題になった。[*1] 美術史家の宮下規久朗が、〈聖セバスチャン〉は「19世紀の世紀末ぐらいには同性愛の守護聖人」になったと指摘し、三島由紀夫にとってセバスチャンは、「「芸術」と考えているというよりは、自分のエロスがすべて出たという作品」だと述べた。そして、三島訳のダヌンツィオ『聖セバスチァンの殉教』に収録された数点のセバスチャン画を紹介するうちに、マンテーニャに話題が及んでいく。

宮下 しかし、『聖セバスチァンの殉教』の中でマンテーニャを二枚も取り上げていることから考えると、三島自身好きな絵だったんでしょう。三島にとっては、「マンテーニャ」イコール「セバスチャン」と言える部分もあったのではないですか。

井上 その文脈で考えると、『天人五衰』の透がマンテーニャを好きだと言うのは、つまりセバスチャンを好きだと言っているわけですから、作品の解釈が少し変わってきますね。

佐藤 透は単なる小悪魔ではないということになる。

三島は、『豊饒の海』の連載開始の年に、池田弘太郎の協力を得て、ダヌンツィオの『聖セバスチァンの殉教』を翻訳している（「批評」昭和四〇年四～一一月→昭和四一年九月、美術出版社）。単行本には、三島が外遊などの機会に蒐集してきた、ソドマ、グイド・レーニなどの聖セバスチャンの絵画や彫刻の写真が五〇枚も収録された。三島は、同書の「あとがき」に、「キリスト教聖画のうち、その異教的官能性のもっとも露骨なものとして、セバスチァンの絵画は、多くの修道院で永らく禁圧されてゐた」と書き、別の文章でも、「選択に当つては、ルネッサンス後期に重点を置いて、ダンヌンツィオの戯曲の官能性と耽美主義にふさはしいセバスチァン像を選んで行つた」と述べていている（「本造りの楽しみ―「聖セバスチァンの殉教」の翻訳」）。三島の聖セバスチャンへの関心が「官能性」にあり、その関心に沿って写真も選定されているが、五〇点の聖セバスチャン・コレクションのなかに、マンテーニャは三点掲載されている（**写真1**はそのうちの一点で、ウィーン、美術史美術館所蔵）。レイクサロンでは、宮下規久朗・井上隆史・佐藤秀明の三氏の対話のなかで、三島にとっての〈マンテーニャ〉＝〈セバスチャン＝同性愛〉という図式が導き出され、そうした図式が透にも及ぶという読解の可能性が言及され、きわめてスリリングである。三島の『豊饒の海』「創作ノート」では、透の原型である「悪魔のやうな少年」は「――ホ

写真1　マンテーニャ

モの相手にもなり、女の相手にもなる」（全集14巻845頁）と書かれており、透が同性愛のイコンとしてのマンテーニャの聖セバスチャン画に惹かれた可能性も十分にあるだろう。[*2]

ただ、手入れ前稿では、透は「マンテーニヤとジョットオです」と答えている。ジョットが削除されたのは、直接には、近代絵画の創始者としてよく知られた画家であるため、後続の本多の「相手〔が〕はおそらく名前も知らない」から「お前は知つたかぶりの小才子と思はれる」というセリフの内容に抵触するためだろう。だが、手入れにより消されはしたものの、当初は透のイタリア美術の好みが「マンテーニヤとジョットオ」だったことには留意しておきたい。マンテーニャだけであれば三島好みの〈マンテーニャ＝聖セバスチャン＝同性愛〉の図式も成立しようが、管見ではジョットの代表的な作品リストに聖セバスチャン画はなく、少なくとも三島訳『聖セバスチァンの殉教』所収の美術写真にはジョットは収録されていない。

ジョットは、一三世紀後半から一四世紀前半にかけて主にフィレンツェで活躍し、写実性と空間性を取り込み、当時のビザンチン様式を変革して、「西洋近代絵画の父」・「ルネサンスの先駆者」と呼ばれたゴシック期最大の巨匠である。マンテーニャはルネサンス期・一五世紀から一六世紀初頭にかけての作家であり、北部マントヴァで創作をおこなったが、独自の色彩と写実性・抒情性に優れている。二人は時代も様式も異なっているが、当時の画家の多くが手がけた宗教画を彼らも手がけた。どの美術書にも載っていて、確実に透も鑑賞したはずの代表作としては、ジョットの「マリア伝とキリスト伝」（**写真2**「死せるキリストへの哀悼」、パドバ、スクロヴェーニ礼拝堂）、「オニッサンティの聖母」（**写真3**、フィレンツェ、ウフィツィ美術館)、マンテーニャの「キリストの磔刑」(**写真4**、パリ、ルーブル美術館)、「死せるキリスト」(**写真5**、ミラノ、ブレア絵画館)などがある。聖母子像や、磔刑などのキリストの死とそれを悼むマリアの姿、天使像などが見てとれ、[*3]「聖セバスチャアン」もこうした聖者・殉教者の系列のなかに置くことができよう。

マンテーニャ(とジョット)の名をあげたのは、透がこれまで図書館の書物によって培ってきた「百科辞典的知識の集積」(一六)の表出である。[*4]彼は時間があれば望遠鏡で海を眺めるのだが、望遠鏡によって丸く切り取られた青空を、「〈いつか図書館の美術全集で見た〉フォンテエヌブロオ派の天上画風な、気取った〔嗇〕吝嗇な青空」(13:89ウ::462-19)と把捉していた。透は、彼の目で見たものを図書館の美術全集のなかの作品に照らしながら感受していくのである。マンテーニャにも、有名な天井画がある。マンテヴァのパラッツォ・ドゥカーレの「夫婦の間」のそれは、だまし絵風の円窓で、青空を背景にブット(赤ちゃんの姿をした天使)や孔雀や女性たちが井戸の底を覗き込んでいるかのごとく仰視法によって描かれている(**写真6**)。透は、「図書館の美術全集」の中にこの天井画を見て、望遠鏡から覗くような円い視界のなかに描かれた天使や南国の孔雀に惹かれたのかもしれないのだ。

マンテーニャとジョットを並列してみれば、マンテーニャは必ずしも異端の画家ではない。透は、マンテーニャの描く円窓風の天井画が気に入ったのかもしれないし、殉教者としての聖セバスチャンやキリスト、死せるキリストを悼むマリア像に惹かれたのかもしれない。あるいは、海を望遠鏡で見続けてきた彼の感性が写実的で浮き彫り風な手法を好んだのかもしれない。ただし、これらは推測に

写真２　ジョット

写真３　ジョット

写真４　マンテーニャ

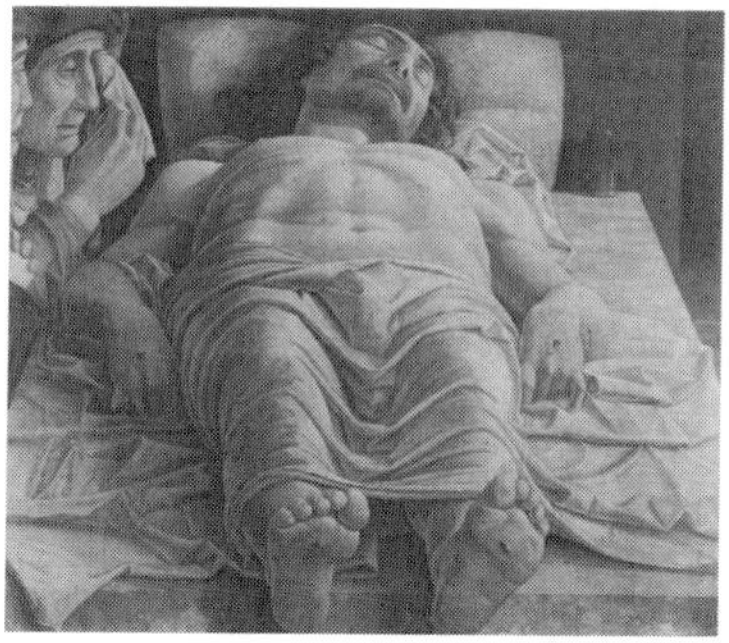

写真５　マンテーニャ

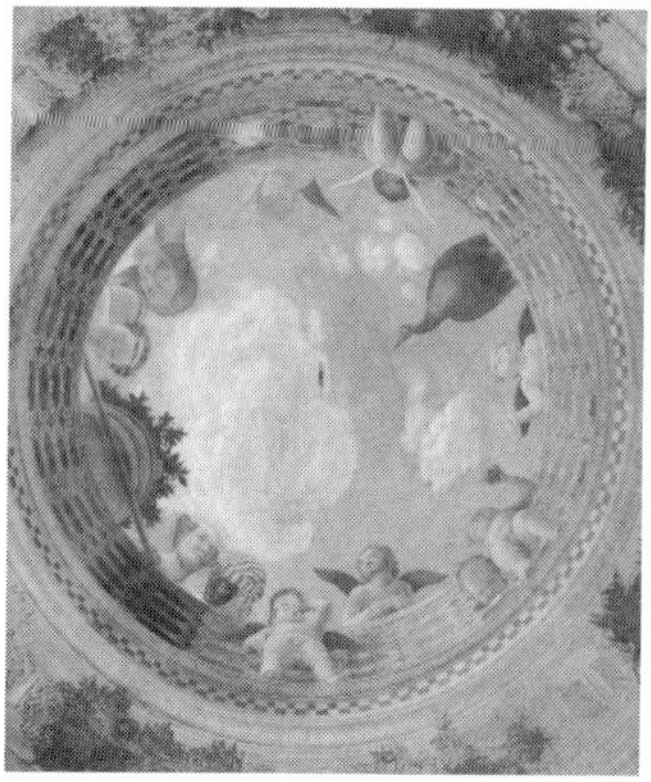

写真６　マンテーニャ

過ぎない。透がなぜマンテーニャを好むのか、その理由は語られることはなかった。「マンテーニヤです」と答えた透に、その理由を訊ねることもなく、本多は「[十六才]〈子供〉のくせにマンテーニヤなんてとんでもない」と遮り、透の声が聞き取られることはないからである。

マンテーニャを子どもが鑑賞するには不都合だと見なすのは本多なのであり、三島的な〈マンテーニャ＝聖セバスチャン＝同性愛〉の図式は、むしろ本多にあてはまるだろう。覗き見によって自己の官能を満足させ、清顕や勲の死を前にした高揚や恍惚を見守ってきたのは本多であったからだ。三島は『聖セバスチァンの殉教』の「あとがき」で、皇帝や射手のセバスチァンへの愛と、殉教者の死と「よみがへり」を解説してみせる。第三巻『暁の寺』の今西が語る「性の千年王国《ミレニアム》」「柘榴《ざくろ》の国」と同様に、『聖セバスチァンの殉教』は『豊饒の海』の骨格を示していよう。『仮面の告白』の〈私〉がグイド・レーニの聖セバスチャン画に「めくるめく酩酊」を感じたように、マンテーニャの異教的官能的な側面は本多にこそふさわしい。

二　本多の「教育」

このように、透の内面や芸術的な感性については聞き取られることもなく、大人好みの平凡な好青年に見えるべく演じるように本多によって教育されていく。本多が透の教育に何を重視しているかについては、少し長くなるが、引用しておきたい。

『(前略)……それにしても、或る種の人間は、生の絶頂で時を止めるといふ天賦に恵まれてゐる。俺はこの目でさういふ人間を見てきたのだから、信ずるほかはない。

何といふ能力、何といふ詩、何といふ至福だらう。登りつめた山巓の白雪の輝きが目に触れたとたんに、そこで時を止めてしまふことができるとは！ そのとき、山の微妙な〈心を〉そそり立てるやうな傾斜や、高山植物の分布が、すでに彼に予感を与へてをり、時間の分水嶺ははつきりと予覚されてゐ〔る〕た。

もう少しゆけば、時間は上昇をやめて、休むひまもなく、とめどもない下降へ移ることがわかつてゐる。下降の道で、多くの人は、〔名誉だの、権力だの、金銭だの、〕ゆつくり収穫《とりいれ》〔の〕にかかれることをたのしみにしてゐる。しかし収穫なんぞが何になる。向う側では、水も道もまつしぐらに落ちてゆくのだ。〔人々は老いて醜い者に対しては、ふんだんに名誉を与へて吝しまない。〔あらゆる人間〕が栄誉と糞尿にまみれて死ぬことを人々は望む。肉の美しさはすがれ果てて。〕

ああ、肉の美しさ！ それこそは時間を止めることのできる人間の特権だ。〔□□□□では、〕今、時を止めようとする絶頂の寸前に、肉の美しさの絶頂があらはれる。

白雪の絶巓の正確な予感の中にゐる人間の肉体の澄明な美しさ。不吉な純粋さ。〔涼しい〕侮蔑〔の眼差。〕〈の涼しさ。〉そのとき人間の美〔しさ〕と、〔□〕羚羊の美〔しさ〕〈と〉が〈もののみごとに〉一致する。けだかく角を立て、〔拒絶が□□にまで高まつた〕〈拒絶に潤んだ〉やさしげな眼差で、白い斑のまじつた流麗な前肢の蹄をこころもち浮かせて。かがやく山頂の雲を〔背□に〕頭に戴いて。訣別の矜りに充ちて。／（中略）／／……詩もなく、至福もなしに！　これがもつとも大切だ。生きることの秘訣はそこにしかないことを俺は知つてゐる。

時間を止めても輪廻が待つてゐる。それをも俺はすでに知つてゐる。〔無知な若者が詩や至福にほんのすこしでも色目を使はうものなら、俗衆と死神が一緒に喝采を送つてくれる。俗衆と死神とは、ほとんど同じ嗜好を持つてゐるのだ。もつとも下劣な者と、もつとも峻厳な者とは。〕

透には、俺と同様に、決してあんな空怖ろしい詩も至福もゆるしてはいけない。これがあの少年に対する俺の教育方針だ』（16:111ヶ::485-14）

「或る種の人間」、つまり清顕―勲―ジン・ジャンという転生者たちは、「生の絶頂で時を止めるという天賦」に恵まれ、人生の最も美しい時に死を迎え、死を前にして最も美しく輝いていた。それを、本多は、「詩」と「至福」と呼んだ。多くの人が、生の上昇が終り、下降の道で「収穫」をたのしみにしているが、現実には人生の絶頂を越えたらまっしぐらに落ちていくしかないという。最終稿では、「収穫」の内実は曖昧だが、手入れ前には、「名誉だの、権力だの、金銭だの」と具体的に提示し、人々は「老いて醜い者に対しては、ふんだんに名誉を与へて吝しまない」が、「それは栄誉と糞尿にまみれて死ぬことなのだ」といった認識が語られる。一方、本多自身に関しては、転生者たちのような青春の絶頂での死が訪れなかったと言い、「生きることの秘訣」は「詩もなく、至福もなしに！」過ごすことであり、透にも、「決して空怖ろしい詩も至福もゆるしてはいけない。これがあの少年に対する俺の教育方針だ」と認識する。

ここで示されているのは、行動する者は生の絶頂で死ぬことでその生を充実させ、美しい。一方、見者はそうした生の濃厚さとは無縁であり、それゆえ永生が保証されている、という認識である。これは、たとえば『近代能楽集』「卒塔婆小町」の詩人と老婆（小町）と同様である。[*5] 行為者である詩人は禁を犯して小町に「美しい」と告げることで至福のうちに死に、認識者である小町（老婆）は百年ごとに出現する男に賛美の言葉を言わせることを自らの生の養分として、残る退屈な年月を生き続ける。絶頂期に濃密で短い生を閉じた転生者たちへの哀惜と憧憬と嫉妬と、己が彼らのような生を送らなかったことへの安堵と一抹の寂寥と、その末に、本多が透にほどこした教育とは結局のところ、「〔名誉だの、権力だの、金銭だの、〕」といった世俗的な価値を収穫する平凡な人生を送るための処世術であった。

その一例が、洋食のマナーである。本多が透に教え込んだのは、『育ちがいい』階級のハビトゥスであった。清顕が父に教え込まれて洋食の作法を身体化させていったように、透も、本多に注意されるままに、「素直に言いつけに従ひ、できないところ〔を〕〈は〉何度でもやり直した」。面従腹背で、透は、洋食の作法を身体化させ、本多のいわゆる「常識」を学び、「従順な身体」（フーコー）を作り上げていく。

> 何といふ完璧な反応だ、と本多は考へた。年齢相応の凡庸な心のときめきを、（こんな不意の局面であつたのに）、透はほとんど詩的にやつてのけた。本多はすんでの〔ところ〕〈こと〉で、それらすべてが、本多の望むやうに透が反応してゐるにすぎないといふことを忘れてしまふところだつた。
>
> それは複雑で綜合的な作〔用〕〈業〉だつた。微妙な照〔く〕〈れ〉かくしの乱暴さまで加味されて、本多の自意識自体がつかのま少年〈の役〉を演じたかのやうだつた。（21:137ウ::516-10）

そうした「教育」の結果、透は、「本多の自意識自体がつかのま少年〈の役〉を演じたかのやう」に、「完璧な反応」を示すに至る。両親を早くに亡くし、「孤独癖」があって、図書館の本だけを頼りに「百科辞典的知識の集積」をし、無手勝流な感性であった透に、本多は自らの保持する文化資本を注ぎ込み、習慣化・身体化させていったのだ。本多に訓練を施された身体（外面の演技）と自意識と、透は自らの身体を二つに分裂させることになる。

三　透と絹江

「自分がまるごとこの世には属してゐない」、「この世には半身しか属してゐない。あとの半身は、あの幽暗な、濃藍の領域に属してゐた」（三）と確信してゐた透は、本多の教育の意味を理解し、順応していた。「ただ自分はこの世の法律に縛られてゐるふりをしてゐれば、それで十分だ。天使を縛る法律がどこの国にあるだらう。／だから人生はふしぎに容易だつた」（傍点ママ）（三）。透は処世術として、自分の身体を二つに分裂させて生きていく。まだ本多家に入る前に、絹江の「妄想」につきあって、「純粋で美しいものは、〈そもそも〉人間の敵なのだ」と言い、「純粋な美しいものを滅ぼさうと、虎視眈々と狙つてゐる」「奴ら」に対しては、「喜んで踏絵を踏む覚悟がなければならない」、その上で力を蓄えて敵の弱点を握って反撃に出るのだと語っていた（一三）。対して絹江は、次のように応じる。

「わかつたわ、透さん。私、なんでもあなたの言ふなりになる。その代りしつかり私を支へてね。〔私は〕美しさの毒でいつも〔足が〕私の足はふらふらしてゐるんだから。あなたと私とが手をつなげば、人間のあらゆる醜い欲望を根絶し、うまく行けば〔人間を清掃〕〈全人類を〉〈すつかり晒して漂白〉してしまへるかもしれなくつてよ。さうなつたときは、この地上が天国になり、私も何ものにも脅えないで、生きてゆくことができるんだわね」（13:86ウ::459-5）

透は「自分より五つも年上のこの醜い狂女に、同じ異類の同胞愛のやうなものを感じてゐた」（三）とも述べられており、自分たちを「人間」とは違う「純粋で美しいもの」だとする認識からは、選民意識というよりは、強烈な「異類」意識が見てとれる。「人間」よりも上位にある「異類」として、「人間」を矯正しようというのである。手入れ前稿の「人間を清掃」ではホロコーストのような優生学的粛清のイメージであったが、[*6]「全人類を」「すつかり晒して漂白」してしまえるという最終稿では、人類とは異なった自分たちが高みから人類を矯正するイメージとなっている。透は、自分を「それ自体が意識をもった水素爆弾かもしれない」（『天人五衰』三）とすら考えていたのだ。

こうした対話に見られる異類意識は、冷戦下、核戦争勃発の危機感を背景とした昭和三七年の『美しい星』を先駆テクストと見なせよう。[*7]『美しい星』は、空飛ぶ円盤を目撃して自分たちを宇宙人だと認識する二組の登場人物たちが、地球人類を鳥瞰した政治的大論争を繰り広げる物語である。ＳＦ的な素材でとまどいを感じた読者も多かったようだが、作者自身が「これは、宇宙人と自分を信じた人間の物語りであつて、人間の形をした宇宙人の物語りではない」と解説していた。[*8]『美しい星』の「宇宙人」は、ありふれた人間が強固な観念をもつことによって得た精神的産物であった。二組の「宇宙人」とも心理的な抑圧や現実不適応をもち、社会からの疎外感が強い状況下で、彼らは「宇宙人」としての啓示を得る。つまり、自分たちを疎外する「人間」ではなく、異世界からの来往者だというアイデンティティは、彼らがこの世界から拒まれてきたことを合理化し、と同時に、自分たちが「人間」の命運を握っている（「地球救済」／「地球絶滅」）と、逆転した力関係を自認するのだ。

『天人五衰』の透も、貧困の中で育ち、「〔ＩＱ百五二〕ＩＱ百〔四十五〕〈五十九〉」(16:113ウ::488-3)の明晰な頭脳でありながら進学の機会に恵まれず就職した。むろん、「透の樹皮は生れながらにして硬かつた」(三)と、貧しさのコンプレックスゆえではないことの注記はあるものの、「ともあれ透は、選ばれた者で、絶対に他人とちがつてをり、この孤児は、どんな悪をも犯すことのできる自分の無垢を確信してゐた」(三)と、ことさらに「孤児」であることを指摘する語りからは、透の異類意識が形成された外的要因も伺える。そして、透の異類意識を助長させたのが、「狂女」絹江との関係であった。

また、『美しい星』の論争部分について、三島は「ただの人間にすぎぬものが、人間の手にあまる問題を扱ふことの、一種のトラジ・コミックの味を私はねらつた」とも述べていた。『豊饒の海』全体を見渡しても、絹江の登場場面は幕間狂言のような諧謔味があって貴重である。「さうだわ。この世の醜さを、人間の本当の姿の救はれないみじめさを、自分に向けられる男性の目をとほして、詳しく知つてゐるのは美〔しい〕女だけなんだわ。〈(絹江はその美女といふ言葉を、口にいつぱい唾を溜めて吹きつけるやうに発音した。)〉」(3:18オ::384-16)と、挿入文により絹江の「美女」のイメージへの拘泥ぶりを強調してコミカルに演出している。「自分を美しいと信じてゐる狂女」、「どうして私は美しく生れたんだらうといふ悲しみのをかしさ」という「創作ノート」(全集14巻840頁)の構想の実現である。

「狂女」の設定は、プランニングの最も早い段階から「天人五衰」創作ノートに現れていた。当初は黒子を持った人物群の一人とされ、数度の改変によって黒子を持つ人物が変遷した後も、「狂女」の設定だけは消えなかった。透の原型よりも、「狂女」の設定の方が早かったことは、絹江が『天人五衰』のストーリーの核の一つだったことを伺わせる。また、直筆原稿からは、「絹江」の命名にも曲折があったことがわかる。全集381頁から383頁まで「勝江」の名前で物語が展開し、一カ所だけ「玉江」に修正されたあと、最終的に「絹江」に落ち着く。修正なしに「絹江」で物語が展開するのは、原稿用紙五枚以上書かれた後である。バスの中でハンサムな青年から性的いたずらをされた話を所得顔に語る狂女を「勝江」の名で書き進める途次で名前に違和感を感じ、狂女の登場場面に戻って、「玉江」、「絹江」と試行して、「絹江」に落ち着いた。「万人が見て感〔ず〕〈じ〉る醜さ」(3:15ウ::382-2)の「狂女」に、美しくたおやかな「絹」の名を与えるアイロニーがあろう。

絹江は狂気によつて、あれほど自分を苦しめてゐた鏡を破壊して、鏡のない世界へ躍り出すことができた。この世の現実は、見たいものだけを見、見たくないもの〔だけ〕〈は〉見ないです〔む〕〈ます〉といふ、〔操〕選択可能の、プラスチックなものになり、ふつうの人なら放れ業に類する生き方、しかもいつかは復讐を受けるに決つてゐる生き方が、何らの危険を伴はずに、やすやすと可能になつたのだつた。〔自意〕古い玩具の自意識を五味箱に捨ててしまつてからは、精巧無比の、第二の、仮構の自意識を造り出して、人工心臓のやうに、それを自分の内部にきちんととりつけて、作動させることができるやうになつた。この世界はもはや金剛不壊で、誰も犯すことはできなかつた。さういふ世界を築いた時、絹江は完全に幸福に、絹江流にいへば、完璧に不幸になつたのである。

おそらく絹江の発狂のきつかけは、失恋させた男が彼女の醜い顔を露骨に嘲つたことにあるのであらう。その刹那に、絹江は自分の生きる道を、その唯一の隘路の光明を認めたのであつた。自分の顔が変らなければ、世界のはうを変貌させれば〈それで〉すむ。誰もその秘密を知らぬ美容整形の自己手術を施し、魂を裏返しにしさへすれば、かくも醜い灰色の牡蠣殻の内側から、燦然たる真珠母があらはれるのだつた。

〔絹江にとつて「見る」といふことはどういふことだつたらう。それを思ふと透は、自分〕（3:19ォ:385-14）

絹江は失恋によって精神を病み、自分を「絶世の美人」と思い込むようになった。アンソニー・ギデンズは、「正常な外観」という身体は「自己アイデンティティ」と密接に結びついていること、近代社会においては身体を変形させ完成させようとする文化的圧力が存在することを指摘している。*9 絹江は、自己の醜貌によって失恋したと思い、現在の社会の基準では「醜い」とされる顔を持つ「現実」を改変しようとした。その改変は、美容整形やダイエット、化粧によって現実の身体を加工するのではなく、「狂気」によって虚構の美しい身体を想像することによって、すなわち新たな「現実」を捏造し信じることによってなされた。現実に指一本ふれることなく、「この世の現実」は、「プラスチックなもの」（思い通りに加工できる、人工的なもの）になってしまったのだ。松永慶子が「度重なる整形美容に涸〔化〕〈渇〉した面のやうな顔」（27:217ォ:601-11）になってしまったように、人工的に加工した身体は加齢とともにうつろわざるをえないが、絹江の美は決して変わることはない。こうした「狂気」による「現実」の改変、新たなバーチャルな「現実」の創生によって、絹江は理想の外観をもつ身体を入手し、アイデンティティを安定させた。

絹江の「第二の、仮構の自意識」を作る自我のありようを、森孝雅は、そうした狂気による退路のあり方は、聡子の「落飾」と同様だと言う。[*10]「宗教も狂気も、世界を外部から仮構するのでなく、心の内部を逆転することによって世界を一変せしめるという点で、共通した方法論を持つ」からだというのである。同時に、心の内部の逆転による世界の改変という点では、実は本多や透の認識法も同様なのではないか。直筆原稿では、「絹江にとつて「見る」といふことはどういふことだつたらう。それを思ふと透は、自分」の部分が削除される。ここで新しい原稿用紙に移って削除部分の続きは残されておらず、透が絹江の「「見る」といふこと」と自己のそれにどのような意味づけをしようとしていたのかは不明だが、世界を反転させる秘密を絹江の狂気に見ていたことは間違いないだろう。

透が本多の養子になって東京に住まうようになっても、透の方から手紙を書いて絹江との交流を継続しており、透にとって絹江は一時的な慰みではなく、生存するに必須な存在だった。「天人五衰」創作ノートの一冊目にあった、狂女が「悪魔のやうな少年」に性的に弄ばれるような設定は現行テクストでは全く廃棄され、透と絹江とは相互に必要とし合う。透にとっては、「自分の過度の明晰を慰めるには、他人の狂気が必要だつた」（二〇）からであり、「ひそかに人を傷つけ〔たい〕ずにはやまぬといふ衝動」（20:133ォ::510-12）も絹江の存在に「安らぎ」を覚えていた。「絹江の手紙が安息の場所」になったのは、「絹江こそ、その狂気によつて、決して透が傷つけることのできない世界に住んでゐるのを、透はよく知つてゐたから」だとされる（二〇）。他者を傷つけたいとたえず緊張する透にとって、絹江は、唯一傷つけることなく安心して身を委ねることのできる聖母のような存在だった。

「私、とても感謝してる。この世で私から何も求めないで、私の望みを叶へてくれるやさしい男性つて、あなただけなんだもの。それにここへ来てから、〔私どこへも出ない〕あなたに毎日会へるから、どこへも出なくていいし、ただ、あなたのお〔義父《とう》〕〈養父《とう》〉さんさへゐなければね」

「安心しろよ。もうぢ（原稿は「じ」）きくたばるよ。

〔「警察の人に恥かしいけど、〈お養父《とう》さんのこと、〉あれだけ細かく話したでしょ。でも信じてくれないんだもの」

「やつらは信じたよ。ただ君をからかつたんだらう。君が美しすぎるから、やつらだつて男だしね」

「警察の人にも欲望があるの？」

「そりやさうさ。しかし、」九月の件は万事片附いたし、その後はすべて巧く行つてるよ。来年になつたら、君にダイヤの指輪も買つてあげられるだらう」（26:195ウ::577-17）

本多が夜の公園で覗きにより逮捕された醜聞事件のあとの透と絹江の会話は、原稿用紙にしておよそ七行分が削除された。絹江は、おそらく同居人として本多について警察に事情を訊かれ、本多が自分に性的な関心をもっているといったストーリーを話し、一笑に付されたのであろう。しかし、透だけは、すべての男が自分に関心を持っているという絹江の妄想を、決して否定することはない。『近代能楽集』「班女」において、実子が狂女・花子を決して現実に触れさせないようにして、彼女の幻想を慈しみ育んだように。「人間」社会の「現実」の中で、それぞれの方法で現実を改変して生き抜くために、二人の「異類」は相互に必要とし合っているのである。

四 「蝶」のゆくえ

本多が覗き事件で力を失い、透は目論見通りに本多家の実権を握る。彼は、「もう海を見なくてよい。船を待たなくてよい」(二一六)。起床すると「自分の支配する世界の秩序の具合をしらべる」。「悪は詩のすがたで透明に人々の頭上をおほうてゐるか? 〔宇宙的な無機感がこの地上に瀰〔漫し、〕漫すれば、世界は天才の白い手袋の下に服する〕「人間的なもの」は注意ぶかく排除されてゐるか?・」(26:191オ::573-9)と点検する。「宇宙的な無機感」「地上」「天才」といった部分は、絹江との会話であれば許容される表現だが、透の自意識の内側だけでは大仰だと判断されたのか、単に「人間的なもの」の排除に代替させられるが、透が自らを悪を司る絶対者だと認識していることに変わりはない。

自分の僥幸の理由を「「選ばれた者」のしるし」である黒子を持つことに帰し、自らが入手した世界に自足していた透だが、クリスマスを前に慶子に呼ばれ、慶子の暴露した転生譚のために自殺を試み、未遂に終わり失明する。世界を握っていると自認していた透が、慶子の話に衝撃を受け、自殺を企図した理由について、「〈正真正銘の〉「天使殺し」」(27:220ゥ::605-16)とされる慶子は、「自尊心だけは人一倍強い子だから、自分が天才だといふことを証明するために死んだんでせう」(二八)と話す。透の自殺が家庭教師・古沢の話した「猫と鼠」の挿話の実践であり、自己の存在証明のためであることは、諸氏によって指摘済みである。[*11] ただ、「悪」を志向していた透が、慶子の語った「黒子」を持つ人物の転生物語に同化し、それに殉じようとするのは、あまりにももろすぎて不思議にも感じられる。

透は本多の養子になったあとで手記を書いていた。創作ノートでは、黒子を持つ人物たちの三つの手記を並べるといった構想が当初から見られ、透の手記はその名残としての側面もあろう。本書I—1で論じたように、全知の語り手が物語世界外から語るのが、『豊饒の海』の世界の基本であり、『神風連史話』の挿入のような例外はあるものの、一貫して語り手が認識者・本多と転生者たちによりそいながら、彼らの行為と思弁を叙述してきた。ところが、透の手記は、語り手を介させることなく、透が直接自分の内面を表出しており、強大な『豊饒の海』の語りのなかでも例外的なパートである。三島に残された時間が迫るなかで、『天人五衰』は、「新潮」連載の最終回より一回前、昭和四五年一二月号のほとんどが透の手記に充てられる。手記の多くは汀を使って百子を陥れる計画の遂行の記述に費やされるが、中に彼の自意識や心にきざす「悪」が書き留められている箇所もある。

世界のすべてが僕の死を望むだらう。同時にわれがちに、僕の死を妨げようと手をさしのべるだらう。

僕の純粋はやがて水平線をこえ、不可視の領域へさまよひ込むだらう。僕〔□〕は人の耐へえぬ苦痛の果てに、自ら神となることを望むだらう。何といふ苦痛！　この世に何もないといふことの、絶対の静けさの苦痛を僕は味はひつくすだらう。病気の犬のやうに、ひとりで、体を慄はせて、片隅にうづくまつて、僕は耐へるだらう。陽気な人間たちは、僕の苦痛のまはりで、たのしげに歌ふだらう。

〔僕をおとしめようとしてゐる軍団は、何十億の〈蒼ざめた〉兵士から成立つてゐるだらう。眼鏡をかけた、青白く太つた、蛆虫のやうな知性の兵士たち。

僕は二六時中、歯を喰ひしばつて耐へねばならぬだらう。自ら神となる日までは。〕

僕〔は〕〈を〉癒す薬はこの世になく、僕を収容する病院は地上にはないだらう。僕が邪悪であつたといふことは、結局人間の歴史の一個所に、〈小さな〉金色〔□〕の文字で誌されるだらう。

(24:169オ::549-12)

「苦痛」の果てに「神」たらんとする欲望が表出されており、キリスト像や殉教者を多く描いたマンテーニャに透が惹かれた感覚が窺える。削除されてはいるが、「何十億の」「蛆虫のやうな知性の兵士たち」によっておとしめられ、神になる日まで耐えねばならないという自己認識は、本多のような知的エリートによって形成されている世間の強さに囲繞されている喩であろう。引用の前には、「僕の目には人生の未来が細目までくつきりと映る」と述べており、『仮面の告白』や『邯鄲』のように、事象が起きる前から人生の全てが既知であるような感覚が示される。また、この予言書たる手記には、「僕の人生では何事も成就するまいといふ予感にとらはれる」とか、「この世で僕が夢みたものは何一つ手に入るまい」といった、今後の透の生についての悲観的な観測も記述されており、滅亡が待ち受けているという運命論的な自己認識が透の中核にはある。「不可視の領域」に入っていき、「この世に何もないといふことの、絶対の静けさの苦痛」を味わうといった認識は、神たらんとして転生の物語に殉じて、盲目になる透の姿を予言しているだろう。透が「正真正銘の天使殺し」たる慶子から転生物語を聞いて、おとなしく物語に殉じようとしたのは、清顕―勲に連なる受苦の連鎖の運命が先取りして感得されていたからにほかならない。

ひとしきり手記の中で散文詩的に透の内面を見せたあと、語り手は透に自らの手記を海中に投じさせる。このあと、『天人五衰』は最終回を迎え、本多の転落、慶子の暴露、透と絹江の結婚と絹江の妊娠（子どもが生れなかった物語世界へ、新たな生命が胚胎）、本多の癌の告知、月修寺訪問による聡子との対面、と物語は一挙にカタストロフに向かう。

物語を豊饒にするために一時的に透の手記に物語行為の場を譲りはしたものの、四巻にわたる物語の主筋に決着をつけるべく、再び物語る力を回復したのだ。対して、透は清顕の夢日記を焼く。その理由を、透は、「僕は夢を見たことがなかつたからです」と話した（二一八）。自ら手記を投棄させられた報復のように、透はすべての転生の原点である夢日記を焼き、これ以上本多が見続けた転生の物語が続くことを妨げる。物語の語りの場をめぐる壮絶な権力闘争であるが、もちろん勝敗の行く末は最初から見えている。

『天人五衰』最終回、本多は奈良の月修寺に向かう前日、透と絹江の離れを訪ねる。読者の前に透が姿を見せる最終場面である。視力を失った透には天人五衰の相が表れており、黒眼鏡をかけて感情を絹江以外に見せることはない。

　透の目が外界を映さなくなつた代りに、もはやその失はれた視力と自意識に何の関はりもない外景は、緻密に黒い〔硝〕レンズの表てを埋めるやうになつた。本多はそれをのぞいてみて、そこに本多の顔と、背景をなす小さな庭としか映つてゐないのをむしろふしぎに思つた。〔もし透の内面が不可知のものになつたのなら、〕かつての通信所で透が日もすがら眺めてゐた海や船や、その華美な煙突《ファンネル》マークの数々が、もともと透の自意識〔と何の関はりの〕と密接〔□〕〈な〉関はりのある幻であつたなら、黒眼鏡の内、時折白い瞼の身動ぎする盲目の目のうちに、それらの映像〔は〕〈が〉永久に閉ぢ込められ〔て〕〈たとして〉も〔□〕不審はない。〈本多にとつても諸人にとつても〉透の内面が永久に不可知のものになつたのなら、〔□□のも同様に、〕海も船も煙突《ファンネル》マークも〈同様に〉不可知の世界へ幽閉されたとしても奇妙ではない。

しかしもし海や船が、透の内面と関はりのない外界に属してゐたなら、むしろ歴々と、その黒眼鏡のレンズの上に、精緻な微細画になつてあらはれてゐるべきだつた。さうでないなら、透は外面世界を暗い内界へ悉く併呑してしまつたのではなからうか。〈……本多がさう思ふうちに、偶々一羽の白い蝶が、丸い黒い硝子絵の庭をよぎつて飛んだ。〉(28:240ｦ::628-8)

本多はもはや不可知になった透の内面を知ろうと黒眼鏡を覗き込むが、そこには「本多の顔と、背景をなす小さな庭としか映つてゐない」。『豊饒の海』末尾の月修寺の庭と、透の黒眼鏡に映る庭とは、対照的である。空無の庭と、本多の顔と背景だけが映る庭。黒眼鏡の上に、やはり本多は自己が作った世界だけを見ている。この「黒眼鏡」は、「記憶」を「幻の眼鏡のやうなもの」だと説く聡子門跡の最後の言葉とも響き合っているだろう。

挿入された最後の一文には、透の黒眼鏡の内に、一羽の白い蝶が庭をよぎって飛ぶ姿が描かれている。三島は、青年時代の旅行記『アポロの杯』において、リオで「夢の中の記憶も現実の記憶と等質のものでしかないこと」と考え、「荘子の胡蝶の譬や、謡曲邯鄲の主題」を想起したことを記述していた。あるいは、透の黒眼鏡に映った蝶は、荘子の胡蝶、透自身なのかもしれない。目という透の全てであった理性的な装置を失い、透は絹江と二人きりの世界に自閉する。「不可視の領域」のなかで、これまで夢を見たことのなかった少年が、いま初めて夢を見ているのではないか。透の黒眼鏡の外の庭をよぎる蝶の姿は、もはや本多と読者には知る術もない、レンズの内側の新たな夢の世界・転生の物語の胚胎をほのめかせていよう。

このあと、物語の主筋は、四巻を支え続けた認識者・本多と聡子門跡の対峙、さらに月修寺の空無の庭へと続いていくが、透の黒眼鏡の「丸い黒い硝子絵の庭」では、また別の、もう一つの物語世界が展開しているのかもしれない。

注

＊1　三島由紀夫文学館・第三回レイクサロン「セバスチャンから浮世絵まで──三島由紀夫の愛した美術」宮下規久朗・佐藤秀明・井上隆史、二〇〇六年一一月五日、於・徳富蘇峰館。http://www.mishimayukio.jp/lakesalon.html

＊2　最終稿ではいずれも削除されているが、手入れ前稿では、透は家庭教師の古沢について、「古沢は三人の家庭教師の中では一番気に入つてゐる青年ではあつたが、別に愛してはゐなかつた。」と内面吐露する文章が二ヶ所に書き込まれていた（全集14巻504頁、11行目と14行目）。透の原型が男女両性を愛するという設定の名残かもしれない。

＊3　透は、絹江や汀など、年上の女性と関係をもつが、清顕（聡子）─勲（槙子）─ジン・ジャン（慶子）と、転生者の系譜がいずれも年上の女性を思慕している。亡くなった母親に対する透の意識は全く不明であるが、選民意識の強い彼が、キリストの死とそれを悼むマリアを描いた絵を見ていたことは興味深い。

＊4　養子縁組のために、本多が透を調べさせた興信所の調査書には、「（二）趣味嗜好／　趣味と云つては何もなく、休日には〈図書館に行つたり、〉映画を見に出かけたり、清水港に船の見物に行つたりするが、やや孤独癖があつて、遊びに出かけるときも単身が多いやうである。」（16:114ォ::488-12）、「（へ）思想と交友関係」

には、「読書歴は年少にも拘はらずすこぶる豊富で、読書傾向も〔□□〕〈多〉方面に〔及んで〕〈亘つて〉ゐるが、蔵書は〈殆ど〉なく、熱心に図書館に通ひ、非凡な記憶力によつて内容をマスターして来たやうである。左右の過激な思想書を耽読した形跡はなく、むしろ〔□〕百科辞典的知識の集積を意図してゐるもののごとくである。」（16:114ウ::489-3）と書かれている。

*5　拙稿「三島由紀夫「卒塔婆小町」論―詩劇の試み」『近代文学試論』二三、一九八五年一二月

*6　「天人五衰」創作ノート一冊目には、透の原型に関する構想中に、「革命は必要か？　ファシズムの魅惑」（全集14巻845頁）の記述がある。

*7　拙稿「三島由紀夫『美しい星』論―二重透視の美学」（『金城学院大学論集』国文学編三三、一九九一年三月）。なお、石原慎太郎は、『豊饒の海』を三島が過去の自分の作品を安易に「自己模倣」していると批判する（石原慎太郎・福田和也・坂本忠雄「三島由紀夫「豊饒の海」―絢爛たる美の逆説」、坂本忠雄編『文学の器』扶桑社、二〇〇九年）。「天人五衰」創作ノートにも、構想段階で『獣の戯れ』『鏡子の家』『沈める滝』などの自作のタイトルが掲げられているし、本節でも『美しい星』『近代能楽集』との連関を指摘している。「天人五衰」執筆に十分な時間がかけられなかったことは確かではあるが、自作をそのまま取り込むのではなく十分に変奏されており、作品群の集大成を目指していたととるべきだろう。

*8　「空飛ぶ円盤の観測に失敗して―私の本『美しい星』」昭和三九年　月

*9　『モダニティと自己アイデンティティ』（秋吉・安藤・筒井訳、ハーベスト社、二〇〇五年＝原著は一九九一年）

*10　「『豊饒の海』あるいは夢の折り返し点」『群像』一九九〇年六月

*11　「創作ノート」でも、「黒子はニセモノ（何故？）　少年心を傷つけられる／本物にするにはどうしたらい

い？　自殺するのだ。自分を本物にするために自殺する？　少年この命題に熱中する」と書かれていた（全集14巻846頁）。

3 『天人五衰』の結末へ

一

本節では結末部分の原稿にいたる過程を見ていく。『天人五衰』の結末部分は、すなわち『豊饒の海』四巻の大尾でもあり、六十年間にわたる見者・本多が、月修寺門跡・聡子の不思議なことばによって、「記憶もなければ何もない」庭に連れ出されて終了する。これまで解釈が百出した場面であった。この部分が三島の原稿ではどのように書かれていたのか。『天人五衰』の最終回の原稿（第二六〜三〇章）を、三島は自決当日に『新潮』編集者へ渡るよう手配しており、校正ゲラなど原稿以降の過程に三島が手を入れることは不可能であった。直筆原稿に、生前の三島の最終的な推敲の跡がすべて残されていることになる。

さて、『天人五衰』の結末部で、本多の見てきた転生の始源であった松枝清顕の存在を否定するのは、月修寺門跡となった綾倉聡子であるが、彼女は、『豊饒の海』第一巻『春の雪』の末尾から『天人五衰』末尾まで六十年ものあいだ、テクストの中に登場してこない。もちろんその間も聡子は奈良の月修寺において生き続けていたのだが、読者には聡子に関する断片的な情報がかすかに与えられるのみで、大尾にいたるまでテクストの表層に浮かばせられなかった。このように聡子が三巻にわたって徹底して空白に置かれ、沈黙させられていた意味については、既に本書のⅠ―1とⅢ―3で、本多とテクストの語りに即しながら論じた。

第四巻『天人五衰』に関しても、当初の構想では、聡子の登場はもっと早かったことが、創作ノートによって知られる。この部分に関しては、自決直後に抄録された「『豊饒の海』ノート」には掲載されておらず、『決定版三島由紀夫全集』第一四巻の刊行によって初めて明らかになったので、少したどっておこう。なお、以下の創作ノートの引用後の（　頁）は、『決定版全集』第一四巻のページ数である。

「「天人五衰」創作ノート」一冊目は、第四巻の構想が記されたノートである。冒頭では、老人となった本多が「左脇に三つの黒子のある人で二十歳以下の男女　百万円進呈する。（〆切十日間）」という新聞広告を出し、「インチキの黒子」も含めて大ぜいの男女が現われ、「本多、わけわからなくなる。千何百万浪費」、といった構想に続いて、

◎聡子から手紙来る。――何を探してをられる?（※（囲み罫、朱書））（835頁）

との記述がある。本多が、清顕―勲―ジン・ジャンに連なる転生者を大がかりに探索している騒動を聞きつけて、聡子から本多に「何を探してをられる?」という消息が出されるわけである。創作ノー

トに記された着想の多くは消えていくが、聡子から本多に宛てた手紙というプランは、ノートの最後まで残存する。

また、構想の早い段階では、第四巻の冒頭で本多は聡子と面会し、その後病気になって黒子の人物たちの手記を読むというプランが考えられていた（841頁）。

これを具体化したものが、「△第四巻——月蝕」のタイトルのあるプランである（841頁）。

△第四巻——月蝕

第一章　本多の病気　不治の宣告。（何の病気？）〔「本多の病気　不治の宣告。（何の病気？）」抹消〕

——→本多の帯解訪問、（アトにしたたし、最後が効果的）

第二章　本多の病気

第三章　第一の物語

第四章　第二の物語（狂女の一人称でハ「美しくない」といふ設定が生きぬ）

第五章　第三の物語

第六章　本多の臨終——若い電工の死。最終テーマ。

第四巻冒頭で、本多が聡子のいる奈良・帯解を訪問するといったん書かれたあと、「（アトにしたたし、最後が効果的）」と注記される。そして、次のプランでは、三つの手記のあとに、「⑥聡子訪問（発病前の思ひ出）――全篇の主題の展開／⑦臨終――電工の死→本多の死」となる（842頁）。聡子は、第一巻「春の雪」の結末部分以降、姿を見せなかった。その第一巻の主人公の恋人たる女性を、最終巻でどのように登場させるのか。「（アトにしたし、最後が効果的）」という注記は、ライフワークたる『豊饒の海』最終巻において、「聡子」という切り札をいかに「効果的」に登場させるのか、三島の模索のあとを示している。

このように奈良に聡子を訪問することが、物語の結末近く、本多の臨終前に設定され直されてもなお、聡子からの手紙のモチーフは残存する。「天人五衰」ノート一冊目の最後に置かれた「《第四巻に本多を出さぬ **Plan**》」（845頁）では、それまでの三人の黒子の人物の手記という設定は捨てられ、「悪魔のやうな少年が主人公――十七歳」である。

◎本多と会ふ、――→黒子を介して（プールで？　ボディ・ビルのジムで？）
本多、これと附合ふ。明晰な目、認識、見者としての共鳴。（聡子の手紙――何を探してをられる）
（略）
少年、つひに自殺未遂。平凡人になる。代りに本多体をかしくなる。
←

△昭48　聡子との会見。

←

△昭48　本多の病床。老人病の研究　若い電工の黒子。夏の日のかゞやき。
本多の死。――アラヤ識の象徴。――→解脱。（昭48）

全集解題によれば、この記述の直後に三島の楯の会の体験入隊の記事（三月一日から四日まで）があるので、このプランが書かれたのは、昭和四五年二月下旬か三月上旬ごろだと思われる。現行の安永透の性格や役割はほぼ固まり、本多と聡子との会見も、追想としてではなく、本多の死の前におかれるなど、定稿に近いプランと改められてもなお、「何を探してをられる」という「聡子の手紙」は、依然として物語序盤におかれる。この部分は朱書されており、聡子からの手紙が、ある時期まで三島の構想のなかで重大な位置を占めていたことが窺われる。

このように、聡子から本多に宛てた手紙は、執筆前の創作ノートの複数のプランで常に踏襲されていったが、現行テクストに書かれることはなかった。

どこかいいお寺〔へ行〕〈を〉一緒に〔行き〕〈訪れ〉たい、と慶子がしきりに言ふので、本多はうつかり、それでは月修寺へ行かうかと口〔に〕〈まで〉出かかつて、差控へた。そこは決して慶子を伴〔つて〕〈つたりして面白半分に〉訪れるべき寺ではなかつた。

本多はあれから五十六年間、ただの一度も月修寺を訪れず、〔聡〕まだ壮健だときこえてゐる門跡の〔聡〕〈聡〉子と、ただの一度も文通をしたことがないのである。戦争中も戦後も、何度か〔□（聡）〕聡子のところへ行つて久闊を叙したい気持〔が〕にかられたことがあつたが、そのたびに引留める〔気持〕〈心〉も強く働らき、ついに無音のままに打ち過ぎた。

しかしゆめ月修寺を忘れたといふのではなかつた。無沙汰が重なるにつれて、心の中で月修寺がいよいよ尊貴な重味を増して、よほどのことがなくては聡子の住む寂静の境を犯してはならない、聡子に今さら古い思ひ出の縁で近づいてはならない、といふ自戒が募り、年を経れば経るほどに、聡子の老いた姿を見るのが怖ろしくなつたのである。（7:45ゥ::414-15）

実際に書き始めると、創作ノートでたてられた計画は「一旦御破算」（「わが創作方法」）になる。原稿では、本多は、五十六年間、「ただの一度も月修寺を訪れず、〔聡〕まだ壮健だときこえてゐる門跡の〔聡〕〈聡〉子と、ただの一度も文通をしたことがない」設定へと変更された。この変更は、帯解訪問を「（アトにしたたし、最後が効果的）」と最終場面まで遅延させたのと同じ事情によるのだろう。原稿では「聡子」の「聡」の文字が何度も削除・加筆され、彼女の名前を一文のどの位置に置くか試行されている。聡子を物語と思想展開の切り札としていかに「効果的」に使うか思索した結果、前もって聡子と接触させるのではなく、しかも聡子の側から本多に接触させるのではなく、本多と聡子との接触は、ただ一度だけに限定され、物語の結末まで遅延させられた。書簡のもつ伏線としての効果を捨て、むしろ「無沙汰が重なるにつれ月修寺がいよいよ尊貴な重味を増す」という形で、聡子を登場させない。まさに満を持すように結末部分まで聡子の登場は遅延させられ、その間、テクストの大きな空白となって、周縁部に位置することになる。「ただの一度も文通をしたことがない」という定稿箇所は、本文自体としては大きな意味をもたないが、数次にわたる構想のなかで踏襲されつづけてきた「聡子の手紙」の痕跡が垣間見える箇所なのである。

二

『天人五衰』最終回の原稿が編集者の手に渡ったのは三島由紀夫自決当日（昭和四五年一一月二五日）の午前だが、実際には、ずっと早く、同年の夏には完成していたことが、今日では広く知られている。現在のところ最も精度の高い『決定版三島由紀夫全集』四二巻の年譜（佐藤秀明・井上隆史編）を摘記して、経緯を簡単に振り返っておきたい。

5月31日　この頃、「豊饒の海」第四巻のタイトルを「天人五衰」に決める。
7月　「天人五衰（豊饒の海　第四巻）」を「新潮」に連載開始。
7月6日　川端康成宛封書（「天人五衰」結末の成案を得たので、結末を先に書き溜めること。）

7月20日 「天人五衰」第3回（「新潮」9月号掲載分の八〜十二章）の原稿を新潮社に渡した後、京都に向かう。
7月22日 宿泊先の都ホテルを出発し、円照寺を取材。
8月1日 例年通り家族とともに過ごすため下田東急ホテルに行く。20日まで。
8月8日 下田東急ホテルを訪れた楯の会会員（阿部勉、倉持清、川戸志津夫ら5名）に、「天人五衰」の結末を書き終えたと言う。
8月11日 ドナルド・キーンが下田東急ホテルを訪ね、同ホテルに滞在。（略）三島は「天人五衰」の結末部分の原稿をキーンに示すが、キーンは遠慮して読まなかった。
11月24日 新潮社の小島喜久江に、明朝10時半に「天人五衰」の原稿を取りにくるよう電話。25日10時半過ぎに三島宅を訪れた小島は、お手伝いの須山文江から原稿を受け取り、新潮社に着いて原稿を広げると、最後の頁に「『豊饒の海』完。昭和四十五年十一月二十五日」と記されていた。

この間、三島は、五月中旬に、楯の会と自衛隊がともに武装蜂起して国会に入り、憲法改正を訴えるといった構想を語っていたが、六月一三日に自衛隊は期待できないから自分たちだけで実行すると述べ、七月五日には、三島が小賀の運転する車に日本刀を積んで三十二連隊長室に赴き連隊長を監禁すること、決行は一一月の例会の日とすることを謀議し、現実の「三島事件」に近い計画が立案されつつあった。

現実の決起が具体化していくさなか、年譜にあるように、七月六日付の川端康成宛書簡では、「このところ拙作も最終巻に入り、結末をいろ〳〵思ひ煩らふやうになりましたが、最近成案を得ましたので、いつそ結末だけ、先に書き溜めようかと思つてをります。」と書いている。[*1] そして、同月二二日に、『天人五衰』大尾の舞台・月修寺のモデルである奈良の円照寺を取材。八月に下田で三島と会ったドナルド・キーンが、三島の言動に不安を感じて、「なにか心配事でもあるのなら、私に言ってみませんか?」と訊ねると、三島は目を外らせて何も答えず、「一気に書き上げたという『豊饒の海』の最終章の原稿」をキーンの手に置いた。[*2] キーンは、この原稿を読んでいないので、三島がこの時期に最終回を書き終えていたとして、本当に現行の結末と同じものなのか、末尾に決行の日付が書き加えられた以外に修正された箇所が全くないままに一一月二五日を迎えたのかは不明ではある。だが、月修寺取材の際の創作ノートの記述と最終回の結末が合致するため、少なくとも現行本文に近いものが夏に書き上げられていたことは確かであろう。

表紙に「円照寺〈1970、7、22〉」と朱書きされた「天人五衰」創作ノート三冊目は、京都から奈良・帯解の円照寺に向かう道中や、円照寺の庭の様子などが、文字によって克明にスケッチされており、最終回の最終二九、三〇の二章に反映している。

注目すべきは、創作ノートに記録された三島自身の道程と、作中人物である本多の道程とが全く重なり合うことである。創作ノートには、「7月22日(水)正午発/◬都ホテル―醍醐三宝院―勧進〔「観月」の誤記〕橋―奈良国道〔街道〕の誤記」―奈良市―天理街道―天理の手前で、帯解」と、三島がたどったルートが記されているが、本多も、「京都に宿をとることに決め、都ホテルに一泊して、二十二日の正午にハイヤーを予約した」。車が走り出してすぐに記述される「日傘の女」に始まり、創作ノートにスケッチされたモチーフがことごとく原稿に生かされている。

さらに、創作ノート三冊目の特色は、「風景や環境のスケッチ」と作品の構想とが渾然となって記述されていることである。


夏の虫の声。蟬の声。スイッチョの声。遠い家並。天理街道をとほる車。町から立つ煙。小さく貝殻のやうに光る屋根々々。その下の人間の生活。

帯解の町、あそこで清顕が熱にあへいだ夜があつた　まだあるだらうか。

静けさの中に、事々しい遠い車の音のみ。

事々しさはすべて不要だ。夏草の凶々しい鋭い葉端の光り。暑さと疲労感。

鼻先をよぎる蠅の羽音。腐敗をかぎつけたのではないか。どこまでも平坦な人間界。

清顕の見たものはこれだつたのだ。彼の往つた宿はどこ？（866頁、傍線部は引用者による）

車を降りて、円照寺山門までの道を歩きながら、夏の虫の声や遠い家並みなどの風景がスケッチされていくが、その中に、突然、「清顕」の名前が挿入される。「帯解の町、あそこで清顕が熱にあへい

だ夜があつた　まだあるだらうか」という想念は、老年の本多が月修寺への道すがらいだく思いである。三島は、登場人物の目に映ったり想起したりする事物をノートにとっていくのだ。このノートに記述された部分は、『天人五衰』の「六十年前に清顕が篤い病に呻吟した宿は、あの町の今でも目に残る石畳道の坂際にあつたが、宿がそのままの形で残つてゐることはあるまいから、〔□〕跡を訪ねても詮ないことである。」（30:246ウ::634-9）に反映される。帯解の町を見て清顕の宿を想起する構図は、創作ノートと変わらない。このあとも、薄紫の薊の花を通りすぎ、木蔭の原因を考え、「劫初から」この木蔭で休むことに「決つてゐたのだ」という決定論的な思いにいたるまで、創作ノートが生かされている。創作ノートには、「腰痛む。きつい」とか、「いくつ木影をこえられるか自らにためす」といった記述があるが、現実の円照寺山門への道はなだらかで短く、壮年の三島の腰が痛むような道程ではない。「一本のねむ。青いねむ。午睡のねむ。タイを思ひ出す」といった記述も含めて、この創作ノートの記述は、作家の目による風景のスケッチと、あたかも本多になりかわったかのような感覚とが混在して記録されているのだ。あるいは、風景自体も、本多の知覚を通してスケッチしているとも言えようか。

『豊饒の海』の創作ノートには、『暁の寺』のタイやインド、『天人五衰』の清水など、作品の舞台を訪ねてスケッチをとっている箇所もいくつかあるが、このように、風景のスケッチをとりながら、作品の登場人物になりかわったかのように、その想念が描かれることはなく、スケッチと構想が併記されることはあっても画然と分離されている。『金閣寺』創作ノートなども同様である。*3

「天人五衰」最終場面については、風景をスケッチすることで着想されたわけではなかったという事情が預かっていよう。自らの死に向けた行動が立案されるなかで、作品の結末の「成案」が得られ、その後、その構想を肉づけるために帯解の円照寺に赴いた。間近に迫る死という点で、本多と三島自身は重なり合い、その意識を手がかりに、一方で作家の目で風景がスケッチされ、一方で登場人物の想念を先取りし、演技するかのように、創作ノートが作られていった。三島が創作ノートの公開を予想していたかは不明だが、本多と自身とを重ねて解読してほしいという欲望はあったのではないか。

三

本多が聡子門跡と対面し、夏の庭に連れ出されるまでの部分の直筆原稿がどのような状態なのか、少し長くなるが引用しておきたい。

しかし全く同じ言葉を繰り返す門跡の顔には、いささかの衒ひも韜晦もなく、むしろ童女のやうなあどけない好奇心さへ窺はれて、静かな微笑が〈底に〉絶え間なく流れてゐた。

「その松枝清顕さんといふ方は、どういふお人やした？」

やうやく門跡が、本多の口から清顕について語らせようとしてゐるのだらうと察した本多は、失礼に亘らぬやうに気遣ひながら、多言を贅して、清顕と自分との〔友情〕〈間柄〉やら、清顕の恋やら、その悲しい結末やらについて、一日もゆるがせにせぬ記憶のままに物語つた。

門跡は本多の長話のあひだ、微笑を絶やさずに端座したまま、何度か「ほう」「ほう」と相槌を打つた。途中で一老が運んできた冷たい飲物を、品よく口もとへ運ぶ間も、本多の話を聴き洩らさずにゐるのがわかる。

聴き終つた門跡は、何一つ感慨のない平淡な口調でかう言つた。

「えらう面白いお話やすけど、松枝さんといふ方は、存じませんな。〔本多さんには、なるほどお若いころ、何度かお目にかかつてをりますけれどな。松枝さんには、〈つい〉一度も御縁がなうて。〕その松枝さんのお相手のお方さんは、何やらお人違ひでつしやろ」

「しかし御門跡は、もと綾倉聡子さんと仰言いましたでせう」

と本多は咳き込みながら切実に言つた。

「はい。俗名はさう申しました」

「それなら清顕君を御存知でない筈はありません」

本多は怒りにかられてゐたのである。

〔本多を憶へてゐて松〕清顕を覚えてゐないといふことは、もはや忘却ではなくて、白〔ばくれて〕〈を切つて〉ゐることでなければならない。もちろん門跡のはうに、清顕を知らぬと言ひ張るだけの事情があることは察せられても、俗界の女ならともかく、かりにも高徳の老尼が、白々しい嘘をつくことは、信仰の深みを疑はせるに足りるのみならず、ここまで来ても俗界の偽善にとらはれてゐるとすれば、そもそも信仰に入つたときの回心が怪しまれるのだ。今日の面晤にかけた六十年の本多の夢も、この〔瞬間〕〈刹那〉に裏切られることになるであらう。

門跡は本多の則を超えた追究にも少しもたぢろがなかつた。これほどの暑熱であるのに、紫の被布を涼やかに着て、声も目色も少しも乱れずに、なだらかに美しい声で語つた。

「いいえ、本多さん、私は俗世で受けた恩愛は何一つ忘れはしません。しかし松枝清顕さんといふ方は、お名をきいたこともありません。そんなお方は、もともとあらしやらなかつたのと違ひますか？　何やら本多さんが、あるやうに思うてあらしやつて、実ははじめから、どこにもをら〈れ〉なんだ、といふことではありませんか？　お話をかうして伺つてゐますとな、どうもそのやうに思はれてなりません〔。〕」

「では私とあなたはどうしてお知り合ひになりましたのです？　又、綾倉家と松枝家の系図も残つてをりませう。戸籍もございませう〔。〕」

〔「それはなるほどさういふ方もをられたかもしれません。けれど、名があつたからとて、〕

「俗世の結びつきなら、さういふものでも解けませう。けれど、その清顕といふ方には、本多さん、あなたはほんまにこの世でお会ひにな〔つ〕〈らしやつ〉たのですか？　又、私とあなたも、〈以前〉たしかにこの世でお目にかかつたのかどうか、今はつきりと仰言れますか？」

「たしかに六十年前ここへ上つた記憶がありますから」

「記憶と言うてもな、〈映る筈もない〉遠すぎるものを映しもすれば、それを近いもののやうに見せもすれば、幻の〈眼鏡の〉やうなものやさかいに」

「しかしもし、清顕君がはじめからゐなかつたとすれば」と本多は〔混迷〕雲霧の中をさまよふ心地がして、〔思はず〕今ここで門跡と会つてゐることも半ば夢のやうに思はれてきて、〈あたかも漆の盆の上に吐きかけた息の曇りがみるみる消え去つてゆくやうに〉〈失はれてゆく〉自分を呼びさま〔すために、〕〈さうと〉思はず叫んだ。「それなら、勲もゐなかつたことになる。ジン・ジャンもゐなかつたことになる。……その上、ひよつとしたら、この私ですらも……」

門跡の目ははじめてやや強く本多を見据ゑた。

「それも心々ですさかい」(30:255ウ::644-15)

従来、大きな謎とされてきた部分である。創作ノートでは、「話すみ案内」と、南向きの庭に案内され、「じゆずを繰るやうな蟬の声」(傍線ママ)・「記憶もなし。何もなし」といったモチーフにつづく「何もない南の庭は　夏の日ざかりの日を浴びてしんとしてゐる」「ラストシーン」はほぼ原稿本文と同じものが記述されているものの、聡子と本多の対面に関しては記されていない。三島は既に「成案」を得ており、円照寺へのスケッチ旅行に携行したノートに改めて書き残すまでもなかったのかもしれない。構想にあった「成案」は、創作ノートに試行されることなく、直に原稿化されていった。そのためであろうか、引用部分につづく「夏の庭」の部分は、「　老」の語を「御附弟」に修正した四カ所を除いてほとんど手入れがなされないが、引用箇所には見逃せない訂正が施されている。

六十年ぶりに対面した聡子から、「その松枝清顕さんといふ方は、どういふお人やした？」と思いがけない問を受けた本多は、清顕と聡子の恋を記憶のままに物語る。ところが、聴き終わった門跡は平淡な口調で、「えらう面白いお話やすけど、松枝さんといふ方は、存じませんな。その松枝さんのお相手のお方さんは、何やらお人違ひでつしやろ」と言う。手入れ前稿では、この聡子のセリフに、「本多さんには、なるほどお若いころ、何度かお目にかかつてをりますけれどな。松枝さんには、〈つい〉一度も御縁がなうて。」という一句があったが、これが削除される（写真・原稿No.135参照）。つづく「清顕を覚えてゐないといふことは」の前にも、当初は「本多を憶えてゐて松」の句が書かれていた。この二カ所で消去されたのは、（清顕は覚えていないが）本多には若いころ確かに会ったと認めている聡子のセリフである。これらの消去は、引用後半部の「私とあなたも、〈以前〉たしかにこの世でお目にかかつたのかどうか、今はつきりと仰言れますか？」という聡子のセリフと抵触するためになされたと考えられる。手入れ前には、本多との出会いの記憶は認め、清顕との記憶のみを否定していた聡子だが、記憶の存在そのものを曖昧にする方向へと、セリフが改変されていくのである。こうした改変は、引用部以前の、「お懐かしうございます。私もこの通り、明日をも知れぬ老いの身になりまして」と勢いこんだ本多が軽佻に話しかけたときにも、「かすかに揺れるやうに」笑い、「お手紙をな、拝見いたしまして、あまり御熱心やさかい、どうやらこれも御仏縁や思ひましてな、お目にかかりました」という聡子門跡の言葉にも適合する。ここでも、六十年ぶりの再会を懐かしむ本多に対して、懐かしい

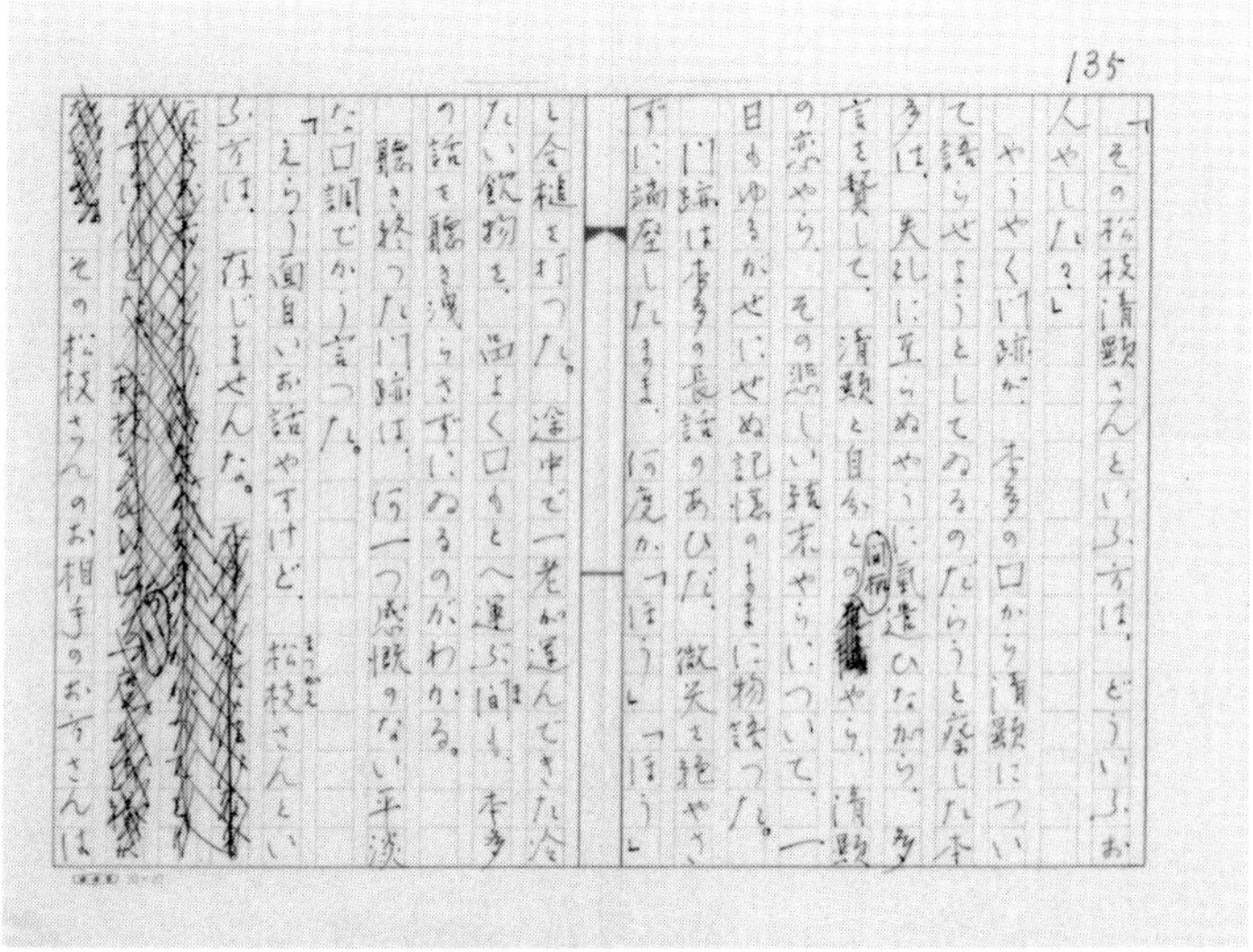

『天人五衰』最終回原稿　No.135（三島由紀夫文学館蔵）

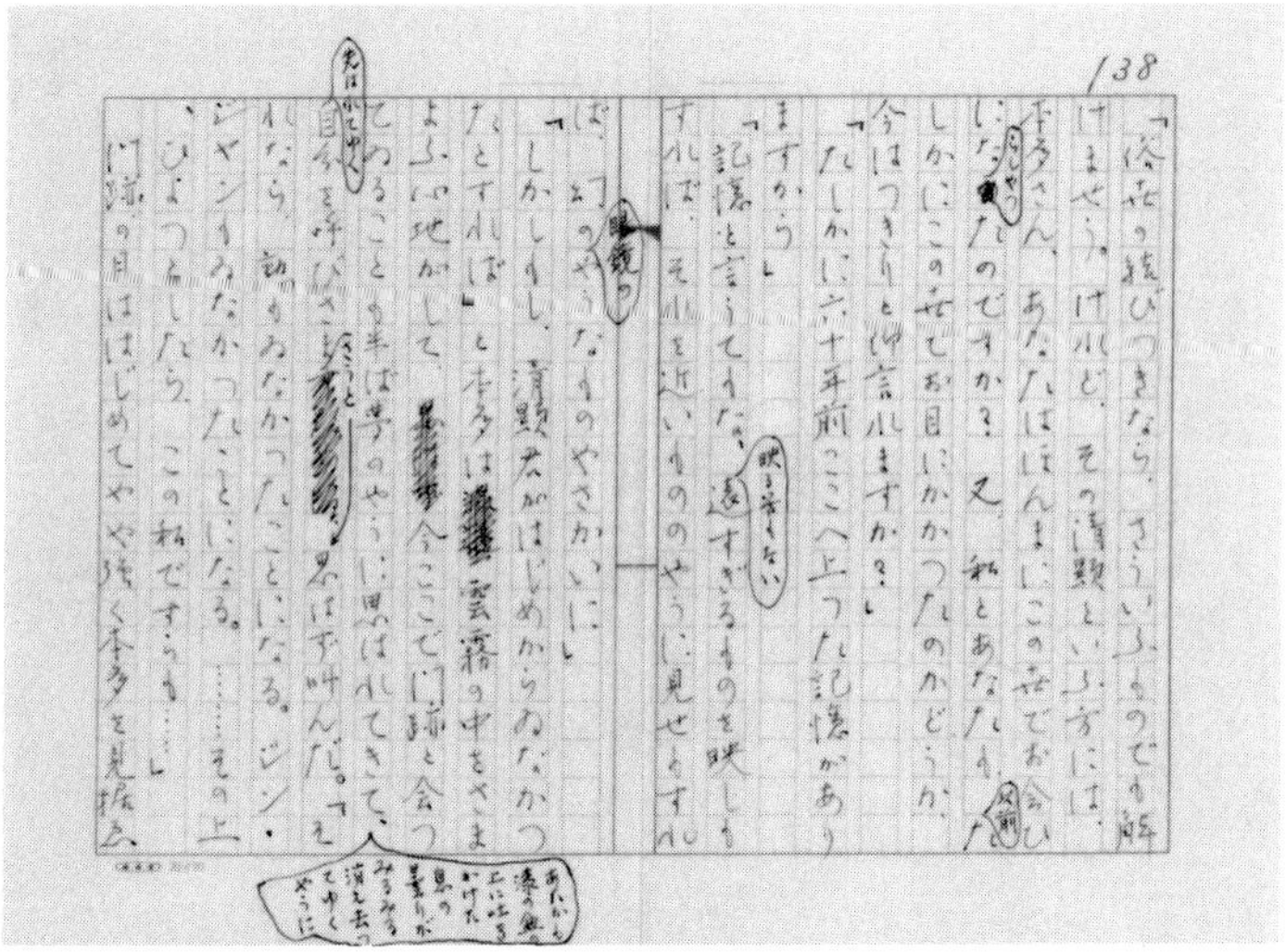

『天人五衰』最終回原稿　No.138（三島由紀夫文学館蔵）

と応じることも、あなたとは会ったことがないと否定することもなく、単に手紙が熱心だから会うことにしたと述べて朧化させてしまうのだ。

清顕など知らないし、もともといなかったのではないか、という聡子の言葉に怒りにかられた本多が、「では私とあなたはどうしてお知り合ひになりましたのです？　又、綾倉家と松枝家の系図も残つてをりませう。戸籍もございませう〔。〕」と畳みかけたときにも、手入れ前稿では、「それはなるほどさういふ方もをられたかもしれません。けれど、名があつたからとて、」という句が入っていた。この句が入ってしまっては、「そんなお方は、もともとあらしやらなかつたのと違ひますか？　何やら本多さんが、あるやうに思うてあらしやつて、実ははじめから、どこにもをら〈れ〉なんだ、といふことではありませんか？」という聡子のセリフの効果は消え、本多との会話の力関係も一歩引いてしまうことになる。したがって定稿では削除され、「俗世の結びつきなら、さういふものでも解けませう」と受けて、清顕が実在したかどうかは曖昧にされ、本多が清顕や聡子と会ったことがあるかどうかという記憶へと問題を絞りこんでいく。

ここまでは唯識の問答に抵触する部分の削除が目立ったが、引用末部では、こまかな加筆によって、「記憶」のイメージや本多の感覚が編成されていく（写真・原稿№138参照）。手入れ前稿で単に「幻のやうなもの」とされた「記憶」は、「映る筈もない」ものを映しもする「眼鏡」の喩で説明される。認識者・本多の「見る」という行為やそれによって形成された「記憶」とは、現実そのものではなく、幻の「眼鏡」というレンズを通して作られたものなのだ。さらに、聡子の言葉によって本多が至った感覚は、「混迷」という説明語から、後段の「息の曇り」とも縁語関係にある「雲霧の中」という喩へと修正される。「雲霧」の中をさまよいつつ存在する自分が、「あたかも漆の盆の上に吐きかけた息の曇りがみるみる消え去つてゆくやうに」「失はれてゆく」自分を呼びさまそうとして叫ぶ。その先に、聡子門跡の、引導を渡すかのような「それも心々ですさかい」という言葉が待ち受けるのだ。

おわりに

ここまで、死を目前にした三島が全巻を締めくくる切り札としての聡子をいかに「効果的」に使うか模索した過程や、自らと最終場面の本多とを重ね合わせる演出によって創作ノートの風景スケッチが作られたことを確認し、原稿の手入れによって小説の最後が朧化させられた様相をたどってきた。

ところで、『天人五衰』の最終原稿（No.140）は、一文字の修正もなされていない。「庭は夏の日ざかりの日を浴びてしんとして／ゐる。……／「豊饒の海」完。／昭和四十五年十一月二十五日」の文字が、原稿用紙の最終行に測ったようにぴたりと納まっている。補筆の跡が残らないように最終頁だけは清書をしたのではないだろうか。明らかに、自決後、特別なものとして扱われつづけるであろうことを意識して作られた原稿である。『天人五衰』の最終頁の原稿は、現実にその後、新聞・雑誌・写真集・図録・テレビなど、種々のメディアに転載され、人々の目に曝されてきた。テクストの最終場面によって導かれる静謐と、作者の死により想起させられる厳粛さと、それと同時に感じられる一種の作為と演出。しかし、さらにそれは、不思議な静謐さによって反転させられる。生原稿の魅力は大きい。

注

＊1　『川端康成・三島由紀夫往復書簡』新潮社、一九九七年

＊2　ドナルド・キーン『声の残り―私の文壇交遊録』「三島由紀夫　四」（朝日新聞社、一九九二年）
二〇〇九年一一月、三島由紀夫文学館開館一〇周年記念フォーラムで講演されたキーン氏に、懇親会席上で、このときの状況を伺ってみた。

（なぜ三島氏から示された『天人五衰』最終章の原稿を読まなかったのですか？）

―見なかったのは、遠慮したわけではなく、『天人五衰』の途中をまだ読んでいないのに結末だけ読んでも理解できないと思ったから。しかし、いまは読まなかったことをとても後悔している。読むべきでした。

（もし最終章を読んでいたら、三島氏の割腹死を止められたと思いますか？）

―いや、止めることはできなかったでしょう。しかし、私は読むべきだった。その前に、もう一歩踏み込んで、何があったか聴くべきでした。

＊3　もちろん例外もあり、佐藤秀明は、『午後の曳航』ノートや『美しい星』ノートなどに「取材者である三島が登場人物を演じている様子も感じられる」と指摘している（「創作ノートの楽しみ―風景描写の醍醐味」『決定版三島由紀夫全集』一二月報、新潮社、二〇〇一年→『三島由紀夫の文学』試論社、二〇〇九年）。ま

た、キーンは、前掲『声の残り』「三島由紀夫　三」で、『奔馬』執筆準備のため奈良・大神神社を取材した三島が、「自分の作中人物の心の状態と、自分自身のそれとを合致させようという努力」をしていたことを記している。ただ、「天人五衰」創作ノートの当該箇所における三島の本多への憑衣ぶりは突出しているように思える。

謝辞　本書における研究では、三島由紀夫文学館（山梨県山中湖村）が所蔵している『天人五衰』の生原稿を利用した。引用・掲載を許可くださった著作権継承者と、閲覧の便宜をはかってくださった三島由紀夫文学館に感謝します。

あとがき

『豊饒の海』は、私にとって偏愛の書だ。初めて全四巻を読了したときの不思議な感覚は、今も鮮明に残っている。専門に分かれた学部二年次の夏、何日かかけて、時代も色合いも異なる『春の雪』『奔馬』『暁の寺』の三巻の文庫本を読み進めた末に、最終巻『天人五衰』の大尾に至り、誇張ではなく呆然とした。今まで自分が営々と読み続けてきた四巻にも渡る物語は何だったのだろうか? それまでの読書体験を朧化させてしまうような強烈な印象。それでいて決してあざとくはなく、むしろ静謐に満ちている。いったいこれはどういうことなのか? 何が起きてしまったのか?

——このときの『豊饒の海』を何とか読み解きたい、自分の言葉で説明したい、という願望が、私の研究の原点だったのだろう。作者の死との関連だとか、同時代の社会・文化状況に開いていくだとか、そんなことは後から付加されたことで、当初の私の関心は、ハッキリと、自分が魅了された『豊饒の海』という小説を読み解くこと自体にあった。

それ以来、遅々とした歩みではあるが、折々に『豊饒の海』に挑んできた。卒業論文では、『美しい星』『午後の曳航』と並べて、折口信夫を援用しつつ〈貴種・異類流離譚〉として物語の型の解析を試み、修士論文では、『近代能楽集』各曲、『サド侯爵夫人』などから帰納される演劇観によって〈劇的力学の変遷過程〉を探り、集約点としての『豊饒の海』を探ろうとした。稚拙ながらも、『豊饒の海』のモチーフや構成・手法こそが、あの不可思議な読後感をもたらす鍵だと直感し、模索していたのだろう。〈性〉と〈語り〉に焦点をあてるようになったのは、博士課程後期に進学した後のことだ。現在は直筆原稿を用いた生成過程の探求に重心が移ってきたが、〈物語る力とジェンダー〉という視点は変わらない。

本書は、このような『豊饒の海』の世界探求の軌跡としての旧稿と書き下ろし稿とで構成している。二十年以上前の大学院時代の若書きも含まれており、大幅な改稿をして全体を体系化すべきところであるが、それなりにまとまりをもつ個々の論文に手を入れるのはなかなか難しく、表現を整える程度になってしまった。

いまどき単独の作品名を研究書の副題に冠するとは、と嗤う方もおられようが、テクストを精読／耽読し、愚直に取り組んだ成果はそれなりにあるのではないかと思う。何をすることが「研究」なのか見えにくく、各自が懸命に理論を探り資料を求め研究の方法を模索している状況のなか、私には語れる研究方法などないが、今回は『豊饒の海』という一テクストを対象に、構造や同時代との関わりを見、テクスト生成過程を考え、必ずしも作家に開くことを忌避することなく、ともかくもジェンダーと語りを軸に検討してみた。少なくとも、既成の認識枠のなかにテクストを嵌め込み、一つのコマとして扱うのとは異なった読みは提示しえているのではないかと思っている。

さて、私は、学部では大久保喬樹先生と吉田凞生先生に、大学院では磯貝英夫先生と米谷巖先生に主指導いただだいた。大久保先生からは、比較の視点と文学のもつダイナミズムを教えていただいた。

他大学の大学院受験をする私に、受験対策としてたっぷり一時間半をかけて卒論の口頭試問で丁寧に指導してくださったご恩は忘れられない。作品論論争のさなかにおられた吉田先生からは、「文学研究は雑学研究だ」、「近代文学、足で稼ぐか、頭で稼ぐか」など種々の名言を伺い、方法意識を持つ大切さを学ばせていただいた。磯貝先生には、ゆるぎない評価軸と、文体や表現をもゆるがせにしない、明晰な分析とはかくあるべきなのだという研究のあり方を教えていただいた。博士課程後期の論文作成の授業では、論文作法の基礎から応用までを、それこそテニヲハや句読点の打ち方から論文テーマの根幹に至るまでを、手ほどきしていただいた。米谷先生には、俳諧的な読みの楽しみと、明治中期の雑誌研究を通じて実証的な研究のあり方とを学ばせていただいた。副指導の専任・兼任・非常勤の先生方から受けたご指導や、大学院時代に毎週開かれる研究会・読書会で膝を突き合わせて議論した同窓からの刺激も極めて大きい。文学研究の全盛期ともいえる一九八〇年代に碩学・俊英から教えを受けたことは、実に恵まれたことであった。社会に出てからも、かつて在職した金城学院大学、鈴峯女子短期大学、そして現在の勤務校である広島大学の同僚諸氏と学生たちから、数多くのサポートと知的な発見をいただいた。

また、学内外の学会・研究会の場やご論考によって学恩を得た方々にも感謝申し上げる。なかでも松本徹・佐藤秀明・井上隆史の三氏にはお礼を申し上げたい。もう十年前になるが、育休明けに復帰すると格段に厳しさを増していた職場での勤務と育児とで疲弊していた私を、開館したばかりの三島由紀夫文学館の第一回山中湖フォーラムにパネリストとして引っ張り出してくださり、あるいは三島没後三十年の種々の企画で論集や事典に執筆する機会を与えてくださったことが、まがりなりに研究を継続する大きな契機と自信となった。

工藤正義氏をはじめ三島由紀夫文学館の方々にも、調査の便宜をはかっていただくなど、お世話になった。一九九九年の三島由紀夫文学館の設立と、翌年の新全集刊行開始・未発表資料の公開などの三島没後三十年を契機とした大きく新しい研究の波の中で、ほぼ毎年、文学館で調査をさせていただいた。本書にもその成果の一端が現れている。また、文学館が主催するフォーラムやレイクサロンでは、それまでメディアや活字でだけ存じあげていた三島ゆかりの作家・俳優・評論家や研究者と親しく語り、全国から参加する三島愛好者と交流する機会を得、貴重な情報にも接することができた。広島から山中湖は遠いが、新幹線の三島駅から、『暁の寺』で本多の別荘があった御殿場を経由して山中湖に到着し、富士山を仰ぐと、ほっとするようになった。あれから十年。三島没後四十年の年に本書を上梓できることは、望外の喜びである。

なお、本書は、二〇〇三年三月に広島大学より博士（文学）を授与された学位論文『三島由紀夫研究―物語る力とジェンダー』の「第三部　後期三島由紀夫の小説世界―『豊饒の海』諸考」を独立させ、その後の考察を加え、全体を補筆してまとめたものである。主査の槇林滉二先生には、学位論文の予稿に丁寧に目を通していただき、種々の貴重なご指摘をいただいた。槇林先生と、副査をご担当くださった位藤邦生・松本光隆・久保田啓一・河原俊雄の諸先生方に、深謝申し上げる。学位論文の公刊がここまで遅れたのは、ひとえに私の怠慢によるものである。今後、残る二部（「第一部　前・中期三島由紀夫の小説世界」、「第二部　三島由紀夫の演劇世界」）も、若干の手入れを施した上で、できるだけ早く公刊したいと考えている。もちろん『豊饒の海』に関しても、本書は決して集大成ではなく、中仕切である。今後は、本書Ⅴでパイロット版として扱った『天人五衰』以外の三巻の直筆原稿調査を進めて、各巻の生成過程の検討を行いたい。

そして、出版情勢の厳しいなか、快く刊行をお許しくださった翰林書房の今井肇社長と静江様には、まことにありがとうございました。タイトルなどに関しても適切なアドバイスをいただきました。六年前にお話させていただいたものとは大きく内容も変わったものの、永い目で見てくださり、安心して本を作ることができましたこと、感謝申し上げます。

最後に、明るく見守ってくれた家族にも、お礼を。次著こそは、もっとスムーズに、もっとスマートに、まとめていきたい。

初出・原題一覧

Ⅰ　物語構造とジェンダー

1　物語る力とジェンダー

（「『豊饒の海』―物語る力とジェンダー―」『国文学』二〇〇〇年九月）

2　浄と不浄のおりなす世界

（「『豊饒の海』の基層構造」『金城学院大学論集』国文学編三五、一九九三年三月）

3　人物関係図／時系列データ表

（『国文学』二〇〇〇年九月。「三　年齢再考」は書き下ろし）

Ⅱ　男性―認識と行為の物語

1　「客観性の病気」のゆくえ

（「三島由紀夫『豊饒の海』論―「客観性の病気」のゆくえ」『近代文学試論』二五、一九八七年一二月）

2　転生する「妄想の子供たち」

（「『豊饒の海』における「転生」―妄想の子供たち」『日本文学』五〇四、一九九五年六月）

Ⅲ　女性―〈副次的人物《サバルタン》〉は何を語るか

1　綾倉聡子とは何ものか

（「綾倉聡子とは何ものか―『春の雪』における女の時間」『金城学院大学論集』国文学編三六、一九九四

年三月→小埜裕二編『日本文学研究論文集成42　三島由紀夫』、若草書房、二〇〇〇年に再録）
2　烈婦／悪女と男性結社（書き下ろし）
3　「沈黙」の六十年
（「『豊饒の海』における「沈黙」の六十年」『日本近代文学』五三、一九九五年一〇月）

Ⅳ　典拠からみる物語のジェンダー性
1　『竹取物語』典拠説の検討
（「『豊饒の海』における月・富士・女性―『竹取物語』典拠説の検討」『国文学攷』一五一、一九九六年九月）

Ⅴ　生成過程―創作ノート・直筆原稿から見えるもの
1　『天人五衰』の生成研究（書き下ろし。一部は、Ⅴ―3に同じ）
2　透と絹江、もう一つの物語（書き下ろし）
3　『天人五衰』の結末へ
（「三島由紀夫「天人五衰」の原稿研究―結末部を中心に」『表現技術研究』五、二〇〇九年三月）

※いずれも本書収録に際して多少の補筆を行った。

【著者略歴】
有元伸子（ありもと・のぶこ）
1960年岡山県生まれ。広島大学文学研究科教授。博士（文学）。東京女子大学文理学部卒業。広島大学大学院文学研究科博士課程後期単位修得退学。金城学院大学専任講師、同助教授、鈴峯女子短期大学助教授を経て、2004年より現職。論文に、「『金閣寺』再読」（『三島由紀夫研究』6）、「「親といふ二字」論」（『太宰治研究』14）、「友永鏡子のために」（『昭和文学研究』44）など。遠藤伸治氏との共著論文に、「庄野潤三「プールサイド小景」論」（『国文学攷』204）、「『行人』における主体の希求と回避」（『漱石研究』13）、「『浮雲』の〈母と息子〉、あるいは〈母と娘〉」（『日本文学』523）などがある。

三島由紀夫 物語る力とジェンダー
『豊饒の海』の世界

発行日	2010年3月25日 初版第一刷
著者	有元伸子
発行人	今井 肇
発行所	翰林書房
	〒101-0051 東京都千代田区神田神保町1-14
	電話 03-3294-0588
	FAX 03-3294-0278
	http://www.kanrin.co.jp/
	Eメール●kanrin@nifty.com
装釘	須藤康子＋島津デザイン事務所
印刷・製本	総印

落丁・乱丁本はお取替えいたします

ISBN978-4-87737-293-4